魔法使いが多すぎる

名探偵俱楽部の童心

紺野天龍

「認可証を持っているヨーロッパの魔術師のほとんど半数が、あのホテルに集まった。世界の最もすぐれた魔術師の七十五ないし八十パーセントに相当する。
　容疑者の数があまりにも多すぎる。彼らの全部が、サー・ジェームズ・ツウィングに黒魔術を用いる〝タレント〟と、それを実行する機会を持っていた」

『魔術師が多すぎる』ランドル・ギャレット　皆藤幸蔵訳

目次

登場人物

〈名探偵倶楽部(クラブ)〉関係者

金剛寺(こんごうじ)　煌(きら)――――東雲(しののめ)大学理学部四年

来栖(くるす)　志希(しき)――――東雲大学薬学部一年

雲雀(ひばり)　耕助(こうすけ)――――東雲大学工学部二年

瀬々良木(せせらぎ)白兎(はくと)――――東雲大学薬学部二年、語り手

『白ひげ殺人事件』関係者

聖川(ひじりかわ)　光琳(こうりん)――――世界最強の魔法使い

聖川　アルト――――〈聖川一門〉長女の魔法使い、〈人形師〉

聖川　火乃(かの)――――〈聖川一門〉次女の魔法使い、〈獄炎使い〉

聖川　悠里(ゆうり)――――〈聖川一門〉三女の魔法使い、〈時空旅行者〉

聖川　うらみ――――〈聖川一門〉四女の魔法使い、〈神霊使い〉

聖川　麻鈴(まりん)――――〈聖川一門〉五女の一般人、依頼人

野木義文――児童養護施設『聖心園』経営者
安東猛――野木の秘書

イラスト――六七質
デザイン――東海林かつこ（next door design）

魔法使いが多すぎる

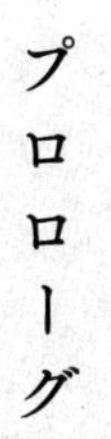

プロローグ

「探偵たるもの、最後まで依頼人を信じ抜くべきだと思うのです」

来栖志希さんは、カレーライスを食べる手を止めると、殊更真面目な顔でそんなことを言った。

ある夏の日の昼休み。人込みを避けるように学食の隅の小さなテーブル席へ着いた僕らは、お互いの食事を口に運んでいた。

本日は前期試験の最終日ということもあり、学食の空気もどこか浮き足立っているように感じる。今日一日を乗り切れば、明日からは学生の特権である長い長い夏休みが始まる。おそらく皆、遊びの計画に胸を膨らませているのだろうけれども……貧乏学生である僕には無縁の話だ。帰郷の予定もないため、夏休みはバイト三昧である。

夏のうちにたくさん稼いでおいて、後期は少しバイトを減らして来栖さんと過ごす時間を増やしたいという心積もりではあるが……まあ、それは僕が勝手に考えているだけだ。

ちなみに同じく貧乏学生である来栖さんも、僕と似たようなもので実家へも帰らずにバイト三昧のようだ。もしかしたらお互いバイトに忙しくて、夏の間はこうして顔を合わせる機会が減ってしまうかもしれないけれど……離れていることで逆に育まれる愛情のようなものもあるだろう。

……惜しむらくは、その愛情が今のところ僕からの一方通行でしかないところ。

「――先輩？　どうかしました？」

　急に黙り込む僕を、心配するように、可愛らしく首を傾げて顔を覗き込んでくる来栖さん。僕は慌てて邪念を捨て去る。今は、来栖さんとの楽しいランチを満喫しよう。

「ごめん、ちょっとさっきの試験で間違えちゃったことに気づいて」

「あ、先輩もやっちゃいましたか。実は私も薬学概論の試験でミスしました。どうにも薬学概論って抽象的で、何が言いたいのかよくわからないので苦手です」

　来栖さんは小さく肩を竦めた。

　僕も来栖さんも同じ東雲大学の薬学部に所属している。彼女が一年、僕が二年で、しかも住んでいるアパートの部屋が隣同士ということで、こうして仲よくさせてもらっている。

　神様、ありがとうございます。

「概論ってわかりにくいよね。薬学自体の範囲が広すぎるから、どうしてもつかみ所がない感じになっちゃうんだけど……。まあ、今は適当でいいと思うよ。学年が上がれば嫌でも色々深掘りしなきゃいけなくなるし」

「では、この謎が解けるのは、あとのお楽しみということにしておきましょう」

　来栖さんは自分で折り合いを付けて、食事を再開する。僕は試験の話よりも、先ほどの来栖さんの言葉のほうが気になったので話を戻す。

「それでえっと、探偵は依頼人を信じぬくべきって話だけど……ケースバイケースなんじゃないかな。たとえば、依頼人が意図的に嘘を吐いていることもあるわけで……。もちろん信じることは大事だとは思うけど、依頼人の主張を全部信じていたら、解ける謎も解けなくなっちゃうよ」

僕は自分なりの考えを整理して来栖さんに伝える。

どういうわけか、来栖さんと僕は希にこうして探偵談義をすることがある。それは、僕らの共通の知り合いに〈名探偵〉などと呼ばれている奇人がいるという要因もあるのだろうけれども……本当のところはきっと、来栖さん自身が探偵という存在の在り方について悩んでいるからなのだろう、と勝手に思っている。

何故なら彼女にもまた、〈名探偵〉の血が流れているから――。

「先輩、私の言う『信じ抜く』というのは、そういう意味ではありません」

来栖さんは、生徒の誤りを正す教師のように優しく言う。

「そもそも日常の中には、あまりにも多くの〈嘘〉が隠れ潜んでいます。それは意図的なものだけでなく、突発的な勘違いや、あるいは何らかの理由により誤解してしまったものなど様々です。それらすべてを単に嘘であると断じてしまうならば、世界から正直者はいなくなることでしょう」

「それは……確かにそのとおりだけど」

「しかしながら、探偵に依頼する人というのは、当然何かに困っているわけです。その困っている〈何か〉に、嘘が紛れているかどうかなど関係ありません。そして探偵は、依頼人の困っている現状を知った上で、その依頼を引き受けるかどうか判断します。それが社会的正義に悖るものであったならば引き受けるべきではないでしょう。何故なら、その先には誰かが不幸になる結末しか待っていないのですから。しかし、それらを加味した上でなお、引き受けたのであれば――」

そこで来栖さんは、また真面目な顔で僕を見た。

「――依頼人を信じ抜き、最後まで寄り添ってその悩みを解決すべきだと思いませんか？」

祈りにも似た言葉。

ようやく僕は来栖さんの言わんとしていることを理解する。

「つまり、依頼人の主張をすべて信じるわけじゃなくて、依頼人自身のことを信じるべきだ、と？」

「はい。主張それ自体には、嘘や誤解、誤認が紛れ込んでいるかもしれません。最初に話を聞いただけでは、その正誤を判断できない場合もあるでしょう。しかし、依頼を引き受けた以上は、問題の解決によって依頼人に幸福が訪れるよう、最大限に努めるのが探偵の義務です。だって――誰かを不幸にする名探偵なんて、必要ないんですから」

そうして来栖さんは、どこか悲しげな目をして微笑んだ。

――誰かを不幸にする名探偵なんていらない。

いつかも同じことを言っていた。それは彼女の信念の一つだ。

何故そこまで探偵というものにこだわるのか。何故そこまで幸福な結末を望むのか。

詳しいことはまだ教えてもらえていないけれども……その願いが、彼女の進む道が、決して平穏無事なものでないことくらいは僕にもわかる。

だって、依頼を引き受け、調査を進めた結果、誰かが不幸になる結末しか残されていないこともきっとあると思うから。

でも来栖さんならば、そんな絶望的な状況さえも切り抜けられそうな気がしてしまう。

誰よりも平和を望む、優しい来栖さんならばあるいはと――期待してしまう。

何故なら来栖さんは二ヵ月ほどまえ、まさに絶望的な事件に見事平和な結末をもたらしたのだから。

『神薙虚無最後の事件』という、二十年まえ実際に起こった不可解な未解決事件を、平和的に解決してみせたのだ。

彼女には確かな実績とそれに見合うだけの実力がある。

だから僕は、そんな彼女の夢物語にも似た言葉に、そうかもね、と同意を示した。

深く検討することなく、楽観的に、彼女の信条を支持してしまった。

――その結果、来栖さんが苦しむことになることなんて、露ほども考えずに。

それから僕は楽しい昼食を再開するために、探偵談義から日常会話へと思考を戻す。

「ちなみに来栖さんは、さっきの試験で何を間違えたの？」

「社会問題にもなっている薬物乱用の問題でちょっと……。何か、飲み会で女の人のお酒に混ぜて昏睡(こんすい)させるときによく用いられるとか」

「あー、ベンゾジアゼピン受容体作動薬か。悪質だよね。前向性健忘って言って、飲んでから薬が切れるまでの記憶が残らなくなるから、犯罪によく使われるんだ。薬を悪用するなんて、本当に許せないよ。危ないから、来栖さんも気をつけてね」

「そうですね、肝に銘じておきます。私、まだ二十歳(はたち)になってないのに、やたら知らない先輩から飲み会に誘われるんですよね。正直、辟易(へきえき)しています」

「そういうときは、煌(きら)さんの名前を出すといいよ。みんな蜘蛛(くも)の子を散らすように逃げていくから」

「あはは、それは妙案です。今度から是非利用させていただきましょう。それに――」

　そこで来栖さんは、はにかんで僕を見る。

「私、初めてお酒を飲むときは、先輩と一緒がいいです」

「………」

　それはどういう意図の発言なのだろうか。仮に酔(よ)い潰(つぶ)れてしまっても、僕は人畜無害だから気にならないということか。あるいは――。

　微(かす)かな期待を抱いたところで、来栖さんは朗(ほが)らかに続ける。

「先輩ならきっとお酒に合う美味(おい)しいごはんを作ってくれそうですからね！　私、楽しみにしていますから！」

……なるほど、そういうことね。

期待した答えとは違ったけれども……それはそれで信頼されているのだと前向きに捉(とら)える。いずれにせよ、来栖さんと一緒にお酒が飲めるのであれば、僕としても文句などあろうはずもない。

来栖さんが二十歳になるまであと一年ほど。それまでに、多少は今よりも関係を進めておければよいのだけれども——。

暢気(のんき)にそんなことを考える。すでに先ほどの探偵談義の内容は記憶の彼方(かなた)だ。

僕は、こんな平和でありきたりな日常が、当たり前のように続くものだと錯覚していた。

まさかこの後、依頼人を信じ抜き、寄り添った結果——来栖さんが依頼人に最大級の不幸を与えてしまうことになるなんて……それこそ夢にも思っていなかった。

ここから約二週間後。

僕らは、摩訶不思議(まかふしぎ)な魔法世界を舞台にした幻想的な殺人事件に巻き込まれる——。

第1章

二十歳（はたち）の魔法使い

1

誰でも一度は考えたことがあるのではないだろうか。

魔法が使えたらいいのに、と。

――魔法。

それは、奇跡を再現する神秘の法則。

遍く世界を支配する物理法則を無視して、望みの結果をもたらす夢の原理。

無から有を生み出し、空を自由に飛び回り、時には因果律に干渉して現実すら書き換える、そんな万能の異能。

有史以来、良きにつけ悪しきにつけ人々の関心を集めてきたそれは、近年では主に創作物を中心に語られる夢物語になっている。

特に創作大国日本においては、数多の創作物によって魔法が描かれている。

それゆえに、大抵の人は幼少期に一度くらいは、それらに触れる。

そして、人々を救い、幸せにする夢の力にささやかな憧れを抱く――。

かくいう僕も子どもの頃は、『ハリー・ポッター』シリーズに夢中になったものだ。

だが、そんな淡い期待も、小学校高学年になる頃には、軽い諦観に変わる。
魔法などというものは存在しないと、どうしようもなくつまらない現実を知るためだ。
夢はいつか必ず覚めるもの。こうして人は少しずつ現実に折り合いを付け、大人になっていく。

理系を志し、大学も二年生になった今の僕は、そんなどこにでもいる当たり前のつまらない大人になっていたはずなのだけれども……。

半ば現実逃避気味に幼少期の憧憬に思いを馳せていた僕は、目の前に繰り広げられている光景へ改めて意識を向ける。

深夜の公園だった。昼間は元気な小学生や、赤ちゃん連れのママさんの一団、あるいは老後の余暇を楽しむ高齢者で賑わっている街のオアシスも、今は闇の支配する不気味な領域になっている。異形の象を模した滑り台。地面から生えた巨大なバネによって支えられているパンダや熊。あるいは、ありきたりのブランコやシーソーでさえも、遊ぶ人を失った今となっては、無機質な現代アートでしかなく、どこか不安をかき立てる。

中央部には、コンクリートの円で囲まれた砂場。相撲の土俵くらいの大きさだろうか。日中ならば、主に幼年期の子どもたちが仲よく砂遊びに興じるその結界内で、二人の女性が対峙していた。

付近に立った一本の電灯が、無数の羽虫に集られながらも、心許ない光量で周囲を照らしている。ぼんやりと闇の中に浮かび上がるシルエットから、二人が本来そこを遊び場としている子どもではないことが窺えた。少なくとも十代後半以降、つまり大人の体格をしている。

大人が二人、深夜の砂場で対峙しているだけでも十分剣呑だが、問題はそこではない。

二人とも真夏だというのに、黒っぽい長袖のコートのようなものを着ていた。

丈も長く、真冬に着ていてもおかしくない代物だ。背中には大きめのフードが覗いているので、コートというよりはローブに近いか。

すわ、露出趣味の集会かと身構えるがどうにもそういう雰囲気でもない。

そのとき片方――長身の女性が、おもむろに右手を掲げて、パチンと指を弾く。

次の瞬間、彼女の指先から炎が立ち上がりふわりと消えた。

「――大人しく〈グリモワール〉を渡せ」

心地のいい低音が真夏の夜の夢に響く。頭上の光源から陰になって顔までは窺えないが、紅蓮のような赤い髪と口元に引かれた深紅のルージュが闇に映えて不気味だ。

相対するのは小柄な女性。ローブの薄桃色の裏地を翻しながら、右手に構えた三十センチほどの棒を震わせて答える。

「い、嫌です！　姉様が本当のことを言っている保証なんてどこにもないのですから！　そんなことより、この機に師匠の仇を取らせてもらいます！」

声に聞き覚えがある気がしたが、この場所からでは逆光になって顔が見えなかった。

「仇討ちなど、無体なこと。痛い目に遭いたくなければ、大人しく従ったほうが賢明だぞ」

長身の女性は胸の前で両手を合わせ、それからゆっくりと広げていく。すると両手のひらの間には、オレンジに揺らめく火の玉が浮かんでいた。

ソフトボールほどの火球は、イミテーションや目の錯覚などとは明らかに異なる質感で燃え上がり、浮遊している。

まるで、魔法のように――。

自然と脳裏を過ったその発想に、思わず唾を飲み込む。

そう、二人の異質なファッションは、まさに魔法使いとしか表現できないものであった。

子どもの頃夢中になった、あの『ハリー・ポッター』のように――。

目の前の光景があまりにも現実離れしていて、気が遠くなってくる。

平静さを取り戻すために、僕は今日一日の出来事を頭の中で反復する。

2

「――魔法使い？」

エアコンのよく利いた大学図書館の一角で、僕は胡乱な声を上げた。

暦は八月に突入し、大学の講義も今は夏季休講期間。

本来であれば大学になどわざわざ顔を出さなくてもよいのだが、生憎(あいにく)と貧乏学生の身。このクソ暑い毎日、自由に自室のエアコンを起動させて涼を取れるほど裕福ではないため、こうして日中は大学設備を利用して快適に過ごしている次第だ。

そんなこんなで、大学図書館の隅で最近入荷したばかりのミステリを読(よ)み耽(ふけ)っていたのだが……。その途中、暇を持て余して構内を徘徊(はいかい)していた同期の伊勢崎(いせさき)に見つかり、話し相手を強要されているのだった。

許可もなく長テーブルの対面に腰を下ろした伊勢崎は、気怠(けだる)げに頬杖(ほおづえ)を突いている。

「そう、魔法使いだ。最近、夜の街に出るらしい」

「そんな口裂け女みたいなノリで、魔法使いが話題になってるのか……」

世も末だ、とため息を吐く。つい二ヵ月ほどまえ、名探偵だの怪盗王だのという訳のわからない騒動に巻き込まれて以来、少々神経が過敏になっているのかもしれない。

幸い周囲に人はおらず、館内での私語を咎(とが)められることはないが、さして続けたい話題でもなかったので、早々に切り上げる方向へ舵(かじ)を切る。

「魔法使いなんていないよ。ファンタジーやメルヘンじゃないんだから」

「悪魔の証明だな」ニィ、と伊勢崎は口の端を吊(つ)り上(あ)げた。「否定するならこの世に存在する魔法使い以外のすべての存在をまず俺の前に連れて来い」

ワックスで整えた金色の髪を指先で摘みながら、そんなことを嘯(うそぶ)く。

この男は、髪を染め耳に複数のピアスも開けているタイプのチャラ男だが、困ったことに大学の成績は頗るよい。一見して僕とは正反対のタイプだったが、何故か妙に馬が合い、入学直後のガイダンスで偶然隣の席になって以来、悪友のような関係になっている。

　言い負かされたのを認めるのも悔しかったので、何事もなかったように話を続ける。

「……それで、噂の魔法使いは夜の街で何をしてるんだ？」

「さあ。夜な夜な闇の組織とかから、世界の平和でも守ってるんじゃないか」

　一番重要な部分は噂になっていないらしい。

　そのとき貸し出しカウンターのほうから、咳払いが聞こえた。見ると係の女性がこちらへ顔を向けて不満げに唇を曲げていた。静かにしろ、という合図なのだろう。僕は声を一層小さくする。

「……で、その魔法使いがどうした。まさか捕まえようって魂胆でもあるまいし」

「おっ、さすがシロ。冴えてんな」

　したり顔で指を鳴らす伊勢崎。ちなみに、シロというのは同期の間で流行っている僕のあだ名だ。瀬々良木白兎だから、シロ。正直、埼玉に居を構えるとある中流家庭の日常を描いた国民的アニメに登場する飼い犬のようであまり気に入ってはいないのだが、あだ名なんてそんなものだと諦めている。

「捕まえるって……魔法使いは、そんな夏休みの自由研究のカブトムシみたいなノリで捕まえるものじゃないだろ」

「どちらかと言えば、捜し出す感じだな。だって気になるだろ、魔法使いなんてそうそうお目に掛かれるものじゃない」

そうそうどころか普通、一生お目に掛かれるものではない。

「捜し出してどうするんだ？　一緒に世界平和でも実現するつもりか？」

「まさか。世界平和なんか興味ねぇよ。俺はただ魔法使いと仲よくなりてえだけだ。聞くところによると、すげえ美少女らしい」

「……ふぅん」

興味がないと言ってしまえば嘘になるが、それほどそそられる話でもない。何しろ僕は現在、アパートの隣の部屋に住む超絶美少女にぞっこんなのだから。

「つーことで、手伝え、シロ」

「やだよ。こう見えて僕は忙しいんだ」

夏休みに入ってから、バイトを増やしたので、実は本当に忙しい。今のうちに稼いでおいて、後期は少しのんびりしたいという腹づもりだった。

「もっと協力的になれよ。力を合わせれば二百万だぞ」

「聞いたこともない慣用句で説得を試みるのはよせ」

何だよつれねえな、と伊勢崎は面白くなさそうに口を曲げる。

「──あの」

すぐ後ろから女性の控えめな声が聞こえた。振り返ると先ほどの貸し出し係の女性が立っていた。野暮ったい大きめのメタルフレーム眼鏡と、目元を覆う前髪のせいで表情は窺えなかったが、どうやら怒っているようであることはわかる。

「――ほかの利用者の方の迷惑です。私語をされるようであれば退館してください」

感情を排した冷たい声。重たい黒髪と地味な服装に反して、声色からは意外と若そうな印象を受ける。もしかしたらバイトの学生かもしれない。

伊勢崎は愛想笑いを浮かべて、わざとらしく後頭部を掻いた。

「いやあ、すみません。俺はもう帰りますんで勘弁してください」

係の女性は勢いに気圧されたふうにまたカウンターへ戻って行く。

「……とにかく俺は一人でも魔法使いを捜すよ。後から紹介してくれって言ったって遅いからな」

「絶対に言わないから安心してほしい」

軽口の応酬の後、伊勢崎は去って行った。

まったくもって無駄な時間を過ごしてしまった。スマホで時刻を確認すると、午後五時を回るところだった。そろそろバイトに向かわなければならない。せっかくの貴重な休息を妨げられたことに軽い憤りを覚えつつ、僕は読みかけていた本を貸し出しカウンターまで持って行く。

先ほど怒りを発していた女性は、何事もなかったかのように貸し出しに応じてくれる。

しかし、本を差し出しながら最後にぼそりと呟いた。

「……魔法使い」

「はい？」

「魔法使いに関わるのは……やめたほうがいいと思います」

「……はあ」

元より僕は関わるつもりなどないのだけど、と思いながらも曖昧な笑みを返して図書館を後にする。自動ドアの先、セミの大合唱によって迎えられた外界は、夕方だというのにまるで地獄の門を開いたように暑かった。一瞬で全身から汗が滲み出てくる。

僕は、セミたちの熱烈なラブソングに辟易しながら、サハラ砂漠もかくやという熱気の中、バイト先へ向かって歩き出す。

二十分ほどの地獄を乗り越え、意識が朦朧としてきたところで目的地に到着する。

ショットバー〈カタパルト・タートル〉。

普段ならば古物商〈樽渓庵〉で、のんびり店番業務に従事しているところだったが、夏休みに入ったところで、『三銃士』をこよなく愛する店主の雨宮さんから、知り合いの店のヘルプに行ってほしいと頼まれ、現在はこちらの店でバーテンダー見習いのような業務に従事している次第だ。

重たい樫の扉を押し開くと、心地好い冷気に迎え入れられる。床をモップで磨いていた店主の亀倉射鶴さんがすぐに顔を上げた。

「あ、白兎くんおはよう」

「おはようございます」

おはようというには、些か遅すぎるきらいはあったが、この業界ではそういう決まりらしい。勤め始めて二週間になるが、ようやく慣れてきたところだ。

亀倉さんは、口の端に咥えたハイライト・メンソールをぴょこりと揺らす。ちなみに火は点いていない。

「今日も暑いねえ。エルニーニョやばぁ、って感じ」

「やばいですね。でも、こういう暑い日は、お酒が売れるんじゃないですか？」

「売れるよ。ボロ儲けよ」

「言い方」

亀倉さんは、大人の女性としてはかなり小柄で、それほど背の高くない僕と比べても頭一つ分は小さい。そのため、バーテンダーユニフォームを着ていたとしても、その咥え煙草姿は大変違和感がある。夜に繁華街を歩いていると補導されそうになるのが日常らしい。アラサーなのに少々不憫だ。

僕は手早く制服であるバーテンダーユニフォームに着替えて、掃除の手伝いをする。午後六時になったら開店だ。

正直まだ見習いも見習いなので大した仕事はできないが、グラスを洗ったり氷を割ったり注文を取ったり、あるいはお客さんの雑談に付き合ったりと忙しく働く。

あっという間に午後十時になる。お店は始発までやっているが、僕の業務はここで終了だ。

帰宅するため外に出ると、日中ほどではないがやはりまだ蒸し暑い。むしろ湿度が高まってより不快感が増したようにも思える。

顔をしかめながら足早に帰路につき、そしてその途中で——魔法使いを目撃した。

3

真夏の深夜、厚手のローブを纏った二人の魔法使いが公園で対峙している——。

あまりにも非現実的な光景を前にして、僕は完全に思考停止をしていた。いつの間にかじっとりと背中に汗を掻いている。ただの蒸し暑さのための汗というわけではなさそうだ。

長身で赤髪の魔法使いの手元には、今も炎の球が浮かんでいる。めらめらと燃え上がるそれは、まるで地獄の業火のようでもあり、端で見ているだけでも恐ろしい。

いわんや、わずか数メートルの距離で対峙している小柄な魔法使いは、より一層の恐怖心を味わっているに違いない。それを示すように、彼女は半身を引いて身構えている。

「師匠の魔法を継いでいないおまえにできることなどない」

赤髪の魔法使いが、冷酷に言い放つ。

「さあ、早く〈グリモワール〉を」

グリモワール——先ほども会話に登場した単語だ。確か魔法関係の書物だったような気がするが……とにかく、その〈グリモワール〉を巡って、二人が争っているということは何となく察せられた。

状況が状況だけに、どう判断すればよいのか迷う。

明らかに剣呑な様子なので、警察を呼んだほうがよいのかもしれないが、さりとて「魔法使いが公園で喧嘩(けんか)してます」などと通報したところで頭がおかしいと思われるのが関の山だろうし、何よりお巡りさんがやって来る数分間、二人がこのまま睨(にら)み合(あ)っている保証などどこにもない。

おそらくだが、このまま放っておいたらどちらかが怪我(けが)をする。そして見たところ明らかに小柄な魔法使いのほうが押されている。詳細がわからないため、先入観でどちらに肩入れするかを決めるのは難しいが、少なくとも現時点で暴力に訴えようとしている赤髪の魔法使いに味方する理由はなさそうだ。

正直このまま見て見ぬふりをしてしまいたいところではあったが、さすがにそれは寝覚めが悪すぎる。さて、どうしたものかと、ない知恵を絞ろうとしたところで——。

突然、スマートフォンが空気も読まずに着信音を奏(かな)でた。

慌ててマナーモードに切り替えるが、深夜の閑静な住宅街ということもあり、必要以上に着信音は周囲に響き渡り、そして見事に二人の魔法使いの視線を集めてしまった。

赤髪の魔法使いと目が合う。暗闇(くらやみ)の中で、ギラリと双眸(そうぼう)が光った。明らかに堅気の者ではない、射殺(いころ)さんばかりの鋭い眼光。

まずい、と思った次の瞬間、小柄な魔法使いがこちらに駆け出してきた。面食らう僕を無視して問答無用で手首を掴み、そのまま公園を出て走り抜ける。さすがは魔法使い、身体能力を魔法で強化しているかのように足が速い。……いや、自分でも何を言っているのかよくわからないけど。

途中何度か振り返ってみるが、赤髪の魔法使いが追いかけてくる気配はなかった。どうやら無事に窮地を抜けられたらしい。

五分ほど走り続け、いよいよ心肺機能の限界に差し掛かろうとしていたところで、魔法使いはようやく足を止めた。僕はその場にしゃがみ込んで酸欠に喘ぐ。肺は貪欲に酸素を取り込もうと収縮を繰り返すが、肝心の酸素は上手く全身を巡らず苦しみはなかなか消えない。

必死に呼吸を整えながら様子を窺うと、さすがに魔法使いも限界だったらしく僕のすぐ隣で荒い呼吸を繰り返している。

しばしお互い無言のまま呼吸を整え、ようやく多少苦しさが和らいできたところで、魔法使いは呟くように言った。

「だから——って、言ったのに」

「……え?」

小さすぎて肝心のところが聞こえない。しかし、言い直す気はないらしく、魔法使いは両手を腰に当てて僕を見下ろした。

「――一般人がこんな夜中に歩き回って……危ないじゃないですか」

「……僕が知る限りこのあたりはそれほど治安が悪くないはずだけど」

「最近事情が変わったのです。これに懲りたら、明日からは夜、無闇に出歩かないことです」

そんなことを言われても、こちらにも生活がある。僕は荒い呼吸を静めて立ち上がる。

そこでようやくちゃんと魔法使いの顔を確認するが、確かに伊勢崎の言っていたとおりアイドル顔負けの整った顔立ちをしていた。どうやら渦中の魔法使いで間違いないらしい。

闇に映える艶やかな黒髪に魅力的な大きい瞳。正直テレビに出ていても何ら不思議はないほどの美人だ。長い前髪をヘアピンで固定しているが、走ったためかわずかにほつれて汗ばんだ額に張り付いてしまっている。その様子がまたどこか色っぽくてドキリとした。

ただし、ハリー・ポッターに憧れて、夜の街で魔法使いごっこをするには少々年長が過ぎるように思えた。十代後半くらいだろうか。

「差し出がましいようだけど、きみのほうこそそんな恰好で深夜徘徊してたら、変な酔っ払いに絡まれるかもしれないし、下手したら補導されるなんてことも十分にあり得ると思うんだ。だからその、できればやめておいたほうがいいかなと思うんだけど」

「よ、余計なお世話です……！　私には私の目的があるのですから、放っておいてください。第一、私は二十歳です。補導なんかされません」

童顔なので高校生くらいかと思っていたが、立派に大人だ。なおさらハリー・ポッターごっこをしている場合ではない。

「……仮に成人していたとしても、女の子が深夜に一人で徘徊するのはやっぱりそれなりに危険だよ」

「こんな恰好で、昼間に徘徊するほうがよほど危険でしょう」

「それは……そうかもしれないけど」

そんなことをした日には、それこそ写真を撮られまくってSNSで拡散されてしまうだろう。深夜、人目が少ないからこそまだ噂程度で済んでいる。誰もが簡単に発信者となれる今の時代は、なかなかに世知辛い。

何かの事情があるようだが、あまり深入りしたくない、とも思う。せっかく名探偵だの怪盗王だのという訳のわからない連中のいざこざから解放されたのだ。余計なことに首を突っ込んで、貴重な夏休みを無駄に浪費することもあるまい。

忠告はしたのでそれで十分と、僕は重たい腰を持ち上げる。

「まあ、何をするのもきみの自由だけど……あまり無茶はしないようにね」

「はい。あなたにご迷惑はお掛けしないのでどうかご安心ください」

素っ気なく言って、魔法使いは改めて僕を見やる。

「とにかく、今夜目にしたことはなるべく忘れることをお勧めします」

「それは……警告？」

「いえ、明日からも真っ当な生活を送るための、私からのアドバイスです。……一般人が魔法の世界に関わったら、不幸になりますから」

どこか含みのある言い方。揺れる黒瞳に、悲しみにも似た色を見て、止せばいいのに僕は思わず尋ねた。

「――ひょっとして……何か困ってる?」

え、と驚いたように魔法使いは僕を見上げる。

いつかどこかで見た、切羽詰まった人間が救いを求めるような目。

しまった、と不用意に深入りしたことを一瞬後悔するが、もう遅い。この調子ではあまり他人にお人好しなどと言えないが、困っていそうな人を見掛けて知らんぷりができるほど僕もまだ達観していないのだから仕方がない。

せめて極力影響を少なくするため、慌てて言い繕う。

「その、僕が通う東雲大学には、〈東雲の名探偵〉と呼ばれる人がいるんだけど、その人と偶然ちょっとした知り合いだから、もしきみがよければ、紹介しようか……?」

言ってしまえば完全なるただの他力本願だが、僕自身には何の能力もなく、ただ仲介ができるだけなのだから仕方がない。

魔法使いの女性は、目に見えて狼狽を見せる。

彼女にしてみれば、さすがに怪しさは拭い去れないだろう。たまたま出会っただけの男が、このあたりで名を馳せる傑物と知り合いなんて……あまりにも話ができすぎている。

それならばむしろ、言葉巧みに彼女をひとけのないところへ連れ込んでいかがわしいことを行おうと画策している卑劣漢である可能性のほうが圧倒的に高いだろう。

しばしの沈黙ののち、女性は逡巡を滲ませながらも微かな希望のほうに縋った。

「……少し複雑な事情があるのですが、それでもよろしければ是非」

何とも数奇な運命の巡り合わせではあったが――そういうことになった。

4

翌日、僕は東雲大学のクラブ棟正面入り口前に佇み、魔法使いの到着を待っていた。

さすがにいきなり人目のない部室へ呼び出すのは、彼女も不安だろうと思ったためだ。夏休みとはいえ、このあたりには暇な大学生たちがうようよしているので安心材料にはなるだろう。

偶然ながら魔法使いの女性も東雲大学の学生ということで、ここを集合場所としたのだけれども……本当に現れるかどうかは半信半疑だった。

昨夜は夜も遅かったので、翌日に改めて会って話をする、ということになったものの、一晩経って冷静に考えれば僕の話があまりにも都合がよすぎると気づき、身の危険を感じて現れない、という可能性も十分にあり得る。

まあ、そうなってしまっては致し方ないので、大人しくすべてを忘れてエアコンのよく利いた部室で涼んでいけばいい。僕はシャワシャワと騒がしいセミたちの喧噪(けんそう)に耐えながら待つ。

約束の午後二時まであと五分、というところで見覚えのない人影が歩み寄ってくるのが見えた。小柄で猫背。着ているもののシルエットからかろうじて女性であることが窺える。大きめのメタルフレーム眼鏡と、それを隠すように伸ばされた前髪が陰気な雰囲気を醸(かも)し出(だ)している人物――よくよく見るとそれは、昨日図書館の貸し出しカウンターにいた女性だった。

クラブ棟に用でもあるのかな、と視線だけで見送ろうとしていると、その女性は僕の前でぴたりと足を止めた。

「……あの、本日はよろしくお願いします」

一瞬、何を言われているのかわからなかったが、その声に聞き覚えがあることに気づき、思わず目を丸くする。

「まさか、きみは昨日の魔法使い？」

女性はわずかに躊躇(ためら)いを見せてから、僕を見上げてこくりと頷(うなず)いた。重たい前髪の奥、分厚い眼鏡に隠された素顔が覗く。それは昨夜の印象と驚くほど異なっているが、紛れもなくあのときの魔法使いのそれだった。

そうか……確かにあれだけの美人が構内にいるのに、噂一つ聞かないというのは少し不思議だと思っていたのだ。伊勢崎あたりなら大騒ぎしていそうなものなのに……。だが、そもそもその事実が斯様（かよう）に隠蔽（いんぺい）されていたのだとしたらそれも頷ける。

……しかし、それにしても野暮ったい眼鏡を外したらとびきり可愛い魔法少女というのは、あまりにもベタがすぎるような気がしないでもない。

些か失礼なことを思いながらも、ようやく現れた待ち人を目的地である〈名探偵倶楽部（クラブ）〉の部室まで誘う。廊下を歩きながら、魔法使いは怖（お）ず怖（お）ずと口を開く。

「あの……そもそも〈名探偵倶楽部〉というのは、いったい何をするところなのですか？」

「…………」

思わず口ごもる。実際のところ、その本質は誰もわかっていない。何故ならば、この部活は金剛寺煌（こんごうじきら）というたった一人の人物の気まぐれによって生み出されたものなのだから。

金剛寺煌は、我らが東雲大学において知らぬ者はいないほどの有名人だ。世界にその名を轟（とどろ）かせる超巨大コングロマリット〈金剛寺グループ〉総帥の孫娘にして、十歳でアメリカの大学を卒業するほどの天才的頭脳を持つ神の寵児（ちょうじ）である。

生まれながらの王ゆえの尊大さを振り撒（ま）きながらも、〈高貴さは義務を強制する（ノブレス・オブリージュ）〉を信条とする高潔さも持ち合わせる難儀なお方で、人のトラブルに首を突っ込んでは片っ端（かたぱし）から問題解決を図っていき、やがて付いたあだ名は〈東雲の名探偵〉。

そんな彼女が、解散寸前だった広報サークルに目を付け、半ば強制的に部室を接収し根城としたのが現在の〈名探偵倶楽部〉だ。

元々たった一人で広報サークルを切り盛りしていた僕の同期である雲雀耕助と、ちょっとした不運から煌さんに目を付けられ、〈助手〉という何だかよくわからない役職を与えられた僕、そしてもう一人、暇だからというそれだけの理由で名前を貸してくれている聖人の計四名によって構成されている。

そのようなわけで、普段僕らはひたすら煌さんに振り回されているだけなのだけれども……それを今告げたところで、魔法使いを不安にさせるだけだと思ったので、当たり障りなく、持ち寄られたトラブルを解決する便利屋みたいなところだよ、と答えておく。

嘘は言っていない。少なくとも、前回はまさしくそうであったのだから。

納得したようなそうでもないような微妙な表情を浮かべる魔法使いだったが、結局それ以上の言葉を呑み込んで黙って僕の隣を歩いていた。

目的地のドアを一度ノックしてから、いつものように返事も待たずに入室する。

「いらっしゃい――あれ、お客さん？」

この部屋の本来の主である黒縁眼鏡の青年――雲雀は、キーボードの上で動いていた手を止めて、意外そうに目を丸くした。進み出た魔法使いは、律儀に頭を下げる。

「……二年の聖川麻鈴といいます。本日は、金剛寺煌さんをご紹介していただけると伺い、参りました。よろしくお願いします」

「煌さんのお客さんか……」

普段ならば来る人拒まず、という感じの雲雀だが、今回は困ったように口を曲げた。

「あれ？　何か拙かったか？　というか煌さんは？」

狭い室内に、かの名探偵の姿は見えない。普段ならば、ソファに寝そべって食後のシエスタと高いびきをかいている頃かと思っていたのだが……。

「煌さんなら昨日からハワイだよ」

え、あの人今ハワイに行ってんの⁉

「そんなこと一昨日まで一言も言ってなかったのに……自由すぎるだろ」

「いや、今回のハワイ行きは総帥の思いつきらしいよ。可愛い孫娘とロングバケーションを楽しみたいとか言われて、渋々付いて行ったみたい」

生まれてすぐ天上天下を宣ったような煌さんでも、さすがに総帥には頭が上がらないらしい。まあ、小国の国家予算を遥かに超える総資産を誇る〈金剛寺グループ〉の頂点に御座すお方なのだからそれも仕方がない。

しかし……この展開は予想外だ。まさか煌さん不在とは……。申し訳なく思いながら魔法使い——聖川さんを窺うと不安そうに視線を彷徨わせていた。

「え、あの……金剛寺さんはいらっしゃらないのですか……？」

「……せっかく来ていただいたのにすみません。もしお急ぎのようでしたら、お話だけでも僕らのほうで伺って、煌さんに取り次ぐこともできますけど……どうします？」

雲雀の控えめな提案。困っているのであれば手を差し伸べたいところなのだろうけれども、さすがにこの状況ではあまりぐいぐい行くのも憚られる。

聖川さんの立場からすれば、煌さんを紹介すると言われて来たのに、やっぱりいませんでした、とあっさり前言を翻されているのだから、今頃警戒心がむくむくと湧き起こっているはずだ。いくら大学構内とはいえ、よく知らない男二人に挟まれている現状は、身の危険を感じて然るべきと言える。

これは日を改めて、煌さんが戻ってきてからもう一度かな、と諦めムードになりつつあったところで、控えめなノックとともに新たな入室者が現れた。

「すみません！　バイトが長引いて遅れました！　あ、これお詫びの差し入れのハーゲンダッツです！」

先ほどちらりと話題に上った、暇だからというだけの理由で〈名探偵倶楽部〉に名前を貸してくれている聖人こと——来栖志希さんの登場だった。

5

来栖さんは、アパートの隣の部屋に住む後輩の女の子で、僕が密かに想いを寄せている相手でもある。

本来であれば僕のような凡夫は一生言葉も交わせないようなとびきりの美少女なのだが、部屋が隣同士で学部も同じということもあり、仲よくさせてもらっている。これまでの人生で親しい女の子などいたことがなかったのでどうにも距離感が摑めないでいるが、食事当番契約などと称してお互いの部屋を行き来したりする程度の関係は結べているので、少なくとも嫌われているわけではないと信じたい。

もっとも、その食事当番制も夏休みに入ってお互いバイト三昧になってからは疎遠になってしまい、少々危機感を覚え始めている次第だが……。

まあ、そんなことはどうでもよくて、来栖さんの最大の特徴は可愛いことでも性格が抜群にいいことでもなく、並外れて頭がいいところだ。

過去には煌さんとの推理対決で勝利を収めたこともある。

なればこそ、聖川さんのお悩み相談にもよき解決をもたらしてくれるものと信じ、こうしてバイト三昧の忙しい中、無理を言ってお呼び立てしたのだ。

決して、最近あまり顔を合わせていないからこの機に少しでも関係を深めておこうなどという不純な動機で呼んだわけではない。

……一ミリもそんなつもりがなかったとまでは言わないけれども。

ともあれ、来栖さんというこの場に似つかわしくない、あまりにも朗らかで可愛らしい女の子が現れたことで聖川さんの警戒も解けたらしく、ひとまず話はしてもらえることになった。

雲雀が淹れてくれた熱い紅茶を飲みつつ、来栖さんが差し入れてくれたハーゲンダッツを食べながらお互いの自己紹介を終えたところで、聖川さんは語り始めた。

「私は世界最強の魔法使い、聖川光琳最後の弟子——ありていに言えば、魔法使いです」

突然わけのわからないことをぶっ込んできた。今回ばかりはさすがの来栖さんも面食らったように、「……魔法使い、ですか」と繰り返す。

ちなみに本日の来栖さんは、淡いグリーンのノースリーブニットと涼しげなブラウンのミニスカートという露出多めの装い。いつもどおりお人形さんのように可愛らしい。

「その、魔法使いというものにあまり明るくないのですが……つまり聖川さんには魔法が使えるのですか？」

さすがに信じがたい様子ながら、相手を傷つけないよう言葉を選ぶ来栖さん。聖川さんは、長い前髪で表情を隠すように項垂れる。

「——いえ。偉大なる魔法使いの弟子ではあるのですが、私には魔法が行使できません。その、魔法の極意を教わるまえに、師匠が亡くなってしまったので……。でも、魔法は使えなくても、心は魔法使いです」

「…………」

ちょっと何を言っているのかわからずに僕は閉口してしまうが、そのどこか切実な言葉に、来栖さんは深く突っ込むことなく、そうですか、と納得してみせた。

二十歳の自称魔法使いを前にして、よくそこまで親身になれるものだと、来栖さんの優しさに感動すら覚える。

「師匠の方と苗字が同じようだけど……親戚なのかな？」

雲雀は余計な先入観を持たないためか、いつもどおりのフラットな態度で尋ねた。

「私は娘です。といっても、血の繋(つな)がりはないのですが……」

どうやら複雑な事情があるらしい。僕はまた面倒なことになりそうな予感を飲み下すように、熱い紅茶をストレートのまま一口啜(すす)る。

聖川さんは、目の前に置かれた紅茶の満たされたカップへ視線を落としたまま言う。

「……皆さんは、十年まえに起こった『白ひげ殺人事件』をご存じでしょうか？」

「白ひげ――」

記憶を探る僕をよそに、雲雀が先んじて答えた。

「確か、児童養護施設の経営者が惨殺された事件だよね。当時は、テレビでも毎日のように報道されてたからよく覚えてるよ」

そういえば昔盛(さか)んにニュースでそんなようなことをやっていたと思い出す。しかし来栖さんは申し訳なさそうに小首を傾げた。

「すみません、私テレビってあまり見てこなかったのでわからないです。被害者が、おひげを蓄(たくわ)えていらしたんですか？」

「当たらずとも遠からず、かな」雲雀は肩を竦めた。「実際、確かに被害者には白いひげが生えてたんだけど……それは後でわかったことなんだ」

「後でわかった？　どういうことです？」

「被害者はね、首を切断されて持ち去られてたんだ」

それを聞いて、来栖さんは顔をしかめた。彼女をおびえさせるのは本意ではなかったが、詳細な説明をしないわけにはいかないと思ったので、雲雀に代わり僕は言葉を選んで続ける。

「しかも、どういうわけか被害者は、樽に詰められて、おまけに外から複数の剣で刺されて死亡していたんだ」

「……なるほど。それで、『白ひげ殺人事件』と呼ばれているわけですね」

動揺を抑えるように、来栖さんは冷え切ったスプーンを舐めた。

そう、まるで大人から子どもまで誰もが知っているあのパーティゲームのような状況であったことをマスコミが面白がり、それに擬えてこの不可解な猟奇殺人事件は『白ひげ殺人事件』として盛んに報道された――。

「でも確か、あの事件は同時期に姿を晦ませた関係者の男が犯人だって結論になってた気がするけど……」

確認するような雲雀に、聖川さんは小さく首を振って顔を上げた。

「いえ……それは世を欺くための虚構です。真実は……魔法で殺されたのです」

あまりにもはっきりと、自信満々にそう言い切るものだから、僕ら三人は面食らって顔を見合わせるしかない。

「ええと、失礼ですが、魔法で殺された、というのは何か根拠があるのですか？」

念を押すような来栖さんの確認。自称魔法使いは重々しく頷いた。

「実は私……見ていたんです。師匠が殺される瞬間を、目の前で」

「――――」

思わず息を呑む。それが事実なのだとしたら、何という壮絶な体験だろうか。

聖川さんは、前髪と分厚い眼鏡で表情を隠したまま、淡々と続ける。

「樽に入り、上部から首だけを出した師匠は、突如飛来した複数の剣に刺し貫かれました。そして聞いたこともないような絶叫が響き渡った次の瞬間、私の目の前に師匠の首が降ってきたのです。床に転がった師匠の首と目が合ったときの恐怖と悲しみは……今でも忘れられません」

さすがに気安く相づちを打てる状況でもなく、僕は黙り込む。

少なくとも、僕が知る限りの常識では、剣は飛来してこないはずなので、それが事実なのであれば、魔法による犯行だと思ってしまっても不思議はない。

しかし、グロテスクな猟奇殺人事件が、実際には魔法で行われたと急に言われても……比較的常識的な生き方をしている僕にはまったくぴんとこない。

腕組みをして、ふむ、と呟く雲雀。

「少し状況を整理したいんだけど……。殺害された児童養護施設の経営者が、あなたの師匠だったってことでいいのかな？」

「はい。児童養護施設の経営者、というのは世を忍ぶ仮の姿でしかありません」

「つまりあなたは、魔法で剣を飛ばして、樽に入った師匠を殺害した犯人がいると考えてると？」

聖川さんは頷いた。さすがは雲雀、情報をまとめるのが上手い。

「……色々気になるポイントはあるけど、いったん話を先へ進めてもらってもいいかな」

はい、と聖川さんは続ける。

「……師匠には、私を含めて五人の弟子がいました。皆、姉弟子であり魔法使いです。姉弟子たちは皆、師匠から魔法の手ほどきを受け、それぞれに魔法を行使することができました。私たちは、〈聖川一門〉という魔法ギルドとして、魔法世界で名を馳せていました」

ますます話が胡散臭くなってきた。顔をしかめそうになるのを堪えながら耳を傾ける。

「事件が起こったのは、師匠の工房でした。特別な結界魔法が張られており、一門の人間以外では、師匠の許可を得た者のみ立ち入りが可能な場所です。師匠がほかの魔法使いを工房に招き入れるとは考えられません。つまり犯人は、私たち一門の中の誰かということです」

容疑者は、五人の魔法使いか……。

魔法使いが多すぎて些か食傷気味だが、僕からも確認しなければならないことがある。

「それじゃあ、昨日の夜きみと対峙してたのは……？」

「はい。姉弟子の一人――〈獄炎使い〉の火乃姉様です」

「フレイム・マスター……」

小さく復唱する。絶妙にだせえな……とは思うが黙っておく。

「火乃姉様は、炎を操る魔法使いで、おそらく世界でも最高の炎使いになります」

最強の魔法使いに、最高の炎使い。この狭い界隈に高ランクの魔法関係者が集まりすぎなのでは、というのは野暮な突っ込みだろうか。もしかしたら、魔法業界というのは意外と狭いのかもしれない。

「昨日の夜というのは？」

来栖さんは、僕と聖川さんの顔を見比べる。僕は手短に、昨夜起こったことを包み隠さずに話した。

「――ということは、先輩も魔法を実際に見たんですか？」

「それは……まあ、うん」

曖昧に頷く。あれが本当に魔法だったのかと改めて聞かれると、僕もあまり自信が持てない。バイト終わりで疲れていたし、何より空腹だった。幻覚、とまではいかなくても、何かの見間違いだった可能性は否定できない。少なくとも、あのとき見た光景だけで魔法の存在を確信することは難しい。

しかし、今は聖川さんが魔法の存在を確信している手前、それが実在するものであるとして話を進める。

「えっと、それで昨日きみは、どういう理由でその姉弟子と対峙してたの？　確か仇討ちがどうのって言ってた気がするけど」

言いにくいことなのか、聖川さんは逡巡を見せるが、意を決したようにそれを告げた。

「……火乃姉様が認めたのです。自分こそが師匠を殺したのだと」

話がまるで見えてこない。困惑する僕らの前に、聖川さんは妖しげな黒い手帳をそっと取り出す。いわゆる、文庫本サイズの手帳だ。革張りでやたらと物々しい装飾が施されており、ご丁寧に古めかしい南京錠がぶら下がっている。施錠を解かなければ中が見られないようになっているタイプだ。

明らかに真っ当なものではなく、むしろ禍々しささえ覚える。まるでゲームに出てくる呪いの書物だった。所持しているだけで、身体に人面瘡が浮かんできそう。正直、道に落ちていても見て見ぬふりをするレベル。

「これは〈暗黒魔導書〉。魔導書——と言いつつ、私が魔法世界で体験したことを記録した日記のようなものです。中学生になった頃、私なりに当時の記憶を改めて整理しました。師匠は、弟子を多く取っていましたが、その極意は自身を超えた者に授ける、と生前に明言していました」

「自身を超えた者——つまり、光琳氏を殺害した人には、その継承権があると解釈することもできるわけですか」と来栖さん。

「まさしく。十年まえ、師匠は紛れもなく世界最高の魔法使いでした。普通に考えたら、弟子である我々がどうにかできる相手ではありません。しかし、実際に犯人はそれを見事にやってのけました。魔法において、師匠を超えたと考えても構わないでしょう。ならば当然、極意の継承権があることになります」

かろうじて理屈はわかるが、あまり納得感はない。

「極意っていうのは具体的にはどういうものなの?」雲雀は尋ねる。

「……残念ながら私にはわかりません。しかし、どういうわけか、私の〈グリモワール〉に形を変えてそれが記載してある可能性があるそうで……。火乃姉様は、私から〈グリモワール〉を奪おうとしているのです」

「ああ、なるほど」

ようやく合点がいった。何故、魔法も使えない聖川さんが昨夜姉弟子と対峙していたのか。

それは、自身こそが正式な極意継承者であると名乗り出て、聖川さんの手帳に記された何らかの極意を手に入れようと画策していたわけだ。

当然そのためには、自分こそが光琳氏殺害の真犯人であると主張しなければならないが、それは同時に聖川さんを含めた残りの弟子たちにとっての仇であると主張することにほかならない。

「ひょっとしてきみは、その姉弟子の主張が真実であるか否かを判断したい――ありていに言えば、自白の真贋を見極めてもらいたいってことかな?」

微に入り細を穿つような雲雀の状況確認。

聖川さんは、神妙な面持ちで頷いた。

「火乃姉様の主張は、私にはもっともらしく聞こえますが、それが本当に真実であるかどうかは判断できません。そこで、かの高名な金剛寺さんにその判断をお願いできないかと思いまして……」

なるほど……昨夜、聖川さんが複雑な事情がある、と言っていた意味がようやくわかった。確かにこれはなかなかに難儀そうだ。

つまり、この件に関わるということは、かの有名な『白ひげ殺人事件』という現実に起きた猟奇殺人事件が魔法によって引き起こされた事件である、という主張の論理的整合性を判断する、ということにほかならない。

事件の詳細がわからない現状、本当にそんなことが可能なのかどうかも僕にはわからないけれども……。

もしその姉弟子の主張が真実なのであれば、それはそれで構わないが、仮に虚偽であったとしたら、それを覆すようなロジックや証拠を突きつけなければならないのだから……かなり厄介だろう。

おまけに肝心の煌さんは、ハワイでバカンス中。こんなわけのわからないトラブル、正直手に負えないとさえ言っていい。

ここはやはり、当初の予定どおり煌さんが戻ってくるのを大人しく待とう——そんな結論で締めくくろうとしたところで、不意に来栖さんが告げた。

「あの、もしよろしければその判断、私たちにやらせてもらえませんか？」

え、と意外そうな顔を向ける聖川さん。同様に僕も驚いて来栖さんを見やる。

いったい何を言い出すのか——。止めようとしたところで、彼女は片手を上げて僕を制し、聖川さんに言う。

「もちろん、お急ぎでないのなら煌さんの帰国を待つのが賢明でしょう。しかし、もしも何か急がなければならない事情があるようでしたら、是非私たちに協力させてください。絶対に役に立って見せますから」

この上なく真摯な来栖さんの言葉。聖川さんは困ったように眉を寄せる。

「……実は明日の夜、再び火乃姉様と相まみえて、その場で姉様の主張を覆せなければ、〈グリモワール〉を渡さなければならないんです。でも――」

明日の夜までに煌さんが帰国する可能性はほぼゼロだ。電話で何らかの助言を得るという手段もないではないが、リアルタイムでそれをやるには通信状況などがあまりにも不安だ。何より時差が十九時間あるので、東京の夜はハワイのド深夜。あの我が道を往く生まれながらの王が起きているとは考えにくいし、わざわざ僕らのために夜更かしをしてくれるほどのお人好しでもない。

つまり……状況的に煌さんの協力を仰ぐことは極めて困難であると言える。

しばし考え込んでから、聖川さんは再び口を開く。

「……元より、私一人で臨むつもりだったのです。一人でも協力者が増えるようでしたら、それだけでも心強く思います。よろしければ、同行していただけると嬉しいです」

どうやら覚悟を決めたらしい。

「ありがとうございます！　精一杯、努めさせていただきますね！」

来栖さんは嬉しそうに拳を固めて身を乗り出した。

厄介事に首を突っ込む来栖さんの悪癖は健在のようだった。まあ、僕も人のことは言えないのだけれども……。半ば諦めのような境地で、僕は割って入る。

「でも、僕らは事件の詳細をほとんど知らないよ。どうやって自白が正しいかどうかを判断すればいいの？」

「ここに――すべてが記されています」

魔法使いは、テーブルの上に置いた例の手帳の表面を指で撫でた。

「私が魔法世界で見聞きしたもの、体験したことの記録がこの中に。どうかこれを読んで、共に師匠の仇を取ってください」

「もちろん、可能な限りあなたに協力させていただきますけど」

どこか神妙な様子で来栖さんは尋ねる。

「真贋を判断した結果、その姉弟子の主張が真実であると判明したらあなたはどうするのですか？　仇を取る、というのはあまり穏やかではなさそうですけど」

確かにそれは確認しておかなければならないことだ。聖川さんは、一瞬泣き出しそうなくらい顔を歪めるが、それでも唇を結び平静を保って答えた。

「……犯人については、正直どうでもいいのです。仇を取ると言っても、どうこうするつもりはありません。私はただ、真相を知りたいのです。大好きだった師匠の身に何が起こったのか。何故師匠は死ななければならなかったのか……。すべてを理解することが、師匠の最後の弟子である私の務めなのだと思うから……」

それきり俯いてしまう。僕らは顔を見合わせる。どうしましょう？　と視線で問い掛けてくる来栖さん。

まあ、暴力的な解決を望んでいないのであれば手を貸しても大丈夫か。とりあえず、何よりも重要なのは来栖さんが危険な目に遭わないことなので、その点だけでも担保が取れたのであればひとまず僕のほうから言うことは何もない。

それに、正直事件の真相にも多少は興味がある。

いったい何故、例のパーティゲームに見立てられたのか。

常識的な理由によるものでないのは明らかだ。何よりスプラッタな猟奇殺人と、メルヘンな魔法という相容れない要素がどのように絡み合うのか……今のところ想像もできない。

それから聖川さんは、おもむろに襟首の内側に手を差し入れ、身に着けていたペンダントを外してみせる。その先には小さな鍵が付いていた。

外したばかりのペンダントを例の手帳の上に置いて、こちらにそっと差し出してくる。

「こちらをお預けします。とても大切なものなので、どうか大事に保管してください」

鍵付きの手帳——どうやらこのペンダントの鍵で読めるようになるらしい。

随分と物々しいが……郷に入っては郷に従わなければならない。

さて、ではまず誰が読むべきか。僕はこれからバイトだから来栖さんか雲雀が好ましいけれども、と考えていたところで雲雀はポンと僕の肩を叩いた。

「それじゃあ、この件は煌さんに報告しておくから、あとは来栖さんと頑張って」

「ちょっと待て。おまえは手伝ってくれないのか？」

「手伝いたいのは山々だけどさ……」雲雀は両手を広げる。「僕は広報サークルの作業で手一杯だよ。学祭まであまり時間がないからね」

　忘れがちだが、本来、広報サークルは季刊誌〈暁雲〉を発行することを目的として組織されたものだ。特に秋の学祭〈青雲祭〉で発行される〈暁雲〉は、多くの外部の人間の目にも留まるため気合が入るらしい。来年度の予算申請の際、実績になりやすいためだ。特に現在広報サークルは、煌さんのご威光で廃部を免れているという少々微妙な立場にあり、そのために雲雀は休みを返上してまでこうして一人で作業に没頭しているのだ。

　さすがにこの状況で雲雀の協力を仰ぐのは申し訳ないため、今回ばかりは諦める。

「なら来栖さんが先に手帳に目を通しておいてよ。僕はバイトが終わったら読むから」

「わかりました。責任重大ですね！」

来栖さんは、ふんす、と鼻息を荒くしながらテーブルの手帳と鍵を受け取った。

明日の夜の予定を軽く決め、連絡先を交換して、本日は散会となった。

念のため聖川さんには、今日は変な恰好で夜の街を彷徨かないように言い含めておく。

僕らに関わりがないのであれば魔法使いの姿で夜中に徘徊をしようと好きにしてもらって構わないが、こうして関わりを持ってしまった以上、奇行は黙認できない。もし下手なことをして警察の厄介になるようなことがあれば、僕らにも不利益が降り懸かる恐れがあるのだから。

聖川さんは渋々といった様子で承諾した。できれば知り合いが警察の厄介になるところは見たくないので、個人的な懸念が消えたのはありがたい。

雲雀に別れを告げて、僕と来栖さんはアパートへ帰る。部室棟を一歩外に出た瞬間、ロウリュにも似た熱波に襲われるが、うんざりしながらも気力を振り絞って帰路につく。

「また先輩まで面倒事に巻き込んでしまってすみません」

隣を歩く来栖さんが、日除(ひよ)けの黒いキャップの下から申し訳なさそうな顔で僕を見上げた。まるで昔話題になった消費者金融のＣＭに登場するチワワのような庇護欲(ひごよく)を誘う瞳。

込み上げてくる愛(いと)おしさを必死に飲み下して僕は答える。

「――まあ、元々は僕が持ち込んだ問題だからね。それは気にしないでいいんだけど……ただ率先して自分から厄介事に首を突っ込むのはあまりお勧めしないかな」

苦言にならない程度に、やんわりと忠告しておく。

前回――すなわち『神薙虚無』のときは、幸運が味方してくれたこともあり奇跡的に平和な結末を導くことができたけれども……今度もまたそうなる保証などどこにもないのだ。

そしてもしもそれができなかったのなら、傷つくのは来栖さん自身なのだから……できれば来栖さんにはこれ以上余計なことに首を突っ込んではしくないというのが本音だ。

まして今回は、過去に起こった殺人事件に魔法が関与しているという、わけのわからない案件だ。はっきり言ってどんな結末になるのかさえも予想できない。

もちろん、聖川さんが困っているのなら力になってあげたいという気持ちがあるのも本当だけれども、だからといって来栖さんを苦しめたいわけではないのだ。その手の厄介事は名探偵として名を馳せている煌さんに丸投げして、僕らはただ傍観者に徹するのが一庶民としての正しい選択肢だろう。

「すみません……困っている人を見たら放っておけない性分でして。それに、煌さんはちょっと依頼人に対して容赦がなさすぎるので、すべてをお任せしてしまうのが不安で……」

来栖さんのいうとおり、確かに煌さんは自分にも他人にも厳しい一面がある。彼女の掲げる〈高貴さは義務を強制する(ノブレス・オブリージュ)〉は、森羅万象に対して平等だ。だから、たとえ謎を解くことで誰かを不幸にしてしまうのだとしても、解決を一切躊躇(ちゅうちょ)しない。

ある意味来栖さんとは真逆の存在なので……不安を覚えてしまうのもよくわかる。

まあ、関わってしまったものは今さら仕方がない。何の力も持たない僕としては、バッドエンドにならないことを祈りながら、流れに身を任せるだけだ。

気を取り直して、今後の方針を整理する。

「——ひとまず僕らは、例の〈グリモワール〉とやらに目を通して、明日、聖川さんと一緒に姉弟子の主張とやらを聞けばいいのかな」

「そうですね。あと、できれば客観的な事件の情報も可能な限り集めておいたほうがいいでしょう」

客観的な事件の情報——つまり、十年まえに起きた『白ひげ殺人事件』の概要か。一日でどの程度調べられるかはわからなかったが、当時は盛んに報道されていたのでそれなりに情報は集まるだろう。

何だか、地続きの殺人事件と空想的な魔法が入り交じって、すでにだいぶ訳がわからなくなってきているけれども……。

「ちなみに来栖さんは、魔法って信じる？」

「あったら素敵だと思います」来栖さんは優しい笑顔で言った。「それが実際に奇跡の力によるものなのかは私には判断ができませんけど……。でも、困った人を助けられるのであれば、それは科学であれ魔法であれ、尊重されるべきです。大切なことは、それによって何をなすか、でしょう？」

煌めく瞳で僕を見る。至言だ、と僕は呟いた。

聖川さんが、本当に魔法の存在を信じているのか、それともただ信じたがっているだけなのかは現状判断できないけれども……そんなことはどちらでもよく、結果的には彼女が救われさえすればいいのだ。

これから自分がすべきことが何となく見えてきた気がして、不安だった先行きが少し明るくなる。

聖川さんのほうは……まあ、如何様にでもなるだろう。

それから僕は隣を上機嫌に歩く来栖さんをちらと見やる。

これは完全に邪な蛇足でしかないけれども……夏休みに来栖さんと会う口実ができたのは一つの収穫だ。

事件のことで真剣に悩んでいる聖川さんには些か申し訳ない気持ちも立つが、個人的には来栖さんとの仲を進展させる切っ掛けができて正直ありがたいとさえ思う。

——そんな暢気なことを、このときの僕はまだ考えていた。

何故なら、まさかこのあと来栖さんが、現実と魔法の狭間で、己の信念に屈してしまうことになるなんて……。

それこそ夢にも思っていなかったのだから。

第2章

暗黒魔導書（グリモワール）

魔法とは、奇跡を再現する神秘の力——。

1

◆

私が六歳になった頃、パパとママは死んだ。

自動車事故だった。高速道路を走っていたとき、知らない車が突然煽り運転をしてきたのだ。

まだ小さかったこともあり、あのときのことはあまり詳しく覚えていないのだけれども、走っている車のすぐ後ろから鳴らされた大きなクラクションの音が今も記憶の片隅から消えてくれない。

パパは一緒に乗っていたママと私を守るため逃げようとしたのだけど、ガードレールにぶつかってしまった。私の記憶はそこで途絶えている。

結局、奇跡的に私だけが助かった。

お医者さんや看護師さんたちは、私が目を開けたときにとても喜んでくれたけれども、私はちっとも嬉しくなかった。

だって、この世界にはもうパパもママもいなくて、私はひとりぼっちだったから。


その後、私は遠縁の家に預けられた。

でも、新しい家の新しいお父さんとお母さんはとても怖い人で、私はいつも暗い物置部屋の隅で膝を抱えて座っていた。そこが私の部屋だったからだ。

ここで静かにジッとしていれば、お父さんもお母さんも私を怒らなかった。だから、いつしかこの薄暗く狭い物置だけが、私の安心できる場所になっていた。

そんな毎日が三年ほど続いたある日――私は突然、施設に預けられることになった。

きっと何もできないし可愛くもない私は、捨てられてしまったのだろう。

今になって思えばそれも当然と受け入れられるけれども、でも、そのときの私には何もわからなかったので、ただ捨てられてしまったことがとても悲しかった。

優しくされたことなんて一度もなかったし、愛されていないことにはとっくに気づいていたけれども、それでも私の居場所はあそこしかなかったから。

施設、というところはよくわからなかったけど、私と同じように親のいない子どもたちが集まって暮らしているところなのだと、迎えに来た綺麗なお姉さんが教えてくれた。

私は、同じ年頃の子どもたちが苦手だった。いつも学校でいじめられていたから。

電車をたくさん乗り換えて、電車を降りても駅からすごくたくさん歩いて、つらかった。

施設に着いたら、校長先生がいるような立派なお部屋に通された。お部屋には、優しそうな白いおひげのおじいさんが待っていた。ぽわぽわした眉毛まで真っ白で、何だか可愛かった。これからおじいさんと少しお話をするらしい。怖そうな人じゃなくて安心した。おじいさんは温かいココアとクッキーをくれた。どちらもそのとき初めて食べるものだったので不安だったけれども、おなかが空いていたので私は齧りついた。食事のマナーなんて教えてもらったこともなかったから、きっとすごく下品だったと思うけど、おじいさんも隣に座ったお姉さんも、何も言わずににこにこしながら私が食べ終わるのを待ってくれた。

それから、おじいさんに色々なことを聞かれた。これまでのことと、これからのこと。「将来の夢は何ですか?」と聞かれたとき、正直に「早くパパとママのところへ行きたい」と答えたら、お姉さんが私を抱き締めて泣き出した。

私はわけがわからなくて、初めは目を白黒させていたけれども、お姉さんの腕の中が温かくて、優しくて、気づいたら私も一緒に泣いていた。

悔しかったわけでも、怖かったわけでもないのに、こんなに泣いたのは初めてだった。

しばらくして、おじいさんは穏やかに語りかけてきた。

「——魔法の世界に、興味はありませんか?」

おじいさんは、魔法使いらしい。

魔法とは、世界を変える不思議な力なのだという。

でも魔法使いであることは内緒にしなければならないようで、表向きには身寄りのない子どもたちが暮らすための施設を経営しているそうだ。

普段は、魔法の世界で魔法の研究をしているようで、私はそこへ来ないかと誘われたのだった。

よくわからなかったけれども、私は頷いた。

少なくともこの世界には未練なんてなかったし、もしかしたらパパとママのいるところにも繋がっているかもしれないと思ったから。

私たちは、施設を出てまたしばらく歩いた。歩くのはつらかったけれども、これから違う世界へ行けるのだと思ったらわくわくして、不思議と力が湧いてきた。

目的地は、倉庫のような殺風景な建物だった。中には、鳥かごや大きなトランプや黒い帽子など、ごちゃごちゃと色々なものが無造作に詰め込まれている。広さは学校の図書室くらいはあったと思う。

狭い隙間(すきま)を縫うように倉庫の奥へ進んでいく。

その先には、一人掛けのソファが無造作に置かれていた。私はそこに座らされる。ふわふわとしていて、落ち着かない。

「これから魔法の世界へ空間転移をします」

おじいさんはそんなことを言った。意味はよくわからなかったけど、たぶんこれから魔法の世界へ行くのだろう、ということはわかった。

魔法の世界は、今私が住んでいる世界と重なり合った裏側にあるらしい。そしてこの倉庫が、二つの世界を繋ぐ扉のような役割をしているのだとか。

それからおじいさんは、近くの冷蔵庫から何かを取り出してコップへ注ぐと、私にそれを差し出した。

「いそー」がどうの「へんさ」がどうのと、難しいことを言われたけれどもよくわからなかった。とにかく、普通の人が魔法の世界へ行くと具合が悪くなることがあるので、この魔法の薬を飲むと楽になるということだった。

言われるままに、私はコップの中身を飲み干した。りんごの味がして美味しかった。飲んでも特に変化はなかった。これからどうなるのだろう、と少しだけ不安になったが、お姉さんが私の側に屈み込んで手を握ってくれていたので安心した。

おじいさんは続けて魔法の世界のことを説明してくれたが、難しすぎて私にはほとんど理解できなかった。話を聞いていたらだんだん眠たくなってきて、うとうとし始めたところで、突然おじいさんはパンと手を叩いた。私は驚いて飛び起きる。

「――さて、そうこうするうちに魔法の世界に着きましたよ。外に出てみましょう」

私はまたびっくりした。だって、さっき魔法のジュースを飲んでから何分も経っていなかったから。信じられない気持ちで、お姉さんと手を繋ぎながら私は倉庫を出た。

すると、景色が一変していた。

つい先ほどまで街中にいたはずなのに、周りは深い森になっていたのだ。

それにすっかり日も落ちている。気温もだいぶ低くなっていて、寒いくらいだった。倉庫に入ったときはまだ明るくて暖かかったというのに。

私は、自分の身に起きたことが信じられなかった。

眠たかったけど、眠ってはいなかった。私は絶対に起きていたと思う。それなのに、知らぬ間にまったく別の場所に移動してしまった――。

呆然と立ち尽くす私に、温かい毛布を羽織らせながら、お姉さんは優しく微笑んだ。

「――ようこそ、魔法世界へ」


おじいさんの住む家は倉庫の裏手にあった。

煉瓦造りの可愛らしい一軒家だった。図書室で読んだ絵本に出てきた魔法使いのおうちそのままで、私は夢でも見ているみたいにドキドキしてしまう。

中に入ると三人の女の子たちが、楽しそうに食事の準備をしていた。中学生、高校生くらいのお姉さんだ。もしかしたら、学校みたいにいじめられるかもしれないと不安になる。

食事のまえに私はお風呂に入ることになった。これまで私に付き添ってくれたお姉さんが一緒に入ってくれた。

お姉さんは、クラスの子たちが汚いと言った私の髪や身体を、嫌な顔一つせず、いい匂いのする石けんで綺麗に洗ってくれた。髪や肌に触れるお姉さんの柔らかい指が心地好くて、私はうっとりとしてしまう。

お姉さんは名前をアルトといって、この家に住んでいる女の子の中で一番年上の十七歳らしい。先ほどのおじいさんの弟子で、魔法使いの見習いなのだと言う。

すぐに私はアルト姉様のことが大好きになった。パパとママがいなくなってから人に優しくされたことなんてなかったし、何より外国のお人形さんみたいに綺麗だったから。

お風呂を出た私は、見たこともないようなご馳走で歓迎された。まさか私のためにご馳走を作ってくれていたなんて思ってもいなかったので、少しでもみんなのことを疑ってしまった自分が恥ずかしかった。

ご馳走が並べられた大きなテーブルに全員が着いたところで、私の歓迎会が始まった。

パパとママが死んでしまってから、こんなに素敵で楽しいご飯は初めてだったので、私はまた途中で泣き出してしまったけれども、アルト姉様が「大丈夫だよ」と優しく抱き締めてくれて、そのあとほかの女の子たちも代わる代わる私を抱き締めて慰めてくれたから、それがまた嬉しくて結局私はずっと泣きながらご馳走を食べた。

おなかいっぱいになったのなんて、何年ぶりだろう。

私はとても満たされた気持ちで、姉様たちと並び、食後の歯磨きをした。

もしかしたら、ここはもうパパとママのいる天国なのかもしれない。

ふわふわと柔らかいお布団に包まれたとき、私はそんなことを思った。

その日は、アルト姉様が一緒に眠ってくれた。姉様の温かさと柔らかさを感じながら、私はすぐに深い眠りに落ちた。

こうして、私の魔法世界での新たな生活が始まった。


私をこの世界へ連れてきてくれたおじいさんは、聖川光琳という世界最強の魔法使いだった。魔法使いの後継者を探しているらしく、現実世界で見込みのありそうな子を見つけて来て弟子に取っているらしい。

ほかの女の子たちも、魔法使いの弟子だった。

私もみんなと同じように、おじいさんを「師匠」と呼び、一緒に魔法研究のお手伝いをするようになった。

ここでみんなのことも書いておこう。

まずは、アルト姉様の一つ年下の火乃姉様。一番背が高くて力持ち。少しぶっきらぼうなところがあるけれども、本当はとても優しい人。アルト姉様と火乃姉様は、同室のためか特に仲がいい。

次に悠里姉様。火乃姉様の二つ年下だ。ふわふわした、不思議な雰囲気の女の子で、よく空を眺めてぼんやりしている。

うらみ姉様は、悠里姉様からまた二つ下だ。無口で大人しい女の子だけど、本当は恥ずかしがり屋さん。年が近いこともあって、よく私と一緒にいてくれる。

私には突然、四人もの素敵な姉様ができたのだった。


日常の中で一番変わったことといえば、学校へ行かなくてもよくなったことだ。

魔法世界にも学校はあるようで、師匠は行きたくなったらいつでも言ってください、と言ってくれていたけど、どうせ学校に行ったらまたクラスメイトたちにいじめられるだけだと思ったので、私は行かないことにした。姉様たちも学校へは行っていなかったみたいだし、ここでの生活は学校なんかよりもよっぽどドキドキわくわくして楽しかったから、学校なんて行っている場合ではないとも思った。

でも、勉強はしなければならなかった。

午前中はいつもみんなでリビングに集まって、勉強をするのが日課だった。わからないところがあったら、師匠や姉様たちに教えてもらった。

勉強というものは、静かに先生の話を聞くものだと思っていたので初めは驚いたけれども、ここではみんなでわいわい楽しく勉強するので、すぐに私は勉強が好きになった。休み時間には、アルト姉様が作ったお菓子が振る舞われた。こんなに幸せなことはない。

この世界では、時間に縛られることがほとんどなかった。おうちの中にも、木でできた大きな柱時計がリビングに一つあるだけだ。学校ではいつも時計の針とにらめっこをしていたので、時間を気にせず好きなだけ勉強できることがとても嬉しかった。

忙しそうだった。

午後は基本的に自由時間だったけど、姉様たちは師匠のお手伝いや自分の魔法の勉強で忙しそうだった。

私も魔法の勉強やお手伝いがしたかったけれど、まだ早いということであまり積極的には関わらせてもらえなかった。

魔法の本格的な勉強は十二歳にならないと始められないらしい。魔法を使うことはとても危険で、大変な責任が伴うのだという。

まだ九歳だった私は、一人仲間はずれにされたような気持ちを感じてしまっていたけれども、師匠の方針ならば仕方がない。ただ姉様たちがこっそり魔法を見せてくれたり、魔法の研究のお手伝いをさせてくれたりしていたので、寂しくはなかった。

師匠たちは、〈聖川一門〉と呼ばれる魔法ギルドを組んでいて、魔法世界では知らない人はいないほどの有名人らしい。

早く私も大きくなって、魔法使いとして師匠や姉様たちの役に立ちたかった。

人にはそれぞれ得意な魔法があるらしい。姉様たちも、皆それぞれに違った魔法を研究している。

たとえば、アルト姉様は〈人形師〉だ。人形を用いた魔法が得意で、人形をまるで命があるように動かしたり、あるいは人そっくりの人形を作ったりできる。

火乃姉様は〈獄炎使い〉。火を用いた魔法が得意で、よく手を触れずにコンロに火を点けたり、暇つぶしに手の中に火球を作り出したりしている。

悠里姉様は〈時空旅行者〉。ちょっとした時間や空間を自由に行き来できる。一瞬で離れた場所まで移動したりできてとても便利だ。

うらみ姉様は〈神霊使い〉。神霊というのは、妖精のような目に見えない存在のことで、そんな彼らとお話をしたり、力を借りてものを動かしたりできる。

そして最後は師匠。師匠は、世界最強の魔法使いなので、姉様たちの得意なすべての魔法を自由に使うことができた。人形を操ることも、自在に火を生み出すことも、空間を一瞬で移動することも、神霊を使ってものを動かしたりすることもお手のものだ。

本当に何でもできて神様みたいなのに、神様なんかよりもずっと優しい。

だからみんな、師匠のことが大好きだった。

また姉様たちは、魔法使いとして活躍するとき、制服みたいな可愛らしいお洋服と恰好いいローブを着ていた。私はテレビをまともに見たことがないのでよくわからなかったけど、魔法使いというのは、そういうものらしい。その衣装がすごく素敵で羨ましくて、早く魔法使いになりたいという気持ちはますます強くなるばかりだった。

あるとき、あまりにも私が物欲しそうに姉様たちのことを見るものだから、アルト姉様が、少し早いけど、と特別に私の魔法使いの衣装を作ってくれた。アルト姉様は〈人形師〉だけれども、とても器用なので人間用の衣装だって作れてしまうのだ。

上品な白のブラウスに可愛らしいチェックのミニスカート。そしてその上から羽織る恰好いい黒のローブ。見た目だけは、姉様たちと同じく完璧(かんぺき)な魔法使いになれた。

アルト姉様はもちろん、ほかの姉様たちもみんな口を揃(そろ)えて可愛いと言って代わる代わる抱き締めてくれた。

きっとこれもアルト姉様の魔法なのだと思った。ちっとも可愛くない私を、すごく可愛く見せてしまう素敵な魔法。

その日は師匠もお仕事がお休みだったので、せっかくだから、とみんなで魔法世界を見学することになった。

魔法世界は、大きな白鳥の形をしている。そして私が昔住んでいたところの三倍も広いため、歩いて移動すると大変らしい。

そこで、どこかへ行くときは〈転移〉の魔法を用いる。私が魔法世界へやって来たときと同じものだ。あの瞬間移動は、魔法世界では一般的な移動手段らしい。

私たちは、おうちのすぐ横に設けられた、転移のための小部屋へ移動した。この小部屋ごと別の場所へ移動できるのだという。この世界へやって来てからというもの、たくさんの信じられない魔法を見てきたけれども、やっぱりこの転移の魔法が一番すごいと思う。

小部屋は、私たち五人が入るとそれだけでいっぱいになるほど狭かったが、私は狭い場所のほうが落ち着くので、魔法使いの衣装を着た姉様たちと肩を寄せ合って座っている状況が、それだけで嬉しくてわくわくしてしまう。みんなとても可愛くてキラキラしていて、私もこんな素敵な人たちの仲間に入れたような気がして、胸が弾んだ。

魔法世界へやって来たときと同じように、私はまた魔法の林檎ジュースを飲む。転移に慣れていないのは私だけだったようで、姉様たちはジュースを飲まなかった。

それからしばらく狭い室内で、姉様たちと色々なお話をする。ぽかぽかとした暖かい日だった。小窓から射すお日様が心地好くて、何だかうとうとし始めたところで、うらみ姉様に肩を叩かれた。

どうやら着いたらしい。わかってはいたつもりだけれども、やはり驚いた。だって、眠ってはいなかったはずなのに、いつの間にか小窓から見える景色が一変していたのだから。

うらみ姉様と手を繋ぎ、私は小さな階段を降りて外に出る。魔法世界に来て、初めてのおうち以外の場所。しかも、魔法の街――。私は、居ても立ってもいられず、姉様の手を引いて正面ゲートへ走り出す。

外敵の侵入を防ぐささやかなゲートの向こうには、色とりどりの花が咲き乱れる楽園が広がっていた。言葉を失って感動する私の頭をそっと撫でてから、師匠が門番の人に挨拶をする。
二、三の言葉を交わした後、私たちはゲートを潜って街中へと通された。
美しい草花が溢れる石畳の街は、活気に満ちていた。賑やかな人の声と明るい音楽、何より人々の笑顔が溢れている。まるでお祭りのように、みんな楽しそうだ。

そして私は、そこに様々な人がいることに、とても驚いた。

私たちと同じようにローブを着た人や、頭に猫の耳が生えた女の人、さらには狼男や吸血鬼、金色のロボットまで、本当に様々な人たちが、当たり前みたいに街を歩いているのだ。

もちろん普通の人もたくさんいた。でも、魔法使いや狼男とも楽しげに話していて、ちっとも怖がっていない。

みんなと違うと、いじめられるのが社会なのだと思っていたけど、ここでは違うらしい。だって、みんながみんな『違う』のだから、違うことが当たり前なのだ。だからみんな仲よしで、私はこんな素敵な街があるなんて、と感激してしまった。

「ご機嫌よう、可愛らしい魔法使いさんたち」

頭に猫の耳を生やした女の人が、にこやかに話しかけてきた。私はびっくりして固まってしまったけど、姉様たちは揃って「ご機嫌よう」と微笑み返し、スカートの端を摘んでお辞儀をした。私も見様見真似でそれに続く。

耳元でうらみ姉様が、「猫族の方よ」と囁いた。猫族——猫のような耳と、お尻からはふさふさの尻尾が生えている人たちのようだ。とても可愛くて、私はすごくもふもふしてみたかったけど、さすがに失礼だと思って我慢した。

私たちは街を見て回る。見たこともない綺麗な花がそこかしこで可愛らしくこちらを窺っている。長く伸びた石段の道と、その先にそびえ立つ二つの石塔を見て、もっとずっと小さかった頃、パパに読んでもらった絵本の世界を思い出す。

わずかに視線を上げると、青空と太陽を反射する神秘的な建物がいくつか見えた。水晶のピラミッドだ。とても恰好いい。

街の中には小さな汽車が走っていた。手を振ると、乗っていた私と同じような魔法使いの恰好をした女の子が手を振り返してくれた。

何もかもが初めて見るものばかりで、私はずっと興奮していた。

街を歩いていたら、あちらこちらから、「可愛い」と声を掛けられた。姉様たちの可愛さのおかげだけれども、そんな姉様の妹として、私はとても誇らしい気持ちになった。

周りには大人が多かったけれども、私たちと同じくらいの年頃の子どももちらほら見えた。普通の子もいれば、魔法使いや猫族、魔法使いや悪魔にロボットだっている。親子連れだったり友だちと一緒だったり、みんなとても楽しそうだ。

誰もが幸せそうで――この世界へ来てよかったと、私は心から思った。


はしゃぎすぎてしまったためか、途中で疲れて眠ってしまったらしい。

気がつくと、街を離れていた。衣装もいつの間にか魔法使いのものから、いつもの私服に替わっている。眠っている間に姉様が、皺にならないようにと着替えさせてくれたらしい。

眠い目を擦りながら、姉様に手を引かれて少し歩くと、とても大きな煉瓦造りの建物が見え、私は眠気を吹き飛ばした。師匠のおうちも煉瓦だけれども、それよりもずっとずっと大きい。まるで学校のような――。

そう気づいたとき、うらみ姉様は私の耳元でそっと囁いた。

「今日はお休みだけど、魔法学校を特別に見学させてもらえることになったの」

魔法学校！

私はまた興奮してしまう。勉強はおうちでするのが楽しいから学校へは通いたくないけれども、魔法の学校がどんなところなのかはとても気になる。

うきうきを必死に抑えながら、私は敷地(しきち)の中を歩いて行く。

緑が多くて、陽当(ひあ)たりがいい。近くに川が流れているのか、どこからともなくせせらぎが聞こえてくる。空気も澄んでいて、とても心地好い。魔法の勉強をするには、絶好の環境。こんなに素敵なところなら、通ってみてもいいかも、と少し思ってしまう。

校舎の中までは見られなかったけれども、私は敷地の中を見て回るだけでとても楽しかった。だって、改めてここが魔法の世界なのだと実感できたから。

嫌なことしかなかった元の世界ではなく、ここは優しく温かい魔法の世界なのだ。

それがわかったから、私は転移の小部屋へ戻るとすぐにまた安心して眠ってしまった。

魔法の街と魔法の学校。

この世界へやって来て初めてのお出かけは、一生忘れられない私の思い出になった。

それから私は、毎日一生懸命勉強し、師匠や姉様たちの言うことをよく聞いて過ごした。不真面目だったら、元の世界に戻されてしまうかもしれない、という不安があったのは事実だけれども、一番はやっぱりこの家のみんなのことが大好きになったからだ。

私はまだ小さいから、みんなみたいに魔法の研究はできないし、お料理やお洗濯でも役に立てない。でも悠里姉様に相談したら、「麻鈴の一番のお仕事はお勉強だよ」と言ってもらえたので、早くみんなの役に立てるようになるためにも勉強を頑張ることにしたのだった。

おかげで師匠のおうちで暮らすようになって一ヵ月も経つ頃には、小学六年生でやる範囲までわかるようになっていた。現実世界ではまだ四年生なのに偉い、と師匠や姉様たちも喜んでくれた。褒めてもらえることが嬉しくて、私はますます勉強を頑張った。

勉強を頑張ったご褒美として、ついに私も魔法使い見習いとして、師匠の工房への立ち入りを許された。

工房というのは、おうちの裏手にある師匠が魔法の研究をするための仕事場だ。私が魔法世界へやって来たとき、現実世界と繋がっていたのもここ。

中にはたくさんの魔法道具や秘術が隠されており、その価値は計り知れないらしい。危険なものがいっぱいあるので、私はこれまで立ち入りを禁止されていたけれども、ついにそれを許されたのだ。もっとも、師匠か姉弟子と一緒のときじゃないと駄目だったけれども、それでも私はようやくみんなと本当の家族になれた気がして嬉しかった。

　師匠に手を引かれて工房へ足を踏み入れたとき、私は魔法世界へやって来たときのことを思い出して、涙ぐんでしまった。ここに来てからの生活が幸せすぎて、ずっと昔のことだったように思えてしまうけれど、実際にはまだ一ヵ月と少ししか経っていないのだった。

　師匠は優しく私の頭を撫でてから、工房の中を案内してくれた。

　中は大きく二つに分けられ、入り口に近い側の区切りが物置、その奥が実際の仕事部屋になっていた。それぞれ、小学校の教室一部屋分くらいの大きさはあったけれども、どちらの部屋にもたくさんの物が置かれているので、見た目以上に狭く感じてしまう。

　初めて訪れたときには気づかなかったけれど、仕事部屋は変わった内装をしていた。

　部屋の奥四分の一ほどが五十センチほどの壇になっているのだ。まるで教室の教壇、あるいは舞台みたいだ。壇の向かいに位置する壁には大きな鏡が貼りつけられている。

　今まで見たこともないような不思議な部屋。師匠はいつもここで魔法の研究をしているのか、と思うとそれだけでドキドキしてしまう。

　今師匠は、世界を平和にする魔法を研究しているらしい。

　素敵な魔法だ。私も早く師匠の研究を手伝えるように、もっと勉強を頑張ろうと思った。

ちょうどその頃からだっただろうか。おうちに人が訪ねてくるようになったのは。

それまで師匠のおうちには、いつも師匠と姉様たちしかいなかったのだけれども、たまにお客さんが来るようになったのだ。

野木さんと安東さん。

二人とも、現実世界からわざわざ師匠を訪ねて来ているらしい。二人一緒のときもあれば、別々に訪ねてくることもあったが、特に野木さんが来ているときには、私たちはリビングの隅に座って静かにじっとしていなければならない決まりになっていた。

野木さんは、師匠と同じくらいの年齢のおじいさん。背恰好は師匠と似ていたけれども、顔つきは全然違った。師匠はいつも穏やかで、優しい笑みを浮かべているけれども、野木さんはいつも怖い目をしていた。あと部屋の中でもいつもサングラスをしていた。

獲物を見定める蛇みたいな冷たい目がすごく怖くて、私はいつも震えていたけれども、アルト姉様や火乃姉様が両手を握って勇気づけてくれたので、耐えることができた。

一方、安東さんは気の弱そうなおじさんだった。師匠たちよりも背が低く痩せていた。私たちに怖い目を向けてくることもなかったし、一人で来るときにはいつも私たちにお菓子のお土産を持ってきてくれた。でも、野木さんと一緒のときは、よく怒られていて何だか可哀想だった。

師匠と私たちが暮らす優しい世界が、外からやって来た人に少しずつ壊されていくような気がして、私は二人が来る日が憂鬱で仕方がなかった。安東さんはまだよかったけれども、野木さんはすごく苦手だ。きっと姉様たちも私と同じ気持ちだったのだろう。

この幸せな毎日がいつか唐突に終わってしまうような気がして……堪らなく怖い。

そうやって私は、少しずつ変わりつつある世界に怯えながら、日々を過ごしていった。

2

チリンチリン、という風鈴を思わせる涼やかなドアベルが耳朶を震わせ、同時によく冷えた心地好い空気が全身を包み込んだ。

思わず恍惚のため息を零して、生のありがたみを実感する。

そして入り口に立ち尽くす僕の元へ歩み寄る小柄な人影――。

「あ、先輩！　いらっしゃいませ！」

可愛らしい給仕服に身を包んだ来栖志希さんが、満面の笑みで僕を迎えてくれた。

アルマゲドンもかくやという炎獄の中、必死に足を進めた苦労が一瞬で報われる。

あるいはここが、約束の地だったのかもしれない――。

「どうかしました、先輩？」

感動に打ち震える僕の顔を、来栖さんは不思議そうに見上げる。慌てて朝っぱらから暑さで崩壊しかけた思考を頭の片隅へ追いやり、何でもないよ、と平静を装って答えた。

こちらへどうぞ、と来栖さんは僕をいつもの奥まったボックス席へ案内してくれる。

――純喫茶ラヴィアンローズ。

駅にほど近いところに位置する、やや寂れた昔ながらの喫茶店である。今どきの写真映えするスイーツもなければ、店内BGMもクラシックオンリーという些か面白味に欠ける装いではあるが、美味しいコーヒーと軽食を安価に提供してくれる素敵なお店であるため、苦学生である僕は大変重宝している。

あと女性店員さんの制服がやたらと可愛い。黒のロングワンピースと控えめにフリルをあしらった純白のエプロンドレスというシンプルながらも細部にこだわりが光るデザインで、一部の好事家からはメイド服みたい、と密かに人気だ。

来栖さんは夏休みの間ここでバイトをしているので、その可愛らしい給仕服姿を見るためにこうして足繁く通っている。元々は僕が彼女に紹介した店なのだけれども、バイトを始めるくらいには気に入ってもらえたみたいで結構嬉しい。

席についてのんびりする僕の元に、来栖さんは水とおしぼりを運んできてくれる。

暑い中歩いてきたので、喉がからからだった。ありがとう、と告げてから早速水を呷る。

乾いた砂漠に水が染み渡るように、全身に溶け込んでいく。来栖さんが持ってきてくれた水ということもあり、その味はまた格別だ。ようやく人心地がついたところで、来栖さんは優しげな目を向けて言った。

「〈グリモワール〉は読み終わりました？」

「……………」

誰よりも会話をしていたい相手に、今一番聞かれたくないことを聞かれてしまった。

どう答えるのが正解か——一瞬だけ目を閉じて思考を巡らせる。

謎の自称魔法使いから、怪しげな黒革の手帳〈グリモワール〉を預かって一夜が明けた。厳密に言えば、手帳を預かったのは来栖さんのほうで、その後僕がバイトへ行っている間に読み終えた彼女から、夜分遅くに又借りして今に至る。

本当は一晩で読み切ってしまうつもりだったのだけれども、あまりにも現実離れした内容に疲労困憊して、逃避気味にここへ逃げ込んできたというのが正直なところだ。

「……実はまだ読み終わってないんだ」

正直に答えると、来栖さんは苦笑して口元に手を当てた。

「そんな気はしてました。先輩、こういうの苦手そうですものね」

こういうの、というのは荒唐無稽な文章、という意味だろうか。確かに思い返してみれば、いつぞやの〈大探偵時代〉について書かれたふざけた物語も読み終えるのに苦労したような気がする。

来栖さんが僕のことをよく見てくれている、と思うと何とはなしに気分がいい。

「今のところの所感はどうです？」

「何というか……夢見がちな中学生が書いた妄想日記だね」

「辛辣ですね」

来栖さんはまた苦笑した。それからゆったりと腕組みをして上品に小首を傾げる。

「でも、完全な創作物とも一概に言い切れないのではないですか。真に迫りすぎているというか、端々に中学生が書いたとは思えないリアリティがあるように私には感じられますけど」

「そうかなあ……。日記の当時、小学四年生だったのだとしても、少し夢見がちがすぎるように僕には感じられるけど」

十歳前後ならば多少の分別が付いてきて、世に溢れる現実と虚構にもある程度の折り合いが付いてくる頃のように思うが。

「『テレビをまともに見たことがない』という記述もありましたし、一度目に引き取られたおうちでもあまり真っ当な教育を受けていなかったようですから、一般的な社会常識がまだ身についていなかったとしても不思議ではないと思います。それに過去には、『サンタクロースをいつまで信じていたか』というアンケートで小学三、四年まで、という回答が三十パーセント以上集まったこともあります。中には中学まで信じていた人もいるようですから、年齢だけで夢見がちであると断じてしまうのは少々早計かもしれません。幼い子らは、大人が思っている以上に、まだ世界に対して希望を持っているものですよ」

そういうものだろうか。でも子どもが思っていること、信じているものに対して、それは虚構だ、非常識だ、と批判するのは理不尽な大人の横暴なのかもしれない。

「いずれにせよ、今はこのくらいにしておきましょうか。まだ途中なのであれば、余計な先入観を与えないほうがよいかと思いますし。さて、先輩。ご注文はいかがしましょう?」

きらりと輝く黒眼を向け、来栖さんは注文票を構えた。なかなか堂に入っている。

僕はいつものホットサンドセットをアイスカフェラテで注文する。にっこりと天使のように微笑んで、来栖さんはバックヤードへと消えていった。本音を言うと、もう少しだけ話していたかったけれども、さすがにこれ以上仕事の邪魔をするわけにもいかない。

気を紛らすために、僕は目を閉じて頭の中でこれまでの展開を振り返ってみる。

現実世界から魔法世界への瞬間移動。少女の前で繰り広げられる数々の魔法。獣人やロボットが住み、見たこともない花々が咲き誇る魔法の街に、巨大な煉瓦造りの魔法学校——。

すべて聖川さんが見ていた夢だったとするほうがすっきりするほどに荒唐無稽だ。これならばむしろ、存在と実体に確証が持てる名探偵だの怪盗王だののほうがまだマシとさえ言える。

もちろん、部分的に事実と見なして問題ない箇所はある。たとえば、彼女が幼くして両親を亡くしたことや、その後引き取られた家でつらい目に遭ったこと、そして児童養護施設へ預けられたことなどがそれだ。このあたりの出来事は、簡単な調査をすれば裏が取れるだろうし、そもそも彼女が自分のために書き残した手帳に積極的な嘘を書く必要性などないのだから、信用してもいいだろう。

だが、その先の出来事は——正直理解に苦しむ。

言い方は悪いかもしれないが、幼くして不幸な目に遭っていた少女が、現実逃避のために夢想していた、と見るほうがよほど健全だろう。

少なくとも、夢見がちな妄想日記という現時点での僕の感想は、かなり真っ当な評価だと思う。極めてメルヘンチックな、甘い妄想。

それがどのようにして、あの無慈悲でグロテスクな『白ひげ殺人事件』に繋がっていくのか、正直見当も付かないけれども……。

僕はゆっくりと瞼(まぶた)を上げる。いつもは快適な店内の照明に目を細めながら、ため息を一つ。

実際問題、手帳に妄想が書かれていたのだとしても、今回の件にはあまり影響を及ぼさないようにも思う。

まだ事件部分を読んでいないため何とも言えないが、僕らに与えられた仕事は、聖川さんに提示された自白が、正しいか否かを判断することだけなのだ。

そしてその判断材料は、現状この手帳のみ——。つまり、妄想だろうが何だろうが、聖川さんが事実である、と認識している情報の中でしか判断のしようがないため、現実か妄想かの区別はいったん捨て置き、僕らもすべてを事実であると仮定して臨んでいかなければならないことになる。

何ともまた難儀なことに関わってしまったが……来栖さんとの仲を少しでも進展させら

れる可能性があるのならば喜んで首を突っ込んでいこう。

そんなことを思いながら、僕は注文した料理の到着をのんびりと待ち続ける。

その間もずっと、バッグから覗く黒革の手帳は、怪しげな鈍い光沢を放っていた。

3

季節は巡り、秋がやって来た。

日々の幸福と、未来へのささやかな不安を覚えながら、日の入りとともに一日が少しずつ短くなっていく。

みんな病気もせず元気に過ごしているけれども、最近になって一つ大きな変化があった。

師匠が現実世界へ行くために、よくおうちを留守にするようになったのだ。

私は勉強を教えてもらったり、魔法の研究のお手伝いをさせてもらったりといった、師匠と一緒に過ごす時間が少なくなってしまいとても悲しかった。

姉様たちは相変わらず一緒にいてくれたけれども、それでも師匠がいないだけで、何だかおうちの中が寒くなってしまったように感じられた。

私たちはなるべくいつもどおりに過ごそうと頑張ったけれども、やはりみんなどこか寂しげだった。

でも、どんなに忙しくても師匠は必ず晩ごはんのときには帰って来てくれた。

だからそのときだけは、いつもの団らんが戻ってきたみたいで私は嬉しかった。

ある日の夜中のこと。私はトイレに行きたくなって目を覚ました。

布団から出たとき、同室のうらみ姉様の布団が空っぽであることに気づく。いつもなら寝ている時間のはずなのに……。何かあったのかと不安になって、私は忍び足で部屋を出た。

リビングには、うらみ姉様だけでなくアルト姉様、火乃姉様、悠里姉様みんなの姿があった。みんなの視線の先には師匠もいる。私だけ除け者にされてしまったのかと思って悲しくなったけど、何だか深刻そうな雰囲気だったので、私は陰から静かに様子を窺う。

「——なあ、師匠。最近やけに忙しそうだけど、大丈夫なのか？　麻鈴も心配してるぞ」

火乃姉様の問い。それはまさに私が聞きたかったことなので、代わりに尋ねてもらえてとても嬉しかった。きっとほかのみんなも同じ気持ちだっただろう。

「そう、ですね。余計な心配は掛けまいと黙っていましたが、そのせいで更なる心配をお掛けしていたのであれば、私の不徳です。申し訳ありませんでした」

一度頭を下げてから、師匠はいつものように穏やかに言う。

「このところ少し忙しくしてしまいましたが、まもなくそれも解決するのでご安心を」

その一言で私は安心してしまったけれども、火乃姉様だけはまだ不満そうだった。

「……頼むから無茶だけはしないでくれよ」

「もちろんです。私には、可愛い娘たちが立派な魔法使いに育っていくところを見届けるという大事な夢がありますからね」

それからみんなのことを眺め回して、師匠は尋ねた。

「皆さん──魔法とは、何だと思いますか？」

難しい質問。私は上手い答えが思い浮かばなかった。

しばし考え込んでから、アルト姉様が答えた。

「……私は、誰かの幸せを願うことだと思います」

アルト姉様らしい優しい言葉。感心する私だったけど、火乃姉様が割り込んだ。

「姉様は優しすぎるよ。そんなんじゃ、悪いやつに利用されるだけだ」

「じゃあ、火乃はどう思うの？」

怒るでもなく、落ち着いて尋ねるアルト姉様。

「決まってる。魔法は力だ」火乃姉様は即答した。「力があれば、世の理不尽にも対抗できる。師匠に授けられたこの力で、アタシは家族を守ってみせる」

「確かに、そういった側面もあるでしょう」

師匠は、火乃姉様の過激な言葉も否定することなく頷いた。

「私があなたたちに魔法を授けた大きな理由の一つがそれです。しかし、それだけでは不十分です」

火乃姉様はばつが悪そうに口をつぐんだ。続けて悠里姉様が答えた。

「私は……魔法は、夢なのだと思います。ほんのひとときの夢を与えるのが、私たち魔法使いの役目ですから」

夢を与える――素敵な言葉だ。

師匠は、満足そうに頷いた。

「願い、力、夢――魔法には様々な側面があります。すべて真実ではありますが……いずれも本質ではありません」

「師匠。本質とはどういう意味？」

うらみ姉様が手を挙げた。

「そのもの本来の姿、最も重要な要素、というところでしょうか。もしくは〈極意〉と言い換えたほうがわかりやすいかもしれません。魔法の極意――私が長年を費やして辿り着いたそれに、あなたたちもいずれ辿り着かなければなりません」

「いずれって……師匠は教えてくれないのか？」と火乃姉様。

「〈道〉は授けましょう。しかし、実際にそれに至るのはあなたたちです。あるいは、私を超えることができたならば、それを授けても構いません」

どこか曖昧で、抽象的な言葉。

皆難しそうな顔で師匠の言葉を聞いていた。師匠は改めてみんなの顔を見回してから、またいつものように穏やかに告げた。

「いずれにせよ、皆さんにとってはまだ先のお話です。これからも勉強を続けて、自身の力で答えを見出してください。そしてもしも、〈道〉に迷うことがあったら、どうかこの言葉を思い出してください。――『いちばんたいせつなものは、目に見えない』」

一番大切なものは、目に見えない……まるでなぞなぞだ。

師匠が何を言おうとしているのか、私には何もわからなかったけれども……それでも、師匠のその言葉だけは、心の奥深くにしっかりと刻まれた。

でも、後になって思う。

もしかしたら師匠は、このときから自身の死を予感していたのではないかと――。

そしてまた時は流れ、ついにあの忘れられないクリスマスがやって来た。

〈聖川一門〉は、毎年クリスマスイブに盛大なパーティを行うことになっているらしい。たくさんのご馳走と、美味しいケーキを食べてお祝いをすると同時に、姉様たちが一年の魔法研究の成果をみんなの前で披露するのだという。

私はみんなの発表を見ていることしかできないけれども、姉様たちが可愛らしい魔法使いの衣装を纏い、一生懸命に魔法を披露しているところを見るのは大好きなのでとても楽しみだった。

特にここ一ヵ月は、寂しい思いをすることも多かったので、これまでで一番賑やかで楽しい一日にしようと、私は何日もまえから準備を頑張った。

お部屋のお掃除や、大きなツリーの飾り付け。

ふわふわの白い綿をたくさんちぎって、雪に見立ててツリーにのせていくと、それだけでわくわくしてくる。長い電飾のコードを全体に巻いて、最後は火乃姉様に肩車をしてもらっててっぺんに星を置いた。

ベツレヘムの星——この星にお願い事をすると、神様が叶えてくれるらしい。

私は、このままずっとみんなと一緒にいられますようにと、何度も何度も祈った。


クリスマスイブは、朝から厚い雲が垂れ込めていた。

朝ご飯のとき、師匠が夜には雪が降るかもしれない、と言っていた。もしかしたらホワイトクリスマスになるかもしれない、と思ったら早くもうきうきしてきてしまった。私の生まれ育った東京では、クリスマスに雪なんて降らなかったから。

夜のパーティが楽しみすぎて、この日の勉強は全然集中できなかった。でも、それは私だけじゃなく、他のみんなもどことなく浮き足だった様子だったので、特に注意されたりはしなかった。ことあるごとに、うらみ姉様や悠里姉様と顔を見合わせては、楽しみだね、と囁き合うのがまた気持ちを逸らせた。

この日も師匠は、朝早くから出掛けて行ってしまった。夜のパーティまでには戻ってくるようだったけれども、最後の準備を一緒にできないのはやはり少し寂しかった。

おうちに残った私たちは、みんなで協力し合ってお料理の支度を始めた。アルト姉様が姉妹の中で一番お料理が上手なので、テキパキとみんなに指示を出してくれた。丸鶏を豪快に使ったローストチキン、ふわふわのマッシュポテト、ピンクサファイアのように美しいローストビーフ……。私が初めておうちへやって来たときよりもっと豪華なお料理が次々にできあがり、ついには大きなイチゴのホールケーキまで完成した。

パーティの準備はばっちりだった。

あとは、師匠が早く帰ってくるのを待つばかり。

私はずっとそわそわして待っていたけれども……夕方になっても師匠は帰ってこなかった。

普段ならば、お出かけをしていても大体暗くなるまえには帰ってきていたので、何かあったのではないかと急に不安になってきた。

アルト姉様たちは、すぐに帰ってくるよ、と落ち着いていたけれども、私はパパとママが急にいなくなってしまったときのことを思い出して、とても落ち着いてはいられなかった。

もしも師匠までいなくなってしまったら……。

そう考えたら居ても立ってもいられなくなって、私はうらみ姉様に、少し疲れたからお部屋で休んでいます、と嘘を吐いて、窓からこっそりおうちを抜け出した。

すでに日は暮れて、震え上がるほど気温は下がっていた。アルト姉様が作ってくれた毛糸の手袋がなかったら、すぐ諦めて家に引き返していただろう。

空を見上げると、月も星も見えず今にも雪が降り出してきそうだった。

本当は暖かいお部屋で待っていたかったけれども、私は覚悟を決めて師匠の工房へ向かった。現実世界へ行っている師匠は、必ずここから戻ってくるのだから。

幸いなことに鍵は開いていたので、私は工房の中で待つことにする。外で待つにはあまりにも寒すぎた。音を立てないようにこっそりとドアを開けてまた閉める。そのまま物置の部屋を通りすぎて、奥の仕事部屋に入る。

そこで私は――大きな樽を見た。

仕事部屋の一段高い壇の上に、無造作に置かれた木製の樽。人一人が余裕で入れそうなほどの大きさだ。確かお酒などを貯蔵するのに使うものだと、本で読んだ気がする。何故こんなものが……？　と不思議に思いながら近づいてみる。

壇の中央あたりに立てられた樽は、私の背丈（せたけ）と同じくらいの高さがあった。表面は薄汚れていて、如何（いか）にも使い古したものであるように思えた。

これまで何度か師匠の仕事部屋には来たことがあったけれども、こんなものを見たのは初めてで戸惑うばかりだった。中に何かが入っているのだろうか。軽く表面をノックしてみた感じだと、中身は空っぽみたいだった。

本当は中を覗き込んでみるのが一番なのだけど、私の身長だと背伸びをしても難しい。ただ、危険なものではなさそうだったので、いったん気にしないことにした。

ほかに気になるものは、と仕事部屋を見回したところで、突然カタカタと音が鳴った。

驚いて音のほうを見る。そこは普段は使われていない裏手に通じるドアがあるところだ。風でも吹いたのかもしれないけれども、誰かが訪ねてきているのでは、と気になって私はそちらへ足を向ける。

積み上げられた荷物が、大人一人がやっと通れるくらいの小径(こみち)を作っている。曲がりくねった狭い小径を苦労して通り抜け、私はドアの前に立つ。そのとき再びカタカタとドアが鳴った。同時に小さな風音も聞こえる。しばらくじっと立ち尽くして様子を窺ってみたけれども、それ以降は音もなく、また外に人がいる気配もなかった。どうやら本当に風でドアが鳴っただけのようだった。

念のためドアノブを捻(ひね)ってみたけど、鍵が掛かっているのか、ドアは押しても引いても開かなかった。

少しホッとしたけれども、同時に何だか怖くなってくる。

普段この工房に来るときは、師匠や姉様と一緒だから何とも思わなかったけれども、改めて一人でここにいると、何も入っていない鳥かごや大きな剣など、無造作に置かれているものの数々が不気味に思えてくる。

本当は電灯を点けたかったけれども、スイッチの場所もわからない。だから今は常に点いている薄ぼんやりとした小さな明かりだけが頼りだった。

ここで師匠が戻ってくるのを待つのは諦めて、大人しくおうちへ帰ろうかとも思ったけれども、それでは駄目だと思い直して、私は勇気を振り絞って居座ることに決める。

暖房は付いていなかったので、かなり寒かったけれども外よりは全然マシだ。現実世界ではずっと寒い物置で過ごしていたので寒さには強いほうだ。

私は膝を抱えてじっと師匠の帰りを待っていた。


いったいどれだけの時間が経っただろうか。うっかりうとうとしていたところで、急に物音が聞こえてきて私は目を覚ました。慌てて周囲を確認すると、室内には師匠の姿が見えた。

どうやら無事に帰ってきたみたいだ。私は安心して師匠に声を掛けようとしたが、師匠が誰かと話していることに気づいて、慌てて開きかけた口を閉じた。

誰かと話している。姉様だろうか。

小声のため、会話の内容はよく聞こえない。師匠も、一緒にいる誰かも、私の存在にはまだ気づいていないようだった。私からも物陰になっていて姿は見えない。

そのとき、師匠は急に歩き出して壇の上に登った。そしてそのまま足を進めると、中央に置かれた樽の中へ入り込んだ。

樽の縁から首だけを出してじっとしている師匠。その姿は、本で読んだ五右衛門風呂のようでもあり、少しコミカルだった。

しかし、そんなことを思っていた次の瞬間。

——樽に向かって左右から何かが飛んできた。

直後、聞いたこともないような絶叫が響き渡る。

まるで鳥のお化けのような不気味な声で、私は思わず身を竦ませる。

すごく怖かったけれども、とにかく何が起きたのか確認しなければならない。私は改めて樽を見る。すると、樽の両脇には先ほどまでは生えていなかったはずのものが生えていた。

初め、それが何か私にはわからなかったけれども、すぐ部屋に置いてあった剣の柄であることに気づく。つまり、今樽には複数の剣が突き刺さっていることになる。

では、中にいた師匠はどうなったの……？

先ほどまで樽の縁から覗いていた師匠の首が今は見えなくなっている。

師匠は、いったいどこへ……？

叫び出したいほどの恐怖心を抑えて、室内を見回す。

そのとき——突然、私の目の前に横倒しになった師匠の首が降ってきた。

師匠は。

信じられないものでも見たように、驚愕に目を見開いて顔を引きつらせていた。

——私の記憶は、そこで途絶えている。

次に目が覚めたとき、私は知らない白い部屋にいた。

腕にはたくさんの管が繋がれ、私の周囲にはよくわからないモニタや機械が置かれている。その、久しく見ていなかった現代科学の産物を見て、直感的に理解する。

私は、現実世界へ戻ってきてしまったのだと――。


どうやら私は、東京の病院に入院しているらしかった。姉様たちも別の病室にいると聞いて少し安心した。検査の結果、私も姉様たちも何事もなく健康であることがわかった。

お医者様の話では、私たちは全員家の中で倒れていて、ここへ運ばれてきたらしい。

あれだけ楽しみにしていたクリスマスは無情にも過ぎ去り、日付はすでに二十七日になっていた。いったいどうしてこんなことに……。

ショックなことが多すぎて頭が混乱していた。それでも私は、一生懸命に考えて一番の気掛かりを尋ねた。

師匠は、どうなってしまったのか。

その問いに、お医者様は悲しげに目を伏せて言った。

「……亡くなっていたらしいよ」

亡くなった。それは、死んでしまったことを意味する言い換えだ。

つまり師匠は、私よりも先に、パパとママのところへ行ってしまったのだ。

どうして私が大好きな人は、私から離れて行ってしまうのだろう。

悲しくて、つらくて、とても久しぶりに涙が溢れた。

でも、何もできずに無力に泣きじゃくることしかできなかったあの頃とは違う。

私は、偉大な魔法使い聖川光琳の弟子なのだから。

声を上げて泣き出したいのを必死に堪えて、私はあのとき目にした師匠の最後をすべてお医者様に語った。

師匠が樽の中に入ったこと。たくさんの剣が飛んできて、師匠が串刺し（くしざ）にされてしまったこと。そして、師匠の首が私の目の前に降ってきたこと――。

すべてありのままを話したけれども……お医者様は可哀想な子どもを見るような目をするばかりだった。きっと妄想だと思われたのだろう。

でも、その反応ももっともだ。だって私自身、この体験が現実のものだったとは信じられなかったのだから。

いや、だからこそ――逆に私は確信した。

師匠は、魔法によって殺されてしまったのだと。


その後、私たち姉妹は、師匠が経営していた施設に戻されることになった。

あの怖いおじいさんである野木さんが施設長をやっており、すごく嫌だったけれどもほかに行く場所もなかったので仕方がなかった。元から施設にいた子どもたちは、みんな野木さんを恐れているみたいだった。だからみんな目も合わせようとしなかった。

安東さんの姿は、あれから一度も見ていない。どこかへ消えてしまったのだと、職員の人が噂しているのを耳にした。

年長の姉様たちは、全寮制の中学、高校に無理矢理編入させられ、半ば追い出されるような形で施設を出ていった。結局、施設に残ったのは私とうらみ姉様だけだったけれども、春になったらうらみ姉様もすぐに中学生となり、施設を出ていってしまった。

私はまた、施設でひとりぼっちになった。

幸いなことにここではいじめられることもなかったので、野木さんのサングラス越しの蛇みたいな冷たい視線から逃れるように大人しく残りの小学校生活を終えると、私もまた全寮制の中学校を受けさせられて施設を追い出された。

でも、魔法世界から戻って以降、姉様たちとあまり接点を持たなくて、正直よかったとも思っている。姉様たちは、最年少である私のことをとても気に掛けてくれていたみたいだったけれども……私は、あえて姉様たちと距離を取る道を選んだ。

何故なら——姉様たちの誰かが、師匠を殺したから。

理由はわからない。でも、最強の魔法使いである師匠を殺せるのは、同じく魔法使いである姉様たちの誰かしかいない。

まさか師匠も、自分の弟子に殺されるとは思ってもいなかっただろう。最後に見た師匠の驚愕の表情は、その様子をありありと示している。

魔法世界でいったい何が起きていたのか。

いつかきっと、その謎の答えに辿り着いてみせる。

4

黒革の手帳の記述は、そこで終わっていた。

何とも難儀な読み物をテーブルの上でそっと閉じてから、一度大きく伸びをする。

「……なんじゃこりゃあ」

首筋の凝りとともに、そんな投げやりな感想がまろび出る。

場所は変わって、喫茶店から大学の食堂。あまり長居をしても来栖さんに迷惑が掛かると思い、早々にラヴィアンローズから大学まで移動していたのだ。

幸いなことに、夏休みの大学食堂はがらがらで、僕の情けない呟きは誰の耳に入るでもなく虚空へと消えていく。

改めて目の前に置かれた暗黒魔導書へ視線を落とし、深いため息を零す。

何というか……何なのだろうかこれは。

曖昧で抽象的で幻想的な夢物語。そんな第一印象は、結局最後まで払拭されなかった。

あまりにも、要領を得ないナンセンスな私的手記。それが今の率直な感想だ。

これならば、神薙何某のほうが読み物として成立していた分まだマシと言える。

しかも、この内容をすべて真実と受け入れた上で、姉弟子の語る真相の真贋を見極める
……？

まったくもって途方もない無理難題だった。かぐや姫の提示した結婚条件がイージーに思えてくるレベル。

せっかくの貴重な夏休みを浪費して、僕はいったい何をやっているのか……。

考えるだけで気が滅入りそうだ。

しかも、僕の精神的動揺を静める猶予もなく、今夜早速、姉弟子の話を聞きに行くというのだから、展開の早さに目が回ってしまう。

まあ、真贋の判定の際、僕はあまり役に立てないだろうから、そう肩肘を張る必要もないのかもしれないけれども、それはそれで悲しいし、何より引き受けた以上は些細な責任であったとしても無責任に放り出したくはない。

だが……それにしても、どこから手を付ければいいのかさっぱりわからない。少なくとも、師匠こと聖川光琳が何者かに殺害されたのは事実なのだろうから、そのあたりの客観的な情報くらいは欲しいところだけれども……。

「あ、瀬々良木先輩。よかった、やっぱりここにいたんですね」

聞き間違えるはずもない、天上の調べにも似た可愛らしい声。

慌てて振り返ると、そこには長い髪を涼しげなポニーテイルに結った来栖さんが立っていた。時刻はまだ午後二時過ぎ。来栖さんはバイト中のはずなのに——。

「実は、店長さんのはからいで、今日は暑すぎてお客さんもあまり来ないから上がっていいと言われたんです。しかも、お給料はそのままですよ！」

興奮しているのか、それとも夏の暑さに当てられているのか、わずかに頬が上気している。

「それは豪気な話だね。水飲む？」

僕は持ってきただけでまだ口を付けていなかった、食堂のセルフサービスの水を示す。

来栖さんは、いただきます、と躊躇なく僕のカップに口を付けて爽やかに一気飲みした。

「ふぅ……生き返りました」来栖さんは満足そうに息を吐く。「それで先輩。〈グリモワール〉は読み終わってますか？」

いきなりの話題が厄介事というのも些か悲しいものがあるが、状況的にも仕方がない。

「ちょうどたった今読み終わったところだよ」

素直に答えると、来栖さんは嬉しそうに手を叩いた。

「それは素晴らしい！　ねえ、先輩。もしよかったら、これから少し、現場を見に行ってみませんか？」

「現場？」

「はい。実際に事件が起こった聖川光琳氏のご自宅です。ネットでちょっと調べてみたら、事件のあらましと現場の住所が簡単に出てきました。バイトも早上がりできたことですし、せっかくなら今夜の決戦のまえにできるかぎり下調べをしておこうかと思いまして。都内なのでここから三十分くらいで行けますよ」

実際に現場を見に行くなんて、随分な入れ込みようだ。この暑い中、どうしてこの子は昨日出会ったばかりの他人の妄言にここまで入れ込めるのだろうか。お人好し、と一言で断じてしまうには少し違和感がある。

内容のこともあって、僕は正直そこまで頑張れる気がしないけれども……でも、来栖さんと一緒なら、たとえ火の中水の中という気概はある。

「是非行こうか」

僕は借りている黒革の手帳をバッグの中へ大切に仕舞い込み、立ち上がった。

外はきっと灼熱(しゃくねつ)地獄だろうが、少しでも来栖さんと同じ時間を過ごせるのであれば文句などない。

ガードの堅い来栖さんだが……前回の事件のとき、僕は少しだけ来栖さんの過去と彼女が抱えている願いを聞いた。事件に集中しているときだけガードが下がるのか、それとも『事件』というもの自体が彼女の本質と大きく関係しているためかはわからないけど、そのおかげで少しだけ関係を進展させることができたのは間違いない。

まあ、事件がなければロクに進展もしない関係というのは、この上なく歪(いびつ)なもののように思えてならなかったけれども……。

……いったん今は、余計なことを考えるのはやめよう。

僕は来栖さんと並んで、空調のよく利いた涼やかな食堂を後にしたのだった。

第3章 魔法vs.論理

1

昨夜とは打って変わって、不気味なほど涼しい夜風が前髪を揺らす。

冷たい湿気をはらんだ空気は、半袖シャツ一枚では肌寒いくらいだ。僕は身を縮込ませて、帰路を急ぐ。

時刻はすでに午後十時を回っていた。いつもはまだ活気に溢れる繁華街も今日はどこか大人しく見える。

まるで、このあとに待ち受ける魔法使いたちの集会を恐れて世界が身を潜めているようにも思えて、何とはなしに気が塞ぐ。

僕の心持ちを代弁するように、夜空には分厚い雲が垂れ込め、時折思い出したようにゴロゴロと低い唸りを上げていた。夜半過ぎから激しい雨が降るでしょう、という天気予報は、どうやら的中しそうだ。もうしばらく空模様には耐えてもらいたいところだけど……。

家路を進みながら、僕はぼんやりと『白ひげ殺人事件』のことを思い出す。

昼間、現場を見に行く途中で、来栖さんから事件のあらましを簡単に教えてもらった。

十年まえには、一時期毎日のように報道されていたので僕も概要程度なら知っていたが、憶測が一人歩きをしてしまっていた部分も多々あり、こうして客観的かつ確実性の高い情報だけを抽出して教えてもらえるというのは大変ありがたかった。

要約すると以下のような内容だ。

——事の起こりは、二〇〇九年十二月二十五日未明。

都内某所で匿名の一一九番通報がなされた。続けて複数の通報があり、直ちに消防職員が現場へ向かうと、児童養護施設経営者、聖川光琳氏の個人宅で火災が発生していた。消火活動自体は速やかに終了したが、宅内から五名の少女が意識不明の状態で発見され、救急搬送された。

家主であり彼女たちの保護者でもあった光琳氏は、自宅の裏手の倉庫の奥で変わり果てた姿となって発見された。

光琳氏は、樽の中に詰められ、樽の外側から八本の剣で全身を刺し貫かれて死亡していた。遺体の頭部は何者かによって持ち去られており、また火災の影響で半分以上遺体も焼けていたため当初は人物が特定できなかったが、所持品などに残されていた指紋とDNA断片により本人と断定された。なお、現場のドアノブや凶器となった剣からは指紋が検出されず、樽の表面からは光琳氏と末娘聖川麻鈴の指紋だけが発見された。

現場がまるで誰もが知っている有名なパーティゲームのような不可解な状況であったこ

となどから、盛んに不審死として報道されることになる。
光琳氏が殺害されたことと、自宅で火災が発生したことの因果関係は不明だが、警察は何らかの関係があるものとして捜査を開始した。

事件当夜、倉庫の正面入り口にはうっすらと雪が積もっていた。これは二十四日の夕方から少しだけ降った雪がまだ残っていたことを意味している。僕もぼんやりと覚えているが、確か当時、東日本には巨大な寒気団が南下してきており、東京でも数十年ぶりのホワイトクリスマスになったと話題になったはずだ。

現場にまだ雪が残っていたということは、少なくとも降り始めから消防隊員が足を踏み入れるまでの間、正面入り口から倉庫に出入りした者はいないことになる。ただし入り口に鍵は掛かっていなかった。

遺体が焼けてしまった影響で詳細な死亡推定時刻の特定はできなかったが、目撃証言などから二十四日午後六時前後と断定された。

児童養護施設の共同経営者であった野木義文氏などから話を聞き、秘書の安東猛氏と連絡が取れなくなっていることが明らかになり、警察は重要参考人として身柄の確保に努めたが、結局今日に至るまで見つかっていない。

その後も捜査は続けられたが、大きな進展もなく、安東氏が犯人であるとしてすぐに世間の興味は薄れていった——。

聖川さんの手帳を読んだときもそうだったが、何ともつかみ所のない事件、というのが僕の正直な感想だ。

樽に詰められ、剣を刺された上に頭部を切断して持ち去られるという事件の状況自体は極めて不可解であるのだが、それ以外の部分には特に謎らしい謎も見当たらないため、事件全体を俯瞰してみると意外とシンプルな事件なのかな、と思ってしまう。

そもそも、聖川さんの目撃内容が疑わしい。彼女が見たと思い込んでいるものが、すべてただの妄想なのだとしたら、事件の不可能性自体が消失するのだ。おまけに、例のパーティゲームの見立てと、頭部の持ち去りが捜査攪乱のためや、犯人の趣味だったとすれば、不可解性すら希薄になって、事件は犯人逃走により未解決、としてしまったところで特に問題はないだろう。

不可能性も不可解性も存在しないのであれば、それは極々一般的で現実的な殺人事件ということになる。実際、警察はそう判断したはずだ。

ある意味において、この事件はとうに終結しているとさえ言える。僕だけだったならば、そのように聖川さんに伝え、いい加減魔法なんて子どもじみた妄想は捨てて現実を見たほうがいい、と諭していたかもしれない。

それが当たり前の、この上なく常識的な、大人の判断というものだろう。

でも——それでは駄目なのです、と来栖さんは言った。

「聖川さんは、実際に事件を目撃しており、そして目で見たものをすべて現実のものとして認識しています。つまり、今回の一件の依頼者が聖川さんである以上、彼女が目にしたものは、すべて事実と見なした上で事件を解釈しなければならないのです」

来栖さん曰く、我々に与えられた役割は、彼女の思い出を否定することではなく、あくまでも、姉弟子の語る事件の状況が、真に正しいか否かを判断すること、らしい。

なるほど、確かにそれはそのとおりだと思う。

他人の病的な妄想を全肯定してしまうことが、本当にその人のためになるのか、という疑問はこの際捨て置く。

元より僕らの依頼は、姉弟子が主張しているという魔法による犯行が、論理的に可能か否かを判断すること、それだけなのだ。

ならば――ひとまず、様々な常識からは目を背け、虚構に虚構を重ねるのもまた一興か。

ちなみに、暑い中の強行軍で行われた現場視察は――残念なことに不発に終わった。

というのも、事件があったとされる旧聖川宅は取り壊され、雑草が生い茂るだけの更地になっていたためだ。

家主も亡くなり、火事でほとんど燃えてしまっていたのであれば、ある意味当然の状態と言える。近くにあるという児童養護施設〈聖心園〉も、現在は閉園してしまっていた。

事件を解釈するための新しい情報は何も手に入らなかったわけだけれども……何も得るものがなかったわけではない。具体的には、どれだけ妄想的な手記であっても、現実と地続きのものであることが実際に確認できた、という成果は個人的に大きい。

これから行われることは、机上の空論の正当性を判断することだというのに、その土台まで揺らいでしまっていては、ますます訳がわからなくなってしまうから。

さて、それらを踏まえた上で、現在の状況を簡単にまとめてみる。

これから僕と来栖さんは、聖川さんと共に姉弟子の元へと赴き、如何にして師匠を殺害したのかという自白を聞く。

聖川さんの口ぶりから言って、おそらく姉弟子は師匠の殺害には魔法を利用したと主張してくることだろう。

つまり僕らは、その姉弟子の主張を検討し、魔法を利用することで本当に師匠の殺害が可能であったのか否かを見極めることが求められているわけだ。

そして、これは僕の見立てだが、『白ひげ殺人事件』を理解するためには、三つの大きな問題点をクリアする必要がある。

①聖川光琳は何故、樽の中で殺されなければならなかったのか。
②剣はどこからどうやって飛んできたのか。
③何故、首は切断されたのか。

まずはこの三点に気を配って姉弟子の主張を検討することになるのだろうとは思うけれ

ども……。スプラッタな殺人事件をメルヘンな魔法で解釈するという目論見自体がこの上なく悪趣味で、どのような論理展開をしていくつもりなのかも想像できないというのが正直なところだ。

本当は魔法世界云々も事実と解釈しなければいけないのだろうが、さすがに瞬間移動だの獣人だの魔法学校だのは現実にはあり得ないので、妄想と割り切って考えないことにする。

――ひとまず、今できる情報整理はそれくらいか。

ない知恵を絞って思考をまとめていたところで、愛すべき我が家に到着した。僕は集合場所である来栖さんの部屋に向かう。おそらくもう聖川さんも来ていることだろう。

経年劣化により外装の剝げ散らかしたアパートの外階段を上り、来栖さんの部屋のドアを控えめにノックする。はぁい、という可愛らしい声とともにドアが開くと、来栖さんが顔を覗かせた。

「先輩、お疲れさまです。……すみません、ちょっとご相談が」

なんだろう。問題でも起こったのだろうか。

誘われるままに、僕は来栖さんの部屋にお邪魔する。僕の部屋と間取りの同じ居間には、先客がいた。

「こんばんは、瀬々良木さん」

「……どうも」

思わず口ごもる。小さな座布団に腰を下ろし、暢気にお茶を啜っていたのは、高校の制服にも似た白いブラウスとチェックのスカートを着て、その上から黒いローブを羽織った魔法使い——聖川麻鈴だった。

長い前髪はヘアピンで留められ、普段、隠されている顔が当たり前のように曝されている。明るいところで改めて見ると、本当に作りものめいて綺麗な顔をしており、戸惑ってしまう。

「うちへ来たときには、もっと大人しい感じの私服だったのですが、衣装を持ってきており、このとおりです。まさか長い前髪と分厚い眼鏡の奥に、こんな美女が隠れていたとは思いませんでした」

そういえば、来栖さんはこの魔法使いフォームを今日初めて見ているのだった。実に率直な意見だと、僕も内心で完全同意を示す。

「でも、なんでわざわざ着替えたの？」

僕の疑問に、聖川さんは平然と答えた。

「これから姉様と対峙して師匠の仇を取ろうというのですから、正装をするのが当たり前でしょう」

「…………」

言っていることはまともそうに思えて、やっぱり少しイカれていた。

来栖さんは、困ったように僕を見上げる。

「……どうしましょう？」

彼女の懸念は痛いほどわかる。別に聖川さんだけならどんな恰好をしようと彼女の自由だが、僕らが同行するのだからもう少し人目を気にしてもらいたい。さすがに真夏にこの黒いローブは悪目立ちしてしまうだろうし、ローブの下は制服にも見えてしまうので童顔な彼女を深夜に連れ歩くのは、少々補導のリスクが高い。

「あの、聖川さん。人に見られて騒ぎになったら仇討ちどころじゃなくなると思うから、大人しく今日は私服にしない？」

「それは……そうかもしれませんが」痛いところを突かれたのか、さすがの自称魔法使いも視線を逸らす。「しかし、強力な魔法使いである火乃姉様と対峙するのに普通の服では心許ないです。やはり魔法防御力の高いこの服でなければ」

魔法防御力という言葉を、真面目にこの現実で聞くことになるとは思っていなかった。

「そもそも話し合いに行くんだよね？」

「もちろんです。いくら仇討ちとはいえ、大恩ある姉様を害そうなどとは露ほども思っていません。昨日も言ったように、私は真実が知りたいだけですから」

真剣な表情。それは昨日も言っていたことなので、嘘ではなく本心なのだろう。

ここは攻めどころだ、と確信して、僕はさり気なく誘導していく。

「じゃあ、敵意がないことを示すためにも、やっぱり私服で行ったほうがいいよ。うん、絶対そうしたほうがいい。僕はちょっと表に出てるから、すぐ着替えようか」

強引な僕の言葉に逡巡を見せる聖川さん。しかし、すぐに寂しげに肩を落として頷いた。

「……そう、ですね。わかりました」

どうやら納得してくれたらしい。僕らがホッと胸をなで下ろしたところで、魔法使いはちらと来栖さんを見やる。

「せっかくですので、来栖さん、念のため着ておきます？」

突然水を向けられた来栖さんは、乾いた笑みを浮かべて答えた。

「……いいえ。私は遠慮しておきます」

魔法使いの服を着た来栖さんは、ハーマイオニーもかくやという愛らしさを誇ることだろう。だが、残念ながらそんな素敵な姿を拝むことはできないようで、僕は内心で悔し涙を流した。

2

先日の児童公園へ向かう道すがら、ずっと気になっていたことを尋ねてみた。

「そもそもどうして魔法使いの衣装で深夜の徘徊なんてしてたの？」

不思議そうな顔で魔法使い――から普通の地味で控えめな女の子に戻った聖川さんは、分厚い眼鏡の奥から僕を見上げた。

「いえ、徘徊をしていたわけではありません。実は久しく連絡を取り合っていなかった火乃姉様から急に連絡が入りまして……。会って話をすることになったのですが、十年も会っていないので、お互い容姿も声も変わって認識できないと思われたので、共通の衣装として魔法使いの恰好で会うことにしたんです。急いで衣装を今のサイズで仕立て直さないといけなかったので少々大変でしたが」

ロックすぎる。

「でも、それだと魔法使いが徘徊してるなんて噂にはならないんじゃない？」

「私が方向音痴すぎて、なかなか火乃姉様との集合場所に辿り着けずに、何度か魔法使いの衣装のまま夜の街を彷徨い歩いていたからかもしれません」

普通に徘徊していた。どう考えても噂の根源はそれだよ……。

「それでようやく火乃姉様と再会できたのが……瀬々良木さんと出会ったあの夜です」

「火乃さんと通じ合ってたのなら……僕の手を引いて逃げたのはなんで？」

「火乃姉様の自白を聞いても、あの場では判断ができませんでした。そこで逃げ出す口実を探していたところで、あなたが現れまして……。人を呼ばれてもまずいと思い、これ幸いとあなたの手を引いて逃げ出すことにしたわけです。そして偶然にも昼間図書館で魔法使いの話をしていた方だったので、その後の言い訳も立ちました」

何とも悪いタイミングであの日、僕は公園の前を通ったらしい。星の巡りを呪っていたところで厚い雲に覆われた空が数度瞬き、遅れてゴロゴロという腹に響く音が轟いた。

今にも一雨来そうな気配。僕らは歩みを速めて約束をしているという先日の公園へ急ぐ。

目的地に到着する。日中は愛嬌のあるカートゥーン調の遊具たちも、深夜となれば闇の不気味さを増長するスパイスでしかない。怖々と公園内へと足を踏み入れ、薄暗い街灯のスポットライトに照らされた象の滑り台の前に——その人物は仁王立ちで待っていた。

「……火乃姉様」

聖川さんは緊張したように一度息を呑む。真夏にもかかわらず足下まで隠れる漆黒のローブを纏った魔法使いは、燃えるような赤髪を夜風に揺らしながら、口元に冷たい笑みを貼りつけていた。

「——遅い。私はもう一時間もまえから、ここでおまえの到着を待ち侘びていたぞ」

一時間て。

こちらを圧倒的に凌駕する不審者だった。マジで通報されなくてよかったな……。

そこでようやく聖川さんの背後に控える僕らに気づいたのか、長身の魔法使い——火乃さんは口元に湛えていた笑みを消す。

「麻鈴。その同行者はなんだ?」

「こちらは私の助っ人です……!」

火乃さんが醸し出す強者の雰囲気に気圧されながらも、聖川さんは胸を張って答えた。

「姉様が語る真相の真贋を、このお二人が判断してくださいます」

「その二人は……魔法に詳しいのか？」

「それは……」

聖川さんは言い淀む。確かにこの状況で助っ人を呼ぶならば、魔法に詳しい人間を連れてくるのが普通だろう。にもかかわらず、ずぶの素人二名を同行させているというのだから、役に立たない傍観者が増えただけにも思えてしまう。

そこで来栖さんは、いつもどおりの穏やかな口調で告げた。

「初めまして。私は来栖志希といいます。こちらは瀬々良木白兎さん。故あって、聖川さんの仇討ちをお手伝いすることになりました。魔法に関しては素人ですが、謎解きには多少の心得があります。あなたの主張する真相が、はたして本当に実行可能であったのかを判断することくらいはできると思うので同行させてもらっています。よろしくお願いします」

ぺこりと頭を下げると、後頭部に結われたポニーテイルが一拍遅れて揺れる。

部外者の存在に不快感を示していた火乃さんだが、事情を察したのか口の端を歪めた。

「なるほど、面白い試みだ。いいだろう。是非そちらの二人にもこの物語の結末を見届けてもらおうではないか」

パチン、と火乃さんは指を鳴らす。指先に、ふわりと炎が灯り、すぐに消えた。

魔法だ、と目を見張ったところで、シャツの裾がちょいちょいと引かれた。

「……先輩。先日目撃した魔法というのは、アレですか？」

「いや、僕が見たのはもっと大きな火の玉だよ。ソフトボールくらいの火球が両手の間に浮かんで燃えてたんだ」

ほう、と感心したように来栖さんは可愛らしく息を漏らす。

「とにかく姉様！」

会話の主導権を握るべく、聖川さんは果敢に声を張る。

「もう一度、先日の真相を語ってください！　その上で、お二人に真実であると判断されたのであれば、私も大人しく〈グリモワール〉を渡します！」

「よろしい」

〈獄炎使い〉は、まるで舞台役者のように街灯のピンスポットを一身に浴びながら、両腕を広げて朗々と告げる。

「では、改めて語ろう。この天才魔法使い、聖川火乃による師匠殺害のすべてを」

彼女の言葉に呼応するようにまた空が低く唸った。

「――さて。私の犯行は極めてシンプルだ。魔法で師匠を操り樽に詰め、魔法で剣を浮かせて刺殺した」

「……まったく理解できません」

聖川さんは、眼鏡の奥から不服そうな目で姉弟子を見つめた。

「人を操ることも、物を動かすことも、別系統の魔法です。炎を操る魔法を得意とするあなたに、それができたとはとても思えません」

聖川さんの主張は、現実性の有無を抜きにしたら実に理に適(かな)っている。

〈獄炎使い〉である火乃さんにそれができる道理はないはずだ。

にもかかわらず、何故ここまで自信満々にそれを言い切れるのか。

どうにも予期せぬ企(たくら)みがありそうで不安を覚えていると——。

「あの、お話の途中失礼します」

不意に来栖さんが対峙する二人の間に割って入った。

「真相を伺うまえに、どうしても一つだけ確認したいことがあるのですが」

「……なんだ？」

火乃さんは睨(ね)めつけるが、来栖さんはまるで物怖(ものお)じせずに続ける。

「〈獄炎使い〉としての魔法を私にも見せていただきたいのです。先日は、何やら大きな火の玉を作り出されたとか何とか」

「なんだそんなことか」火乃さんは余裕の表情で言う。「構わんよ、そのくらい。それで私の語る真相を受け入れてくれるのであれば安いものさ」

あくまでも泰然自若とした挙動で、火乃さんは胸の前に両手を合わせる。祈るように数秒そのままの姿勢を維持してからゆっくり両手を広げると、その狭間にはめらめらと燃え盛る炎の玉が浮かんでいた。

あの夜、僕が見たものと同じ魔法——。

改めてその光景に目が奪われる中、来栖さんは小さく、やっぱり、と呟いた。

「先輩、よく見てください。あれは火の玉などではありません。アルコールを纏わせた綿の塊(かたまり)です」

「えっ……」

僕は目を凝らす。すると確かに燃え盛る炎の中に何か核のようなものが見えた。

「普通の綿ではあれほど綺麗に燃えません。何らかの燃焼剤が含ませてあると考えるのが妥当でしょう。浮いて見えるのは、火の玉と両手が細い糸で繋がっているためです。おそらく難燃糸、あるいは細い金属ワイヤーですね。今みたいに暗い環境だからこそ可能な技です」

「つまり……ただの手品だったと?」

僕の確認に、来栖さんは、はい、と頷いた。

「じゃあ、さっき指先に火が灯ったのは……?」

「あれはニトロセルロースでしょう」

「ニトロセルロース!」

思わず声を荒らげる。ニトロセルロースといえば、僕たち化学専攻者の受験必須(ひっす)知識だ。

セルロース、つまり紙や綿を硫酸硝酸混合物の中で反応させると生成する物質のことで、このニトロ化と呼ばれる操作により、セルロースは格段に燃焼しやすくなる。

受験知識としては当然知っていたが、実際それを目にしたのは初めてだ。

知識と現実が奇跡的な邂逅を果たして、ある種の感動すら覚える。

「ま、待ってください。では、火乃姉様は……？」

声を震わせる聖川さん。来栖さんはまた、はい、と頷いて見せた。

「炎を操る魔法使いではなく——残念ながら、ただのマジシャンです」

聖川さんの抱える幻想を打ち破るように、はっきりと現実を突きつけた。

確かに冷静になって考えてみれば、それは自明な結論だ。

魔法なんてメルヘンな幻想は、この世界に存在しないのだから——。

現実を突きつけて見せた来栖さんだったが、当の自称魔法使い火乃さんは、相変わらず涼しい顔をしていた。

手品のタネを見破られて、状況的には追い込まれているはずなのに何故あそこまで悠長に構えていられるのか。深紅のルージュが引かれた口元に冷たい笑みを浮かべている彼女の姿は正直不気味ですらある。

聖川さんは、狼狽えながらも姉弟子に尋ねた。

「火乃姉様は……魔法使いではなかったのですか……？」

「——確かに私は、炎を操る魔法使いではない」

その告白に応えるように、漆黒の空が雷鳴を返す。何故か、妙な胸騒ぎがした。

「そこの少女の指摘どおり、炎を発生させるのは綿火薬を、火の玉はエタノールを染みこませた綿球を使用している。これまでずっと、私は炎を操る魔法使いを偽ってきた。——

師匠さえも欺いて」

最初からすべて嘘だったと告白しているのか。しかし、いったい何のために……？

聖川さんと同じくらい、僕も混乱する。どうにも話の先行きが怪しい。追い詰められているはずなのに、何故そこまで余裕を持って構えていられるのか。来栖さんも不安げに眉を顰めた。

だが――、と火乃さんは続ける。

「よくぞ見破った、と褒めてやりたいところだが……それは私の本質ではない」

おもむろに右腕を天に掲げる。

いったい何を、と口を開こうとした次の瞬間。

一際目映く天が瞬き、直後凄まじい轟音を響かせた。

お腹の底に響く、天の嘶き。

意味もなく、鼓動が激しくなる。

自称魔法使いは、口元を妖艶に歪めてそれを告げた。

「つまり私は――炎ではなく電気を操る魔法使いなのだ」

霧のような、細かい雨が降り始めた。

3

炎ではなく……電気を操る？

言っていることの意味がわからず僕は惚けてしまうが、すぐ隣で来栖さんが、やられました、と悔しげに呟いた。

この場を完全に支配した火乃さんは声高に告げる。

「発火綿もエタノールも、それ単体で燃えるものではない。炎を生み出すためには、発火、つまり強い熱を与える必要がある。私は魔法で電気を操ることにより、その熱を自在に生み出すことができる。炎の魔法を偽装したのは、私の能力の中で最も偽装に適した魔法だったからだ」

「ま……待ってください！」

聖川さんは悲鳴にも似た声を上げる。

「いったい何のためにそんな嘘を吐いていたのですか！」

「——決まっている」

低い声で、魔法使いは答えた。

「師匠を——いや、聖川光琳を殺すためだ」

つまり最初から……偉大な魔法使いを殺害するために、一門に加入したというのか。

今にも泣き出しそうな聖川さん。僕も来栖さんも状況を見守ることしかできない。

「さて、では改めて私の犯行の真相を語ろう」

すでにこの場は、火乃さんの独擅場だった。

「私は電気を自在に操ることができる。人間の思考も、その本態はただの電気的なシグナルにすぎない。つまり、電気を自在に操ることができる私には、人の思考や行動さえも自由に操作することが可能なのだ。私は光琳の思考を電気的に操り、樽の中へ押し込めた。その後、電磁気力により鉄製の剣を操り、樽に突き刺したのだ」

電気と磁気が本質的に同じものであることは、今どき小学生でも知っている。

電気を自在に操ることができるのであれば、磁力だって同様に操れることだろう。

それによって、鉄製の剣を思いのままに操作することだって……できるかもしれない。

でも……だからって……！

そんなもの、何でもありじゃないか……！

「……それなら頭部の切断は何のために？」

僕の独り言は深夜の霧雨に溶けて消えるかに思われたが、火乃さんには届いていた。

「人間の思考が単なる電気信号であることは前言のとおりだが、それは思考だけでなく記憶も同様だ。つまり卓越した〈電気使い〉ならば、脳髄から直接情報を取り出すことさえ可能なのだ。だから私は、光琳の首を切断して現場から持ち去った」

首筋の産毛が逆立つような不快な感覚に、思わず身震いする。

何という――埒外なことを考えるのか。それは人間の尊厳を踏みにじる行為そのものだ。

生理的な嫌悪感すら覚えながら、僕は火乃さんを睨む。〈電気使い〉は、飄々と続ける。

「だが、当時の私の技術では、記憶を読み解くことはできなかった。ゆえに〈極意〉を手にするため、麻鈴の持つ〈グリモワール〉が必要なのだ」

火乃さんは、小刻みに震えて立つ妹弟子へ冷たい視線を向ける。

「酷い……」

目元に涙を浮かべながら、悔しげに聖川さんは呟く。そのあまりにも悲痛な様子に、端で見ている僕も胸が痛くなる。

確かに犯行を疑っていたとはいえ、恩人とさえ評した姉弟子がその実、最初から愛すべき師匠を殺すために家族を偽っていたなど、あまりにも残酷だ。

聖川さんを助けたい一身で、僕は口を挟む。

「……それが真実だと主張するならば、その証拠として〈電気使い〉であるところを見せてください。指定した場所に雷の一つでも落とされれば、さすがに僕らも認めざるを得ません」

「残念ながらそれはできない」

その反論を見越していたように、火乃さんはあくまで余裕を見せながら言う。

「私の魔法の全盛期は二十歳頃。今はとてもそんな大魔法を行使することはできない。この天気も先ほどの落雷も、私の魔法の力ではなくただの偶然。何より、あれは魔素の豊富な魔法世界だからこそなし得た奇跡なのだ。今、この現実世界で私にできることと言えば、力を集中させて着火のための火種を作ることくらいさ」

優位性を示すように、先ほど同様、指を鳴らして一瞬だけ火炎を灯らせた。

上手い切り返しだ、と僕は感心半分に臍を嚙む。あくまでも彼女の主張は、当時それが可能であった、ということであり、現在の状況などは一切関係がないのだ。言い換えるならば、それが事実であると証明する必要さえないことになる。

この物語は、あくまでも聖川さんの〈思い出〉の中の出来事にすぎない。つまり、聖川さんが納得してしまえば、それは〈真実〉になってしまう。

そして聖川さんは、どう見てもこの主張を受け入れている。

この、過酷で救いがたい主張を。

火乃さんの主張を認めるということは、聖川さんが今も大切に抱えている魔法世界での優しい思い出が否定されることに等しい。優しかった姉弟子が、実はずっと師匠の命を狙っていたなんて……あまりにも残酷な結末だ。

勝ちを確信したように口元を緩める火乃さん。

しかし――。

「――それでも私は、聖川さんの思い出を守りたいです」

これまで沈黙を保ち、状況を見守っていた来栖さんが不意に口を開いた。

勢いを削がれたためか、不愉快さを滲ませながら火乃さんは睨みつける。

「思い出を守る……？　何を藪から棒に意味不明なことを言っているのだ」

無意識に平伏してしまいたくなるほどの凄味の籠もった言葉だったが、小柄な後輩は平然と受け返した。

「あなたが本当は〈電気使い〉であることを隠して、〈聖川一門〉へと潜り込み、タイミングを見計らって師匠たる光琳氏を殺害した、となると聖川さん——麻鈴さんにとって大変悲しい事実となるでしょう。しかし、麻鈴さんの手記——ここでは〈グリモワール〉と呼びましょうか。あの魔導書の中でのあなたに、私は家族への確かな愛情を感じ取りました。もちろんそれは、麻鈴さんの主観が大いに入り込んでいるものなので、彼女の思い違いだった可能性は否定できません。しかしそれでも、私は麻鈴さんの感じ取ったものを信じたいのです。あなたの正体が、冷血な反逆者などではなく、愛すべき優しい姉弟子なのであると」

——それは、来栖さんの基本理念。

謎を解くことで誰かを不幸にする名探偵などいてはならないという、心からの願い。

だからこの〈真相〉が聖川さん——麻鈴さんを不幸にする可能性があるならば、それを真っ向から否定して彼女の思い出を守りたいのだろう。

何故そこまでして、彼女たちの妄想的なルールを尊重できるのか。僕には……正直理解できない。僕は次第に、来栖さんの信条そのものに疑問を覚え始める。

「……随分と頭がお花畑なお嬢さんだ」火乃さんは嘲笑する。「そのような理想の入り込む余地などないのがこの現実だろう。誰もが皆、思いどおりにいかずに現実と理想の狭間で苦しみ、藻掻いているものだ。いい歳をして、少々理想主義すぎるのではないかな」

「……それでも」まるで胸の痛みを堪えるように来栖さんは言葉を返す。「それでも私は、虚構であっても麻鈴さんに幸せであってほしいのです」

しばしの沈黙。雨脚は少しずつ強まっていく。

まあいい、と長身の魔法使いは肩を竦めた。

「おまえの理想がどうであれ、私の提示した真相を打ち破れる道理はない。何せ事件は十年もまえに起こったことなのだ。すべては終わっており、今さら覆されるものもない。それがわからないほど愚かではないだろうに、おまえはこの状況で何をするというのだ」

「――対話を」

来栖さんは、真っ直ぐに火乃さんを見つめて告げた。

「これは十年まえ、魔法世界で起こった魔法による殺人事件です。そしてそのリアルな体験は、あなたと麻鈴さんの記憶の中だけにしか存在しません。ならば、第三者の私にできることは、お二人と言葉を交わして記憶の世界を共有し、その上であなたの主張の整合性を判断することだけです」

あくまでも真摯に、来栖さんは語る。多少不満げな様子ではあったが、この提案を突っぱねたところであまり意味もないと判断したのか、火乃さんはため息を漏らして腕を組んだ。

「……わかった。気の済むまでやってくれ」

ありがとうございます、と律儀に頭を下げてから来栖さんは早速〈対話〉に入る。

「まず、お話を伺っていて気になっていたことがあります。そもそも、何故あなたは光琳氏を樽に詰めて殺害したのでしょう?」

え……、と麻鈴さんは小さく声を漏らす。

そうか。奇想天外な説明のせいで基本的な部分を失念していたが、先ほどの主張は、あくまで現象を説明しただけで、何故樽を用いたのか、という理由の部分は完全に無視されていた。

「もし、あなたが本当に電気の魔法で人の行動を操れるのだとしたら、光琳氏をただ棒立ちにさせておいて剣を突き立てたほうがよほど楽で、かつ確実に殺害できるはずです。逆に、樽に詰めたがために、肝心の狙うべき位置が定まらなくなり、複数の剣を使用する羽目になったとも言い換えられます」

「現状、光琳氏を樽に詰めたことは、デメリットにしかなっていないわけか」

僕の呟きに、来栖さんはこくりと頷いた。

気まぐれと言うには、さすがに少し厳しい疑問だ。あるいはこれが取っ掛かりとなって、彼女の主張を覆せるか、とささやかな期待をしてしまうが、肝心の魔法使いは大した問題ではないというふうに肩を竦めた。

「犯行に樽を用いた理由……なに、簡単なことだ。光琳は老いてはいたが、それでも世界最強の魔法使いだった。私の行動制御下に入っても、いつそれを解いて反撃してくるかわからないからな。思考を掌握したら、速やかに樽に詰めて余計な行動を制限する必要があった。そのために、多少のデメリットには目を瞑り、いの一番に光琳を樽に入らせ、そのあとで余裕を持って殺害したというわけだ」

「つまり樽は、ある種の拘束具であったと？」

　来栖さんの念押しに、火乃さんは、ああ、と頷いた。

　僕は希望が断たれたのを感じて肩を落とす。それならば、わざわざ樽を利用したことにも説明がついてしまう。せっかく反撃の糸口になるかと期待したのに……。

　しかし、意気消沈する僕をよそに、来栖さんはわずかに眉根を寄せて質問を重ねる。

「でも、それだとおかしくありませんか？　四人の魔法使いの中で少なくともあなただけは、拘束具に樽を選ばないと思うのですが」

「……どういう意味だ？」

「樽というのは、木の板を組み合わせ、その周囲を箍と呼ばれる金属の輪で固定することで形作られます。箍は特に強度が求められるので、一般的に鉄が使われます。そしてここで思い出していただきたいのは、火乃さんが鉄製の剣を電気の力で動かしたという主張です」

いつの間にかイニシアティブを握っている来栖さんは、人差し指を天に向ける。

「おそらく電磁石の要領で、磁場を発生させて剣を動かしたという主張なのだと思います。詳細な科学考証はここでは省きますが、とにかくまずはその操作によって剣が自在に動かせたと仮定しましょう。しかし、そうすると今度は発生した強力な磁場の影響で樽のほうも動いてしまうことになります。だって、樽にも鉄が使われているのですから」

電気の力で、あるいは磁力を使って光琳氏を殺害した、という主張と、拘束具として樽を利用した、という主張は矛盾するのか！

強力な磁場に置かれた樽は、動いたり、最悪倒れてしまったりする可能性があるので、拘束具としてはこの上なく不適切だろう。彼女が真に〈電気使い〉だったのであれば、その程度のことに気づかないはずがない。

期待を込めて火乃さんを見やるが、彼女は飄々と切り返す。

「揚げ足を取ったつもりかもしれないが……おまえの知識不足だ。樽というものは、見た目に反してかなりの重量がある。実際に使用された樽のサイズ感では、優に百キロを超える。つまり十分な質量があるため、磁場の影響を受けず拘束具として機能していた。私が最大限に魔法を行使しても、びくともしないほどにな」

何となく、例のパーティゲームの樽がイメージにあったので、プラスチック製の質量感を想像していたが、冷静に考えれば木の板と鉄の輪で作られた樽が重くないはずがない。

百キロというのは想像以上だったが……本当にそれだけ重たかったのであれば、きっと安定感もあっただろう。現状、実際の樽の質量などわかりようがないし、これ以上この件を深掘りしても得られるものはない――。

僕は諦めのため息を零すが、対照的に来栖さんは何故か、我が意を得たりとばかりに微笑んだ。

「火乃さん……それは無理なのです」

「無理、だと……？」声に緊張が宿る。「魔法の素人であるおまえに、何がわかる」

「確かに私は素人です。しかしそんな私でも、あなたの証言の矛盾くらいはわかります」

全身をしっとりと雨に湿らせながら、来栖さんは歌うように続ける。

「あなたは本来なら、魔法の力で樽は動く、という方向でロジックを組まなければならなかった。それなのに、あくまでも剣を魔法で動かすことに意識を傾けてしまった。それゆえに自らで証明してしまったのです。あなたにはこの犯行が不可能だったのだと」

「……詭弁だな」警戒は解かないまま、それでも火乃さんは余裕を保っている。「そこまで言うなら、論理的に私の主張を覆してみせろ」

「望むところです」

来栖さんは胸元に手を添え、よく通る声で答えた。

「もう一度初めから考えてみましょうか。あなたは光琳氏の殺害計画を一人で遂行しました。もちろん、その事前準備から何まですべてです。現場は、光琳氏の工房。ならば当然、拘束用の樽はどこか別の場所に隠しておき、当日、光琳氏が外出したあと、あなたは一人でそれを現場に設置したことになります。しかし……それは不可能なのです。何故なら、樽は百キロ以上の質量があり、なおかつ火乃さんの電気魔法を最大限に行使しても動かすことが叶わない代物だったのですから」

あっ、と再び麻鈴さんが声を上げた。

ほぼ同時に僕も来栖さんが仕掛けた罠の正体に思い至り戦慄する。

この土壇場で、本当にとんでもないことを考える……！

「火乃さん。あなたがどれほど卓越した魔法使いであったとしても、肉体的にはただの人間です。事件当時、わずか十六歳の少女であったあなたが、魔法も使わずどのようにしてこの非常に重たい樽を設置したのか。是非ともその方法を説明していただきましょうか」

「……っ！」

ここへ来て初めて、火乃さんは動揺を示す。表情は硬くなり全身を緊張が巡っている。

それでも声にわずかな躊躇いを含ませて魔法使いは答えた。

「……樽というものは非常に重たいので一般的には転がして運ぶものだ。百キロを超えていようが、工房の中へ運び入れることくらいは造作もない」

「残念ながらその言い訳は通りません。何故なら、工房もそして手前の倉庫部分もたくさんの荷物が置かれていたため通路が非常に狭く、樽を転がして運ぶスペースなどなかったのですから」

僕は手帳の記述を思い出した。麻鈴さんが初めて工房に入ったとき、『狭い隙間を縫うように』と書かれていたし、事件時も『大人一人がやっと通れるくらい』と描写していた。工房内の通路がとても狭かったことは客観的な事実と見てよい。

その証拠に、麻鈴さんは今驚愕に双眸を見開いている。記憶の中の情景と、火乃さんの証言の決定的な矛盾に気づいたのだ。

「それからもう一つ。仮に樽を転がして工房まで運べたとしても、今度は段差という問題をクリアしなければなりません。樽は、一段高い壇の上に設置されていました。もしスロープのようなものを使ったとしても、百キロ超の樽を十六歳の女の子が押し運べたとはとても思えませんし、そもそもそこまでして樽を拘束具として利用するのも意味不明です。もっと簡便で適切な拘束具が絶対にあったはずですから」

火乃さんは二の句を継げずに黙り込む。その隙に来栖さんは仕上げに取り掛かる。

「つまり、あなたの主張はどうしようもなく矛盾しているんです。あなたが電気を操る魔法使いなのだとしたら、樽にまつわる数々の矛盾を解消しなければならない。あるいは協力者のような存在がいれば、どうにか辻褄を合わせられるかもしれませんが、その場合今度は、はたしてあなたは本当に光琳氏を超えたのか、という疑問が湧いてきます。あなたが一人で一連の犯行を終えたのであれば、誰もがあなたの師匠超えを認めることでしょうが、協力者がいたのだとしたら……あなた一人の成果ではないことになり、この一連の犯行が結果的に、あなた一人では光琳氏を超えられなかったことを証明してしまうのです。そうなれば当然、あなたが麻鈴さんの〈グリモワール〉を受け継ぐ話は白紙に戻るでしょう」

少しずつ丁寧に、火乃さんを追い詰めていく。

口調は穏やかそのものだが、そのロジックは恐ろしいほどに鋭利だ。

「──さて、これで火乃さんが〈グリモワール〉を手に入れる目はほぼ消えました。ならば、どうかこれ以上虚飾を重ねることはやめて、麻鈴さんが憧れた優しくて恰好いい火乃姉様に戻ってください。私には、麻鈴さんと一緒にクリスマスツリーの準備をしていたあなたが、クリスマスパーティの夜に光琳氏を殺害する計画を企てていたとはとても思えないのです」

「……火乃姉様」

来栖さんの言葉に呼応するように、麻鈴さんは小さく呟く。

しばしの沈黙。通り雨だったのか、雨脚は少しずつ弱まっていく。

自称〈電気使い〉は、そこでようやく深いため息を吐いた。

「……とんだ名探偵がいたものだな」

はたしてそれはどちらの意味合いでの言葉なのか。わずかな緊張感の中、火乃さんは深紅の唇を吊り上げてどこか潔く告げた。

「──わかった。私の負けだ」

「では、火乃姉様……！」

麻鈴さんは、声を弾ませて足を踏み出す。火乃さんは大仰に肩を竦めて見せた。

「私はただの……〈極炎使い(フレイム・マスター)〉さ。あの状況で師匠を殺すことなど……できるはずもない」

改めて些か理解に苦しむ二つ名を名乗り、火乃さんはすべてを認めた。

すなわち——自分の主張がすべて嘘であったと。

感極まったように目尻(めじり)に涙を浮かべて、麻鈴さんは火乃さんに抱きついた。どうすればよいのかわからないように、両手を彷徨わせていた火乃さんだったが、胸元に顔を埋(うず)めて嗚咽(おえつ)を漏らす麻鈴さんの姿を見て、壊れものにでも触れるようにその細い肩を抱き締めた。

「……ごめんなさい。ずっと、火乃姉様が師匠を殺したのかもしれないと疑っていました」

「いいんだ。私こそ、不安にさせてすまなかった。これからは、ちゃんと麻鈴の味方でいるから安心しろ」

どうやら十年間すれ違い続けてきた姉妹は、無事に心を通わせることができたらしい。

ひとまず当初の目的の一つを果たせたようなので、そこで僕はようやく一息吐(つ)く。隣に立つ来栖さんも、微笑ましげに二人の魔法使いを見つめていた。

「しかし、どうして嘘まで吐いて〈グリモワール〉を取り上げようとしたんですか……?」

顔を上げ、麻鈴さんは至近距離で姉を見つめる。火乃さんは言いにくそうに視線を逸らす。

「……麻鈴が、過去に囚われていると思ってな。私は恨まれても構わないから、麻鈴から手帳を取り上げれば、過去を忘れて、前を向いて歩いて行けると思ったんだ。でも……ままならないものだな」

万感の思いを込めて、火乃さんはため息を吐く。彼女の目的を阻害してしまった部外者の僕らは、何も声を掛けることができない。……そう思ったが、来栖さんはあまり気にした様子もなく平気で割って入った。

「嘘を重ねて現実を捻じ曲げても、しこりを残すだけです。それよりは、お互い素直になったほうが、平和で素敵です」

「――至言だな」

観念したように、火乃さんは苦笑した。

そのとき、僕のシャツの裾がちょいちょいと引かれる。来栖さんが満足そうな表情で僕のシャツを指で摘んでいた。

「とりあえず、用事も片づいたので私たちはこのへんでお暇しましょう。ここから先は部外者の私たちが踏み入るべきではありません。何より――」くちゅん、と可愛らしいくしゃみを零す。「私は早く帰って熱いシャワーを浴びたいです」

確かに僕も来栖さんも、霧雨に曝されてしとどに濡れている。特に薄着の来栖さんは服が肌に張り付いてしまい、何とも目のやり場に困る有り様だった。これは早急にアパートへ戻る必要がある。

「——麻鈴は私が責任を持って家まで送っていく。きみたちも早く帰りなさい」

僕らの会話を聞いていたのか、火乃さんが先ほどまでよりも幾分柔らかい口調で告げた。

お言葉に甘えさせてもらおう。会釈をして、僕らは魔法使いたちに背を向けて歩き出す。

「あの、来栖さん！　瀬々良木さん！」

背後から響く麻鈴さんの声。僕と来栖さんは同時に足を止めて振り返る。

麻鈴さんは、街灯のスポットライトの下で頬を上気させていた。

「本当に……本当にありがとうございました！」

僕は来栖さんと顔を見合わせてから、笑みを零してそれに応えた。

ひとまずこれにて——一件落着というところか。麻鈴さんにとってつらい結末にならなかったことに僕は胸をなで下ろす。

いつしか分厚い雲は姿を消し、空には夏の大三角が輝いていた。

第4章 現実と虚構

1

〈獄炎使い(フレイム・マスター)〉聖川火乃さんとの対決から一夜明けた翌日早朝。

普段より一時間も早く起きてしまい、僕は部屋で一人途方に暮れていた。

昨夜、一時的に冷え込んだことが嘘のように、日の出と共にぐんぐんと気温は上昇を続け、午前七時をまえにしてすでに摂氏三十度を超えている。

さすがにこれは暢気に高いびきをかいていられる状況ではないのだが、さりとて貧乏学生の身で朝からエアコンのスイッチを入れるのも憚(はばか)られるため、何とはなしに座り込んで暑さを忘れるための瞑想(めいそう)に耽(ふけ)っていた。

心頭滅却すれば火もまた涼し──なんて言葉もあるが、僕はまだその域に達していないので、すぐに耐えきれなくなって上昇を続ける室温から逃れるように部屋を飛び出した。

財布とスマホだけを持ってアパートの外階段を降りたところで──アパートの前で来栖さんが体操をしているところに遭遇した。

黒いレギンスにショートパンツ、上には風通りのよさそうな空色の半袖シャツを着ている。珍しくスポーティな恰好だ。白のキャップの後部からは、ポニーテイルが飛び出していた。

「あれ？　先輩、おはようございます」

すぐにこちらに気づいて、動きを止める。

「おはよう。邪魔してごめん。もしかしてラジオ体操やってた？」

「はい。夏の朝はこれをしないと始まりませんからね」

小さな後輩は眩しいばかりの笑顔を向けてくる。大学生にもなっていい子すぎる……。

僕なんて小学生のときですら一度も参加せず、夏休みは惰眠を貪ってたよ……。

「先輩はお出かけですか？」

「うん、ちょっと暑くて寝てられないからコンビニで立ち読みでもしようかと思って……」

そう告げると、来栖さんは嬉しそうに手を叩いた。

「それじゃあ、一緒にラジオ体操しません？　そのあとうちで一緒に朝ご飯食べましょう。それに二人なら朝からエアコンを付ける罪悪感も和らぎますから」

朝っぱらから体操など、普段ならば御免被りたいところだったが、来栖さんと一緒ならば話は別だ。素晴らしい提案を、僕は一も二もなく受け入れる。

ラジオ体操なんて中学以来だったのでちゃんと覚えているか不安だったけれども、薄らとした記憶を頼りに何となくそれっぽい動きを続けていく。

運動不足の現代人なので、暑さも相まってこの程度の負荷でも汗がしたたり落ちてくる。しかしながら、普段であれば不快でしかない汗も今はむしろ心地好いくらいだった。ようやく来栖さんとの日常が戻ってきたのだと実感する。

最後の深呼吸を終えたところで、お疲れさまでした、と来栖さんはタオルを渡してくれた。ハンカチの一枚も持っていなかったので、ありがたく洗いたてと思(おぼ)しきふかふかのタオルに顔を埋める。滅茶苦茶いい匂いがした。

「気持ちいいですね」

そのままスポーツドリンクのCMに出られそうなくらい爽やかに汗を拭いながら、来栖さんは言った。そうだね、と僕は同意を示す。

「ラジオ体操なんてかったるいと思ってたけど、こうしてやってみるといいものだね。子どもの頃は大嫌いだったけど、もしかしたら大人たちに強制されるのが嫌だっただけかも」

「先輩、ひねくれてますものね」

来栖さんは楽しげに笑った。得も言われぬ幸福を感じるひとときだった。

その後一度自室へ戻り、汗を流してから改めて来栖さんの部屋にお邪魔する。シャワーから上がったばかりの来栖さんは、濡れた髪をタオルで拭きながら、知人レベルの異性と会うには些(いささ)か不適とも思える薄着姿で、いらっしゃい、と出迎えてくれた。

ひょっとしてこの子は多少なりとも僕に気があるのでは……などと期待してしまいそうになるが、残念ながらそれはただの勘違いだ。

来栖さんは、かつて〈名探偵〉と人々に持て囃され、そして現在行方を晦ませているお兄さんの姿を僕に重ね合わせているだけなのである。お人好しなところが少し似ていて、僕も突然姿を晦ませるのではないかと心配しているのだとか。

それゆえにきっと、兄に対する親愛にも似た感情を僕にも抱いており、これほどまでに無防備なのだろう。

だから僕も――彼女の手放しの好意を踏みにじりたくなかった。来栖さんのことが本当に好きだからこそ、湧き上がる不健全な思考を振り払う。

僕は純真無垢という言葉がよく似合う、困った人を放っておけない素直で優しい来栖さんのことが好きなのだ。その偶像を汚すような邪な感情を抱いてはならない、と己を戒める。

居間はエアコンが利いていてとても涼しかった。さすがにこの真夏にエアコンなしはあまりにも無謀だったのだと、改めて肌で感じる。

それから、来栖さんは朝食にホットサンドを作ってくれた。

久方ぶりに食べる来栖さんの手料理。僕は半ば感動しながらいただく。

挟まれていたのは香ばしく焼かれた薄切りの牛肉と二種類のチーズ。それらは口に含んだ瞬間、爆発的な旨味となって脳髄を刺激する。加えてパンに塗られたマーマレードとマスタードも絶妙のアクセントを演出している。

「これは……まさかキューバサンド？」

「お、さすが先輩。わかりましたか」

嬉しそうに言って、来栖さんもパンに齧りつく。

「んー！　初めて作ってみましたが、美味しくできてよかったです！　本場はローストポークを使うらしいですけど、牛こま肉でそれっぽくアレンジしてみました」

「メッチャ美味しい。天才」

相変わらず来栖さんの料理センスは素晴らしい。

上機嫌に僕らはホットサンドを平らげる。最後に来栖さんが淹れてくれたアイスティーをいただく。

僕は、ごちそうさま、と頭を下げる。来栖さんは笑って、お粗末様でした、と言った。

さすがにお世話になりっぱなしというわけにもいかないので、洗い物は僕が代わる。

だがそれも大した手間ではなくものの数分で終了してしまった。時刻は現在午前八時を回ったところ。普段ならばまだ布団の中にいる頃だ。それが今は来栖さんの部屋でのんびりとしているのだから、随分と有意義な時間の使い方をしていると感心する。

「こうして先輩とゆっくり過ごすの、何だかすごく久しぶりな気がしますね」

来栖さんは卓袱台に突いていた頬杖を戻し、姿勢を改める。

「いつも私のわがままで、厄介なことに巻き込んでしまってすみません」

「僕が好きでやってることだから気にしないで」

厳密に言えば、僕は厄介事に首を突っ込みたがるお節介というわけではなく、単純に来栖さんのことが好きだから、一緒にいたいばかりに首を突っ込んでいるだけなのだけど、まあ、嘘は言っていない。

　案の定、いい方向に誤解してくれたようで、相変わらずお人好しですね、と来栖さんは笑った。

「それにしても、昨日の一件は上手くいってよかったですね」

　昨日の一件――もちろん麻鈴さんと火乃さんのことだ。僕は、そうだね、と頷く。

「火乃さんが、〈電気使い〉だ、なんて言い出したときにはどうなることかと思ったけど、麻鈴さんにとっていい結果になったみたいだし、素直に嬉しいよ」

　それは紛れもない本音だったけれども、一抹の不安も残る。

　もしこの先も麻鈴さんが事件の真相を求めるのであれば、いつか必ず過酷な現実と向き合わなければならないときが来るはずだ。

　過酷な現実――すなわち魔法などという幻想は存在せず、〈グリモワール〉に記載されている夢のような世界もまた存在しないという、どうしようもないほど圧倒的な事実。

　大切にしていた自分の思い出が、ただの妄想にすぎないのだと思い知らされることが、どれほどの痛みをもたらすのか。僕には想像もできないけれど……まあ、これ以上は彼女の問題であって僕らが関わることでもない。

　僕らへの依頼は、昨夜の時点で果たされている。この先、麻鈴さんがどのような選択をしようが……それは彼女の自由というものだろう。

余計なことは考えないに限る。今はただ、来栖さんと過ごすこの幸福の時間を満喫しよう。

「そういえば、来栖さん。今日バイトは？」

「今日はお休みです。だから一日だらだらと前期の復習でもしようかと思っていました」

えへへ、と可愛らしく来栖さんは笑った。夏休みに勉強とか優等生すぎる……。

「もしよかったら、また勉強教えてください。せっかくなら薬学概論でミスしちゃったところを先取りで詳しく」

「僕でよければ喜んで。ベンゾジアゼピン受容体作動薬だったっけ？　悪用が問題にはなってるけど、薬自体は安全性も信頼性も高くいいものだよ。睡眠作用だけじゃなくて、抗不安作用や抗けいれん作用もあって、大人から子どもまで幅広い人に使われて――」

上機嫌に知っている限りの知識を披露していたまさにそのとき。

来栖さんのスマートフォンがピロン、と鳴った。何かメッセージが届いたようだ。ちょっとすみません、と来栖さんはディスプレイに目を向ける。それからすぐに、先輩！　と慌てたように隣へやって来て表示を僕にも見せた。

ディスプレイにはシンプルにこう書かれていた。

『資料を添付した』

よくあるスパムの類いかとも思ったが、そのわりに来栖さんは興奮した様子だ。

「なにこれ？」

「何って資料ですよ！　煌さんにお願いして、お抱えの情報屋さんに『白ひげ殺人事件』の資料を集めてもらっていたんです！」

お抱えの情報屋というのは、『神薙虚無』のときに恐ろしいほど詳細な事件の情報を調べ上げた人のことだろう。予想だにしていなかった言葉に、僕はたじろぐ。

「ちょ、ちょっと何言ってるの？　麻鈴さんの件は昨日片づいて――」

「先輩こそ何を言っているんです？　ちっとも片づいていないでしょう？」

訳のわからないことを言うなとばかりに、来栖さんは小首を傾げて僕を見る。

「だって麻鈴さんは、真相を知りたい、と言っていたじゃないですか。昨日はただ、火乃さんの魔法では犯行が不可能であったことを証明したにすぎません。すべての理解にはほど遠い状況です」

真相を知りたいなんて言っていただろうか、と記憶を探ると、確かにすべてを理解することが弟子の務め云々というようなことを言っていた気もする。

そこで嫌な予感を覚える。

僕は火乃さんの一件だけどうにかすればいいと考えていたけど、ひょっとして来栖さんは最初から火乃さんの件を目標の一つとしか捉えておらず、最終的には事件の真相を明らかにすることまで考えていたのではないか……？

「で、でも、麻鈴さんは火乃さんと昨日和解できて満足そうだったし……これ以上は余計なお世話になるんじゃ……？」

「そんなことありません。だって、姉弟子はほかに三人もいるんですよ？　もしかしたら火乃さんのように、また自らの犯行であると主張する人が出てくるかもしれないじゃないですか。そうなったときのために万全の準備をしておくことが、『真相が知りたい』という彼女の依頼を受けた我々の責務でしょう。違いますか？」

自分の言っていることに微塵（みじん）も疑いを持っていない澄んだ瞳で、来栖さんは僕に同意を求める。

確かに彼女の言っていることは至極正しい。

正しいが……その先には破滅しか待っていないことに気づいていないのか……？

ここで言う破滅とは魔法の否定であり、それはすなわち大切な思い出の否定にほかならない。何故なら、夢と希望に満ちあふれた魔法世界なんて、現実には存在しないのだから。

昨日だって火乃さんの主張を認めたら麻鈴さんの思い出を壊すことになってしまうから、必死で魔法による犯行を否定していたわけで……。

でも、もしこの先を求めるのであれば、どうあっても麻鈴さんが傷つく未来しか残されていない。引き際を見誤ってはならないことくらい、来栖さんもとっくに気づいているはずなのに——どうして。

昨夜、ほんの微かに抱いた彼女の信条への疑問。それがまた少しずつ大きくなる。

何故、魔法使いたちの妄想的なルールをあれほどまでに尊重できるのか、僕には不思議でならなかったけれども……それはひょっとして――。

「……来栖さんは、麻鈴さんの思い出をどう思ってるの？」

「どうと言われましても。信じていますよ。百パーセント」

「っ……！」

バカな、という言葉をすんでのところで飲み込む。

来栖さんは、何をもって彼女の夢見がちな空想を信じているというのか。

「……転移の魔法に、獣人やロボットの住む魔法の街、おまけに煉瓦造りの巨大な魔法学校が、本当にあると思うの？」

「麻鈴さんが見たと言っているんですから、本当にあるのだと思います」

至極真面目な顔で、来栖さんは答える。

以前来栖さんは、探偵は依頼人を信じなければならない、というようなことを言っていたけれども……それとこれとは話が違う。

何故ならば、麻鈴さんの主張は、勘違いや誤解から生まれたものではないからだ。

言い方は悪いが極論、病的な空想にすぎない。幼少期のつらい体験から逃避するために生み出された――ありふれた妄想。

それを、百パーセント信じる……？

僕には、その行為が相手に対する優しさや思い遣りに繋がるとは、到底考えられなかった。

そんなものは——ただの妄信だ。

僕は。

目の前に座る、小柄で愛らしい後輩に、初めて恐怖にも似た感情を抱いた。

まったくの未知の感情。理解できないものに遭遇したときの、本能的な忌避感。

僕はこれまで来栖さんのことを、困っている人を放っておけないただのお人好しだと思っていたけれども……ひょっとするとそんな表面的な認識は、まるで彼女の本質を捉えていなかったのではないだろうか。

冷や汗が、頬を伝う。

「——先輩？　どうかしました？」

来栖さんは、愛くるしく小首を傾げて僕を見る。普段ならば、ただひたすらに可愛らしいだけの仕草のはずなのに……今は、異常なプログラムで動いている無機質なロボットのように見えてしまう。

ただの平和主義者なのだと思っていた女の子が、未知の怪物に思えてしまう。

湧き上がる不安。

僕はその、恋愛感情とは異なる来栖さんへの気持ちを無理矢理胸の奥底に押し込めた。

「……何でもないよ。ごめんね、急に変なことを聞いて」

何事もなかったように僕は笑顔を返す。

問題は正直深刻ではあったけれども……実際的な話、僕の来栖さんへの対応が変わるわけではない。

これまでは、ただ隣に住む後輩の女の子と仲よくなりたいというだけの理由で一緒にいたけれども……。

来栖さんが、ただの平和主義者ではないのだとしたら……なおさら放っておけない。

誰よりも平和を望むこの少女は、きっと放っておいたら誰よりも不幸になってしまう。

ならば——誰かが守ってあげなければならない。

そしてそれは、おそらく現状で唯一彼女の本質に気づいている僕にしかできないことで。

だから僕は、何があっても彼女の隣で、彼女の味方をしようと誓う。

僕の中で、何かが決定的に切り替わった瞬間だった。

大きく、一度深呼吸をする。

彼女が事件の真相を望むならば——僕もそれに付き従うだけだ。

「——情報屋の資料って、僕も見て大丈夫なものかな?」

急に話を戻したためか、来栖さんは一瞬きょとんとしてから、すぐに嬉しそうに表情を輝かせる。

「もちろんです！　せっかくですから一緒に見ましょう！」

来栖さんはそのままぴたりと僕に身体を寄せて、画面を共有してくる。
いつもならふわりと立ち上る来栖さんの甘いシャンプーの香りでそれどころではない状況だったけれども、僕はいつになく集中して表示されている文字列を目で追っていく
——。

◆

児童養護施設『聖心園』経営者・聖川光琳の遺体が発見されたのは、二〇〇九年十二月二十五日未明のことだった。

光琳は彼が所有していた倉庫、通称〈工房〉において、木製の樽の中で外から八本の剣を突き刺され、半焼の状態で発見された。また遺体の頭部は鋭利な刃物のようなもので切断され、現場から持ち去られていた。この頭部は結局最後まで見つからなかった。

その極めて特異的な状況から、世間では『白ひげ殺人事件』と話題となり、一時期ワイドショーなどを中心にしきりに報道されていたが、事件から一ヵ月も経過する頃にはすっかり飽きられ、すぐに世間から忘れ去られていった。

調べてみると、色々と興味深いことがわかってきた。

まずは時系列順に、事件のあらましを記載する。

事件が発覚した経緯は、少々特殊だ。

まず二十五日午前二時、消防へ匿名の通報が入った。通報によると、光琳の自宅で火災が発生しているとのことで、これを受けて直ちに消防隊が派遣された。続けて複数の近隣住人からも通報が入るが、結局この第一報の通報者は最後まで不明のままだった。

この通報は個人の携帯電話ではなく近くの電話ボックスから行われており、また声量も不自然なほど抑えられていたことなどから、通報者の特定を避けようとする意図が覗いており、そのため捜査初期から犯人自らによる通報であると考えられた。通報の際、今も家の中に五名の少女が存在するという事件関係者しか知り得ない情報をオペレータに伝えていたことから、少なくとも重要参考人であることは明らかだ。

消防隊が現着した際、火災は裏手の倉庫含めかなり燃え広がっていたが、通報が早かったためにまだそれほど勢いは強くなく、無事に五名の少女は救助された。その後速やかに火は消し止められ、光琳の自宅は焼け落ちずに済んだ。現場付近の救急箱には、消毒用エタノールやオキシドールなどの可燃・支燃物も保管されていたが、必要以上に延焼しなかったのは不幸中の幸いと言える。

少女たちの保護者であった光琳は、自宅裏手の倉庫で半焼遺体となって発見された。

前述のとおり、光琳は樽の中で剣を刺された上に頭部を持ち去られた状態だった。

当初、遺体の身元はわからなかったが、所持品であった鍵束（かぎたば）や焼け残った光琳の自宅から採取された指紋、ＤＮＡ断片などにより、聖川光琳本人であると断定された。

事件当夜、現場付近は異例の冷え込みであったこと、また遺体が半焼していたことなどから正確な死亡推定時刻が求められず死後八時間から三十六時間と大きく幅を取ることになったが、目撃証言から二十四日の午後六時前後とほぼ断定された。

まず重要参考人とされたのは、『聖心園』の共同経営者である野木義文だった。野木は予(かね)てから光琳と折り合いが悪く、施設内でも度々口論しているところを職員たちから目撃されていた。

ところが野木には鉄壁のアリバイが存在した。二十四日昼前から、愛知県で行われていた投資関係者の会合に出席し、その後は夜遅くまで忘年会に参加していたのだ。多くの関係者からの目撃証言もある上、防犯カメラにも映像が残されていた。ほぼ一日中愛知県に滞在していたのは確実であり、少なくとも二十四日午後六時まえまで生きていたことがわかっている光琳を殺害することは不可能であると判断された。

続いて疑いの目が向けられたのが、野木の秘書であった安東猛だ。野木によると、二十四日は急病休みを取っており、事件発覚以降は連絡が付かなくなっているらしい。警察は直ちに安東の指名手配を行ったが、ついぞ発見されず事実上の真犯人として処理されこの事件は収束していった。

事件全体が多少込み入っているため、ここからはテーマを分けて情報を記していく。

まずは、現場の状況から。

現場となった倉庫は、二つの区画から成り立っている。入り口に近いほうの区画が実際に倉庫として使用していたいわゆる物置で、扉を隔てたその奥の区画が工房と呼ばれていた現場だ。工房には物置から通じる扉のほかにもう一つ裏口が存在したが、事件当時錠が錆び付いていたために開けることはできなかったようだ。つまり、出入りするには物置に通じる扉を利用するしかない。

ところが、二十四日午後五時頃から未明に掛けて、現場一帯には雪が降り始めていた。これは数日まえから、寒気が関東地方まで南下してきていた影響で、関東北部でも二十三日の夕方頃から降雪が確認されている。当然東京ではその冬の初雪であり、数十年ぶりのホワイトクリスマスになったと話題になった。

道路に積もるほどの降雪ではなかったため交通にはほとんど影響が出なかったが、民家の庭などにはうっすらと積もったようだ。現場となった倉庫もその例に漏れず、道路から入り口扉へ向かうまでの二メートルほどの敷地はうっすらと雪で覆われていたことが、複数の消防隊員によって確認されている。裏口の外には一部庇が設けられており、その部分には雪が積もっていなかったが、後述の理由によりそもそも裏口が使用できなかったのだから意味はない。

この事実から、少なくともある程度雪が降り積もる二十四日午後六時以降は、誰も現場を出入りしていないと判断された。また目撃証言なども併せて、光琳殺害時刻は二十四日午後六時前後と断定された。

光琳の遺体は、工房の一段高い壇の上で発見された。前述のとおり樽に詰められ、周囲から八本の剣によって全身を刺し貫かれて死亡していた。半焼の影響で遺体の正確な死亡推定時刻は不明。解剖の結果、少なくとも死後八時間以上、最大でも三十六時間までと広い幅が取られた。そのため主に目撃証言のほうから、殺害時刻が割り出された。

樽の内側に溜まっていた血液量などからも、死後の工作としてこのような演出がなされたわけではなく、実際に剣で刺されたことによるショック死であろうと判断された。頭部の切断は死後に行われた可能性が高い。遺体の頸部にわずかにロープのようなものの擦り痕が残っていたことから、樽の中で死亡した遺体から首を切断する際、作業が行いやすいようにロープを引っかけて頭部を保持していたのだろうと推測されている。そのほか、樽の内部にも同様のロープで擦ったような血痕が数ヵ所発見された。

消防が到着した時点で、工房はかなり激しく燃え上がっていた。娘たちの証言によれば、中は可燃物を含めたかなりの量の荷物で埋め尽くされていたようなので、本宅よりも火の回りが早かったものと見られている。

遺体が収められていた樽の表面には、光琳の指紋と末娘の麻鈴の指紋が付着していた。ただし麻鈴の指紋は一ヵ所だけであったのに対し、光琳の指紋は表面と内側の数ヵ所に残されていた。これも後述するが、麻鈴は警察の事情聴取に対し、光琳が殺害される瞬間を目撃した、と証言した。証言には曖昧な部分が多く、正確な時刻も明らかでなかったが、諸々を考慮して、大体午後六時前後であろうと推定された。

また光琳の指紋は、倉庫のあちこちから発見されていたが、麻鈴の指紋は樽以外から発見されていない。

誰もが知るパーティゲームを連想させる極めて特異な殺害方法ではあるが、実は警察はこの殺害方法に関してある仮説を持って捜査を進めていた。しかし、上からの圧力により結局その情報が表に出ることはなかった。

それというのも、光琳の本業に最大の問題があったためだ。

続けて、関係者周りの情報について記述していく。


聖川光琳。享年七十五歳。本名、聖川秀雄(ひでお)。荒川区(あらかわく)に居を構える児童養護施設『聖心園』の開設者であり経営者でもあった。医師免許を所持しており、六十歳まで都内大学病院で内科医として働いていたが、定年で退職。その後すぐに『聖心園』を開設し、家族を失った子どもや、親元で暮らせなくなった子どもを引き取って育て始めた。『光琳』というのは、ある種の雅号のようだ。

親元を離れて暮らす子どもたちを怖がらせないようにと、豊かな白い口ひげを蓄え、いつもにこにことしていたそうで、子どもたちはもちろん、職員たちからも人格者として評判が高かった。生涯結婚はせず独り身(ひとりみ)だった。

さて、それだけならば単なる類い稀な聖人という人物像で終わるのだが……ことはそう簡単ではなかった。

光琳は施設経営の傍ら、副業としてマジッククリエイターを営んでいたのだ。マジッククリエイターというのはつまり、マジシャンがマジックで使用するための道具を開発する特殊な職人のことだ。依頼されて作ることもあれば、光琳自らが発案したマジック道具をプロのマジシャンへ販売することもあったようで、売り上げはかなり好調だった模様。

詳細は不明だが、元々光琳は若い頃マジシャンをしていたらしい。瞬間移動などのイリュージョンが得意で将来を嘱望されていたようだが、逆にそれが当時の有力なマジシャンたちの反感を買い、仕事を干されてすぐに引退してしまったという。その後は医療の道へ進む。しかし、定年退職に伴い長年の夢だった児童養護施設経営とマジック道具の製作販売という二足のわらじを履いた。

工房と呼ばれていた倉庫は、言うなればマジックの道具を開発するための作業場だったわけだ。そして、一段高くなっていた壇はステージを想定していたのだろう。壇から見た対面の壁に鏡が貼りつけてあったのは、壇上で実際その道具を使用してみて、客席側からどう見えるのか確認するためのものだったと思われる。

これは後述するが、光琳は施設の中で特に心に深い傷を負って通常の集団生活を送ることが難しそうな子どもたちを自宅に引き取り、共に過ごしながら弟子としてマジッククリエイターのいろはを教え込んでいた。弟子として育てられた少女たちは皆、揃って光琳に感謝の念を抱き、彼を厚く慕っていたが、その特別な対応に倫理的な疑問を抱く職員もわずかながら存在していたようだ。

　なおマジッククリエイターとしての光琳も極めて評判がよかった。同業者はもちろんのこと、顧客であるマジシャンたちからも一目置かれていた。特に晩年は、〈聖川一門〉というマジッククリエイターのギルドを結成し、マジックを魔法と称して演出、販売していた。弟子である各専門分野に秀でた〈魔法使い〉たちにも奇術道具を開発させていたようだ。

　さらに深く調べてみると、何とあの〈怪盗王〉久遠寺写楽（くおんじしゃらく）にまで奇術道具の販売や、製作受注を行っていたらしいことが判明した。

　ところが、どうやらこれが当局から問題視されたようで、光琳のマジッククリエイターとしての側面は一切報道されなかった。折しも事件当時は、久遠寺写楽関連情報の密かな規制が行われていた頃。おそらく報道することで、ようやく人々の記憶から忘れ去られつつあった久遠寺写楽の名が、再び人々の耳目を集めるかもしれないという危険性を懸念しての判断だろう。

　幸いなことに、この情報規制は奏功した。元よりマジックに関わることは、何かと情報が秘匿されがちであることも多少は影響していたはずだ。

　結果として、殺害現場の異様な状況ばかりが注目され、この世にも不思議な殺人事件が必要以上に話題になってしまった。

　さてここで先ほどの話題に戻るが、捜査関係者が検討していたという仮説にこのマジックが関係してくる。

つまり光琳は、自身が開発したマジック道具によって殺害されたのではないか、という仮説だ。

考えてみれば、樽に剣を刺すという行為は、如何にもマジック的な演出だ。誰もが一度は、箱に入った人に剣を刺す類いのマジックをテレビなどで見たことがあるのではないか。

ならばこの異様な現場の状況も、その系統のマジック道具によるものだったのではないか——そう考えるのは極めて自然なように思える。

実際にこの樽は、所謂（いわゆる）酒類の貯蔵を目的として作られたものではなく、イミテーション的な手製の一品だった。重さも二十キログラムと実際のものの五分の一以下だ。大きさも倉庫の狭い通路をぎりぎり通れる程度で、頑張れば大人一人でも運べただろう。

またこの樽には、マジック的なギミックも設けられていた。底が二重になっていたのだ。樽の下部には、大人一人がどうにか身体を丸めれば入り込めるほどの隙間が作られていた。おそらく上部に入った人が、樽から抜け出すためのギミックだったのだろう。下部後方には、前側からは見えないように樽の外へ抜け出すための小口が設けられていた。この樽がマジック用途で製作されたことは、疑いようがない。

ただし、実際どのようにして犯行が行われたか、などは不明。

野木義文。本名、聖川秀樹。光琳の一歳年上の兄にして共同経営者。辣腕の投資家として有名で、個人の高利貸しなども行っていた模様。金銭関係のトラブルも多かったようで、偽名を使い生活していた。光琳との兄弟関係は周囲には伏せていた。

人としてはおおよそ褒められたところのない人物であり、評判は頗る悪い。事実上の人買いを行っていたなどという噂もある。また非常に怒りっぽく、園の職員や子どもたちを怒鳴り散らす姿がよく目撃されていた。禿頭の威容といつも不機嫌そうに顔をしかめていることなどから、園内では密かに『殺し屋』などと呼ばれ恐れられていた。

ただ慈善事業である児童養護施設経営にはあまり興味がなかったようで、園に訪れることはほとんどなかった。共同経営をしていたのも、単に光琳から頼み込まれたため手を貸していただけというのが実情のようだ。

身寄りのない子どもたちの養護施設というのは非常に金が掛かる。そもそもただ生活するだけではなく、子どもたちに教育を施す必要もあるのだ。光琳の勤務医時代の貯金や、マジッククリエイターとしての売り上げがあったとしても到底足りず、資産家であった野木の支援は不可欠だったはずだ。

野木としても税金対策や自身の評判向上という多少のメリットはあっただろうが、実際に金を生むわけではないためほとんど光琳に任せきりだったようだ。共同経営者というより出資者というほうが正確だろう。

光琳同様、生涯独り身だったが、愛人は取っ替え引っ替えしていた模様。老境に差し掛かってもその性欲は衰えることなく発揮されていたと言われている。しかし、事件の後は何か思うところでもあったのか、すべてを清算して大人しく余生を過ごしていたようだ。

さて、『聖心園』の経営に関して、野木と光琳はよく意見を違えていた。守銭奴の野木としては、抑えられる費用はなるべく抑えたかったのだろう。園内で口論をしていたところを、複数の職員や子どもたちから目撃されている。

お世辞にも仲がいいとは言えない二人だったこともあり、光琳が殺害されたと判明した際には当然真っ先に犯人として疑われた。

ところが前述のとおり野木には、事件当日愛知県で行われていた会合に参加していたという鉄壁のアリバイがあった。

会合の開始は午前十時から。複数の参加者からも裏を取れており、出席していたことに疑いはない。

ただし後述する秘書の安東猛にはアリバイが存在しないため、安東を操って光琳を殺害させたという疑惑は最後まで残った。

野木は、去年の十二月に肺炎で亡くなった。享年八十六歳。

彼は誰にも看取られることなく、都内大学病院の個室でひっそりと息を引き取った。

安東猛。事件当時は四十二歳。『聖心園』に勤務し、野木の秘書を務めていた。

元は大手広告代理店の経理として働いていたが、野木に引き抜かれた。どうやらかなりの額の借金が野木にあったようだが詳細は不明。

気の弱い痩せ型の中年男性であり、存在感は希薄。天涯孤独で家族もおらず、野木には都合よく扱き使われていた模様。

安東は、事件直後から姿を晦ませている。

野木によると、事件が起こった二十四日、安東は急病のため休暇を取っていたという。その後も連絡が取れなかったため、最終的には事件の被疑者として指名手配された。

さて、『白ひげ殺人事件』の真犯人と目されているこの安東だが、逃走直前に奇妙な行動を取っていたことがわかっている。

二十四日の午後六時頃、光琳の自宅に突然現れたのだ。安東を迎えたのは、光琳の帰りを待っていた同居人の少女たちだった。安東は少女たちに、光琳はまもなく帰ってくる、と伝えた後、菓子折を置いて去って行った。安東の持参した菓子折を食べた少女たちは、急激な眠気に襲われ、消防に救助されるまで眠りに就いていたのだという。

菓子折の中に睡眠薬のようなものが混入されており、少女たちが眠りに就いたところで家に火を放ち逃走した——警察はそう考えたようだが、それはそれとして疑問が残る。

おそらく安東が自宅を訪れた前後のタイミングで光琳の殺害が行われたのだろうが、それにしては火災通報の翌日午前二時まで、優に八時間以上も間があるのは何故だろうか？

そして通報時の内容からも、少女たちを殺すつもりがなかったのは明らかだが、ならば何故家に火など放ったのだろうか？

安東の行動は脈絡がなさすぎて、どうにも判断に困る。

しかし、状況的に見ればやはり最も怪しいのはこの男ということになる。

野木の指示で光琳を殺害した可能性は依然として残る上、それを否定する根拠も今のところは存在しないが、いずれにせよ最重要人物であることは間違いないだろう。

なお安東の消息は現時点でも不明である。

そこまで読んで、いったん僕らは一息吐く。

来栖さんが淹れてくれた熱い緑茶を飲みながら情報を整理する。

「——マジッククリエイターですって」

来栖さんは神妙な声で呟いた。昨夜、来栖さんが火乃さんの魔法のタネを見抜いたときからそうなのだろうとは思っていたものの、ここへ来て答え合わせをすることになった。

「それにしても、まさかまた久遠寺写楽の名前を見ることになるとは思ってなかったよ」

久遠寺写楽——それは二十年まえに世間を騒がせた伝説的な〈怪盗王〉の名だ。故あって僕らとは少々の因縁（いんねん）がある。

しかし、聖川光琳が久遠寺写楽とも繋がりがあったのだとしたら……マジッククリエイター絡みの情報が表に出てこなかった理由にも一定の理解ができる。色々あって久遠寺写楽絡みのあれこれには情報規制がされていたのだ。

改めて資料に目を向ける。現在のページの最後には、施設の前で撮ったと思しき集合写真が添付されている。

麻鈴さんたちの姿はないので、おそらく職員や実際に施設で生活していた子どもたちだけの集合写真なのだろう。

中でも人目を引くのが、皆が並ぶ両端に陣取る二人の老人。

片方は白髪に柔らかな白髭を蓄えた穏やかな印象の男性。長く白い眉に隠れた目元に皺を作り、笑みを浮かべているところからも、その優しい人柄が窺える。これが光琳氏なのだろう。

そしてその対極に位置しているのが、おそらく野木氏。禿頭と不機嫌そうなしかめ面に濃いサングラス――とても堅気には見えない。集合写真でさえこの様子なのだから、普段から職員や子どもたちからはさぞ恐れられていただろう。兄弟と言われれば顔立ちは似ているような気がしないでもないが、正直どちらの顔もよくわからない。

「でも、これは極めて有用な情報ですね」

来栖さんは上機嫌だ。

確かに、今回の事件を正しく理解する上で、マジック――すなわち奇術的手法から目を逸らすことはできないだろう。

だが言い換えるならばそれは、麻鈴さんの思い出を壊すことにほかならない。

彼女が魔法だと信じてきたものが、ただの奇術であったのだと、現実を突きつける行為を……来栖さんはどのように認識しているのだろうか。

確認してみたかったけれども……今はまだそのときではない、と消極的に諦める。

たとえこの先に待っているのが、彼女の厭う『謎を解くことで誰かを不幸にする名探偵』なのだとしても――。

「先輩も、何か思いついたことがあったら遠慮なく言ってくださいね」

来栖さんは期待を込めた視線を僕に向けた。

「『神薙虚無最後の事件』を最高の形で解くことができたのは、先輩の素敵なひらめき発言のおかげなんですから」

そういえばそんなこともあったか、と思い出すが、厳密に言えば僕の低俗な発言から、来栖さんが勝手にひらめいただけなので、特に僕の功績というわけではない。

荷が勝ちすぎる期待を、僕は苦笑して受け流す。

前回は、あくまで奇跡的な偶然が重なったおかげで、無事に事件を解決できただけなのだ。今回も上手くいく保証などどこにもなかったけれども……僕にできることは、彼女のひらめきをサポートすることだけなのだから、可能な限り思いつきを色々口にしてみようと意識を改める。

それから僕らはまた、先ほどの資料に取り掛かる。

続きには、姉弟子たちの情報が記されていた――。

光琳の家に引き取られた少女たちは、皆聖川姓を名乗っていたが、実際に養子縁組が行われていたわけではない点に注意されたし。ただし光琳の死後も、皆一様に聖川姓を名乗っていることから、光琳への深い敬愛と尊敬の念が感じ取れる。

◆

長女、聖川アルト。本名、寺田（てらだ）アルト。現在二十七歳。光琳の弟子となった最古参の一人。北欧系の血が入っているようだが詳細は不明。幼少期までは日本人の母と暮らしていたが、八歳のとき母は病死。以後、『聖心園』にて過ごす。

しかし、顔立ちが日本人離れしていたこともあり、園内で馴染（なじ）めずいじめの被害にあってしまう。そこで同時期園内で問題行動を繰り返していた火乃とともに光琳が引き取り、自宅で育てることになった。

現在は、東雲市内で『Πυγμαλιων（ピュグマリオン）』というオーダーメイドの人形店を経営している。〈ピュグマリオン〉というのは、ギリシア神話に登場するキプロス島の王の名だ。ガラテアという理想の女性を彫刻で作り、最終的に結婚した人物として名を馳（は）せている。

次女、聖川火乃。本名、日下部（くさかべ）火乃。現在二十六歳。アルトと同じく最古参の一人。両親からずっと虐待を受けていたようで、七歳のとき大怪我を負って入院騒動になる。その際、担当医の通報によって保護され、最終的に『聖心園』へ預けられる。

入園当初は、暴力沙汰(ざた)や器物損壊などの行為をくり返し、職員やほかの子どもたちを困らせていた。そのため、園から引き離す目的で光琳の自宅に引き取られることになった模様。

数年後、すっかり落ち着いた火乃が、再び園に足を運び、当時迷惑を掛けた職員たちに頭を下げて謝った際には、皆とても驚いたそうだ。

光琳の死後は、都内の全寮制お嬢様学校に通っていたが、卒業と同時に消息を絶つ。その後は便利屋のようなことをしながらその日暮らしを続けている。

三女、聖川悠里。本名、不明。現在二十四歳。この人物に関してはほとんど情報が出てこなかった。どこで生まれ、何故施設へやって来たのかも不明。施設の職員も彼女のことはほとんど知らなかった。非常に謎の多い人物だ。

四女、聖川うらみ。塚山(つかやま)うらみ。現在二十二歳。生まれて間もなく別の施設の前に捨てられていたところを保護された。十歳になったとき施設が閉鎖することになり、『聖心園』へ移ってきたようだ。彼女自身は取り立てて問題のある子どもではなかったが、無口で控えめな性格から園内でいじめに遭ってしまったため、光琳の家に引き取られた。

現在は大学に通いながら、オカルト系雑誌の記者をやっている。

五女、聖川麻鈴。本名、甲斐田麻鈴。現在二十歳。三歳の頃、両親を交通事故で亡くし、遠縁の家に預けられる。しかし、ネグレクトにより十歳のとき『聖心園』へ預けられた。

生まれつきの強度近視だったようで、小学校の視力検査では度々要検査が言い渡されていたが、家族がそれには取り合わず、結局中学に上がるまで視力は放置されていた模様。その後は特筆すべきことも少ないが、一点だけ奇妙な巡り合わせがあった。

どうやら光琳の殺害現場に居合わせていたらしい。

二十四日の夕方、麻鈴は工房で一人、光琳の帰りを待っていたところ、彼女の見ている前で光琳が殺されてしまったらしい。そのときのショックにより多少支離滅裂ではあったものの、遺体が収められていた樽の表面から麻鈴の指紋が発見されたことから、少なくとも現場にて犯行の瞬間を目撃したという証言自体は真実であると警察は判断したようだ。具体的な殺害時刻まではわからなかったが、麻鈴の証言から光琳の死亡推定時刻は二十四日の午後六時前後と見なされた。

麻鈴によると光琳の死を目撃したショックでそのまま意識を失ってしまったということだったが、その後、何故か工房ではなく、ほかの姉たちとともに燃え盛る自宅から発見されている。

麻鈴を工房から自宅まで運んだのは安東なのだろうか。光琳の娘たち全員を火災に巻き込むことにどのような意味があったのか。

謎は深まるばかりだ。

また麻鈴が所持しているとされる〈暗黒魔導書（グリモワール）〉なる私的手記についてだが、一つ気になることがわかった。

彼女が高校生のとき、隠し持っていた〈グリモワール〉がクラスメイトに見つかり、その一部が写真とともにSNSに流出した。夢見がちな少女を揶揄（やゆ）する内容の投稿から炎上しかけたが、学校側の対応もあり速やかに投稿は削除され鎮火した。しかし、現在も一部まとめサイトなどに当時の投稿内容や写真が掲載されてデジタルタトゥーになってしまっている。娯楽の少ない全寮制学校での出来事とはいえ、気の毒なことだ。

火乃はこの流出騒動から、〈グリモワール〉の存在を知ったのだろう。

また、これは本件と関わりがあるかどうかわからないが、近頃東雲市には夜、『ハリー・ポッター』的な魔法使いのコスプレをした美少女が出没するという詳細不明の噂が流れている模様。

最後にこの件に関する個人的な見解を述べておこう。

『白ひげ殺人事件』――一時世間を騒がせたあまりにもセンセーショナルなこの事件。

しかし、不可解と思われていた理由の大半は、情報規制によるものだった。正しく光琳のバックボーンが報道されていれば、ここまで不可解と騒がれることはなかったに違いない。

警察の見解である、マジック道具を利用した殺人事件、という仮説はおそらく真実であろう。つまり、樽の中で外から剣を刺されて死亡していたという状況自体には、何の不可解性も存在しないことになる。

最大の問題はやはり、頭部が持ち去られた理由だろう。単純に考えれば、遺体の身元をわからなくするためなどが挙げられるが、あの状況では遺体は光琳以外の何者でもないため工作の意味がない。あるいは別人の遺体とすり替えることを目的としているとも考えられるが、麻鈴の目撃証言、そして残された指紋などからも、遺体は光琳のものであると断定されている。この可能性も排除してよいだろう。

また状況的に考えて、安東が犯人であることに疑いはなさそうだが、彼が最後にとった不可解な行動にはどのような意味があったのか。

いずれにせよ事件はほぼ迷宮入り。証拠なども何一つとして残っていないため、今さら真相などわかりようもない。

ある意味においてこの事件は、『神薙虚無最後の事件』と同様、無数の推理を生み出すだけのシステムになってしまっているのかもしれない。

◆

もうこれ以上スクロールすることはできない結びの言葉まで目を通して、僕は何とはなしに天を仰ぐ。前回もそうだったが、情報屋による『本来は知る必要のなかったこと』を知ってしまうことに、どうしようもない罪悪感を覚えてしまう。

特に虐待をされていた過去などについては、絶対に他人に知られたくないものであろうに……。人の口に戸は立てられないとはいえ、いたたまれない気持ちになる。

来栖さんも同じようにスマートフォンの画面から視線を逸らすと、悲しげな顔でため息を吐いた。

「……とにかく、これで情報は出揃ったという感じですか。あとはどうにかこれらを料理して、麻鈴さんが最も幸せになれそうな結末を考え出すだけですが……うーん」

腕組みをして虚空を見つめる。先日までの僕ならば、その無防備な仕草を見て、ドキリと胸の一つも高鳴らせていたかもしれないが、今は彼女に対する感情があまりにも複雑すぎてそれどころではない。

はたして来栖さんは、優しくてお人好しなだけの女の子なのか、それとも――。

「――ひとまず、麻鈴さんが不幸にならないための条件を、少しまとめてみようか」

余計な思考を打ち払うように、僕は無理矢理話題を変える。

「麻鈴さんの大切な思い出を支えているのは、師匠である光琳氏や姉弟子たちの存在だと思うんだけど……。それならやっぱり、姉弟子たちが犯人じゃないほうが望ましいかな?」

「そう、ですね。〈グリモワール〉の中で、麻鈴さんは姉弟子たちにかなりの好印象を持っていました。彼女の楽しかった思い出を壊さない結末、というのは重要でしょうね」

麻鈴さんは姉弟子の誰かが犯人だと考えている。魔法で殺されたようにしか見えない殺害状況を目撃してしまっているため、魔法使いであった姉弟子たちの誰かがやったに違いない、という理屈だ。

だからこそ、その条件に当てはまらない安東氏が犯人とされている現状には納得できていないのだろう。かといって、今さら安東氏が実は魔法使いだった、とするのも無理がある。麻鈴さんの思い出、記憶に抵触しない範囲で、彼が魔法使いであったと証明することでもできればそれも可能かもしれないけれども……難しそうだ。

ならば、そもそも光琳氏の殺害状況が、魔法ではなくマジック道具によるものであると教えてしまえば、姉弟子たちを疑う理由もなくなるのでは、という考えが頭を過るが、そうなると今度は、光琳氏が魔法使いであるという大前提が崩れてしまう。麻鈴さんの大切な思い出には、魔法の存在がほぼ必須であるため、この案も却下だ。大変ややこしい。

しかし、安東氏の事件前後の行動などは新情報だったが、はっきり言って滅茶苦茶怪しい。どう贔屓目に見ても犯人か、その協力者という位置付けだが……どうなのだろう。

「実際のところ、やっぱり犯人は安東氏なのかな?」

「順当に考えればそうでしょうね。警察の導き出した結論は、かなり真っ当なものだと思います。何より安東氏は不可解な行動が多すぎます」

「安東氏の行動を証言したのは、たぶん家に残っていた姉弟子たちだと思うけど……みんなが口を揃えて嘘を言っている可能性はあるかな?」

麻鈴さんがいない場で、姉弟子たちが結託して実際にはなかったことをでっち上げることはできたかもしれない。

「ゼロとまでは言いませんが、あまり現実的ではないですね。当時最年少のうらみさんはまだ十二歳です。小学六年生の女の子に、整合性を保った嘘の証言ができたとは思えません。まあ、多少の矛盾は火事のショックで記憶が曖昧になった、とする逃げ道もないではないですが……。何かよほど特別な結託するだけの理由がないとまず無理だと思います」

「つまり、ひとまず安東氏の行動は、事実であると見なすのが順当か」

「ええ。あと、資料にも少し記載がありましたが、ほかに嘱託殺人も考えられます」

「しょくたく?」

漢字が変換できなかった。つまり依頼ですよ、と来栖さんは続ける。

「野木氏が光琳氏の殺害を計画し、それを安東氏に実行させたという可能性です」

確かに、野木氏の指示で安東氏が殺害した可能性についての記載があった。

野木氏と光琳氏はあまり仲がよくなかったようだし、施設の共同経営者だったのなら経営方針の違いなどで諍(いさか)いになり、それが殺意に発展したとしても不思議はない。

野木氏に鉄壁のアリバイがあったことも、胡散臭いといえば胡散臭い。おそらく警察も野木氏のあつらえたようなアリバイには疑念を向けただろう。

依頼殺人の最も厄介な点は、実際に依頼があったことを証明することが極めて困難であるところだ。特に実行犯からの証言が得られない状況であればなおさらだろう。

「……ということは、安東氏はすでに野木氏によって殺されてる可能性もあると？」

「そうですね。生かしておくメリットはありませんから」

可愛い顔で平然と恐ろしいことを口にする。

「しかし、睡眠薬入りのお菓子を持って家を訪ねた理由がわかりません。工房にいた麻鈴さんをわざわざ家まで運んだのも不可解です」

「安東氏がお菓子を持ってきた件を、あとで警察に証言してほしかったとか？」

「その可能性はあります。でも、だとしたら野木氏のことを姉弟子たちに一言も告げなかったのはやや不可解です。もちろん、嘱託殺人が事実であれば、という前提ですけど」

一見するとシンプルな解決のように思えるが、残された謎は多い。

何よりも状況が混沌としすぎていて、思考の道筋を見失ってしまいそうだ。

「……少し、また改めて情報を整理したいんだけどいいかな」

「もちろんです」来栖さんは姿勢を正した。

「聖川光琳も聖川一門も、奇術を生業としていたみたいだけど……来栖さん的にはどう思う？」

「極めて重要な情報だとは思いますが、大局には影響しないと思っています。彼らが奇術を生業にしていようがしていまいが、それによって彼らが魔法使いではないということにはなりませんからね」

来栖さんは真面目な顔で答える。

……なるほど。確かに言われてみれば、彼らが奇術師であったとて、それで即魔法使いではないということにはならないか。奇術師の魔法使いがいたとしても特に矛盾はない。

それに実際問題、たとえ光琳氏の殺害が奇術道具によるものであったとしても、それを目撃した麻鈴さんが魔法である、と認識していたのだとすれば、彼女の大切な魔法世界の思い出を守りながら、真相を解明する道も残されているかもしれない。

「……つまり、殺人事件の状況を再構成して、魔法が利用された犯行であることを証明できれば、少なくとも麻鈴さんの思い出は壊さなくて済むのか」

加えて姉弟子たちが犯人ではないことも、証明してゆかなければならない。

条件は極めて厳しいが、それでも微かに希望は見える。

これは火乃さんも言っていたことだが、事件自体は十年もまえに終わってしまっているのだ。今さら何が真実かなどわかりようもないのだから、無数の仮説の中から麻鈴さんが納得の行くものを選び取ればいいだけのこと。

その前提は、『神薙虚無』の推理発表会のときと同じだ。

ならば……まだ来栖さんの信念を押し通す余地はありそうにも思える。

ただ――。

これは根拠のない直感にすぎないけれども、今回は『神薙虚無』のときのように上手くいかないような気がしてならない。前回との一番の違いは、事件の関係者――つまり姉弟子たちが今も生きており、この現実に干渉してくる可能性があるということだ。

火乃さんが、自らの犯行であると主張してきたように……ほかの姉弟子たちも何かを仕掛けてくるかもしれない。

魔法なんて実在しない虚構そのものであり、極端な言い方をしてしまえば『何でもあり』なのだから……。もしも、また別の姉弟子が麻鈴さんの前に現れるような状況になったら、次はその主張を覆せる保証がない。

――でも。

それでも来栖さんは、己の信念を曲げることなく、麻鈴さんの思い出を守ろうとするのだろう。

ならば僕にできることは……来栖さんの隣で、その信念の行く先を見守ることくらいか。

破滅へ向かうとしか思えないこの物語に、一転してハッピーエンドの結末をもたらすそのときまで――。

今後の方針について改めて自分の中で整理をつけていると、不意に卓袱台に置かれていた来栖さんのスマートフォンが着信を知らせた。

ディスプレイには、麻鈴さんの名前が表示されている。来栖さんは、ちょっと失礼します、と受話部を耳に当てた。

「――はい、来栖です。……いえ、大丈夫です。何かありましたか？　……え？　はい……はい。わかりました、すぐに合流します。……ええ、瀬々良木先輩にも聞いてみますので、よろしくお願いします」

何やら小難しげな顔をして、来栖さんは通話を切る。

「問題でも起きたの？」

「火乃さんから連絡先を聞いて、これからアルトさんと彼女のお店で会う約束をしたそうです。なので、是非私たちにも同行してもらいたいということなのですが……先輩、大丈夫ですよね……？」

急に不安そうに上目遣いを向けてくる。当然断る理由はないので、大丈夫だよ、と答える。

来栖さんは嬉しそうに勢いよく立ち上がった。

「ありがとうございます！　それでは善は急げと言いますし、すぐに――」

そこで何かに思い当たったように自分の薄着の恰好を見下ろして、恥ずかしげに僕を見やる。

「……ちょっと着替えたいので、すみませんが外で待っていてもらえますか」

「ご、ごめん！」

僕は脱兎のように来栖さんの部屋を転がり出た。

2

僕、来栖さん、麻鈴さんの三人は、街外れにある個性的な店の軒先に立っていた。

時刻は午前十時。昨夜の冷え込みの影響などもはや微塵も残されておらず、天気はカンカン照りの快晴。ひょっとして僕が知らない間に地球温暖化が加速して日本は熱帯になったのだろうかと訝るほどの熱波が往来を吹き荒れている。

ネットニュースによると、本日は記録的な猛暑日とのことで、その予報どおり常にロウリュ掛け流しのサウナにも似た灼熱地獄を演出中だ。

こんな日に出歩くなんて熱中症にしてくださいと言っているようなものだったけど、麻鈴さんの強い希望があったのだから仕方がない。彼女にしてみれば、これまで望んでも得られなかった仇討ちのための重要なヒントが手に入ったのだから、一刻も早くそれを確認してみたいと思うのも当然なのかもしれないけれども。

入り口の隣には、よくわからないギリシア文字の羅列が記された輪切りの板が、アンティーク調の椅子に無造作に載せられている。資料にもあったとおり、店名の『ピュグマリオン』と記されているのだろう。

万能の利器たるスマホの地図には、目の前の建物が示されている。目的地はここで間違いないはずだ。
ただ壁面に蔦が生い茂り、ヒビも入り放題の、一見すると古い廃ビルにしか見えない外装は中に入る勇気を全力で粉砕してくる。まるで悪い魔法使いの隠れ家だ。

しばし三人で建物を見つめながら戸惑い立ち尽くすが、やがて来栖さんは覚悟を決めたように口を開く。

「……参りましょう」

被っていた涼しげな麦わら帽子を胸に抱き、来栖さんは扉の取っ手を引いた。

途端、ひんやりとして湿った空気が全身を包み込む。まるで夜の墓場に迷い込んだような不穏な気配にたじろぐが、僕らは顔を見合わせ、改めて店内へ進んでいく。

背後で扉が閉まると、異空間に紛れ込んでしまったような錯覚に襲われた。

日の光の届かない薄暗い室内には、至るところに人形が置かれている。十や二十ではない。百を超える夥しい数だ。

いわゆる西洋人形――ビスクドールと呼ばれる陶製のものや、球体関節人形と呼ばれる可動式のものばかりで、日本人形の類いはまったく見当たらない。

彼女たちは、皆一様に可愛らしい豪奢なドレスで着飾りながら、生気のない精緻な造形の顔で虚空を見つめていた。

その様子は恐ろしく不気味で、つい先ほどまで炎天下を歩いてきたはずなのに、鳥肌が立って冷や汗が噴き出てくる。

ところが、女性陣二名は怯えた様子も見せず、むしろ興味深げに足を進めていく。

「わあ、綺麗ですね」来栖さんは、珍しく声を弾ませる。「みんな可愛いです。全部手作りなのでしょうか。すごいですね」

「……怖くないの？」

素朴な疑問を尋ねてみるが、来栖さんは意味がわからないというふうに首を傾げる。

「怖い？　何がです？」

「いや……何でもないです」

どうやら本当に恐怖心は抱いていないようだ。もしかしたら女の子は小さい頃から人形に接する機会が比較的多いために、この手のものに慣れているのかもしれない。

僕などは一切そういう経験がないので、SAN値チェック必須の呪われた館（やかた）か、職人が腕によりを掛けて造ったホラーハウスにしか思えない。

麻鈴さんのほうは緊張を滲ませながら、警戒するように周囲を見回している。

「——いらっしゃい」

不意にハスキーな声が店内に響く。暗闇から突然人の気配を感じた。

現れたのは、飾られた人形たちと同じような、フリルがふんだんにあしらわれたドレスを纏った女性だった。

二十代後半くらいだろうか。日本人離れした白い肌と彫りの深い顔立ち、そして闇に映える栗色（くりいろ）のストレートヘアが特徴的な美女だ。すらりとした長身でまるでモデルか、あるいは精巧に作られた人形のようにも見える。

「……アルト姉様。ご無沙汰しています」

麻鈴さんは不安と歓喜が入り交じった複雑な声色で言った。

ということは、この人が〈聖川一門〉の長姉、聖川アルトか。

予想はしていたが、事件の関係者であることを思うと、弥が上にも緊張が高まる。

また火乃さんのときのように、いきなり魔法（マジック）による交戦が始まるのかと身構えるが、アルトさんは麻鈴さんの元へ歩み寄ると、彼女の頰にそっと手を添えた。

「久しぶりね。大きくなって……見違えたわ。ずっと……ずっと会いたかった」

慈しみの籠もった声。その目元には涙さえ浮かんでいる。

麻鈴さんも同様に涙ぐむが、決して零さないように一度強く口を結んでから答える。

「……お店の展示を一目見て、アルト姉様の人形だとわかりました。みんな優しい顔をしていたから」

「あなたが好きだと言ってくれたから、こういう表情の人形ばかりを作っていたの。いつかきっとまた会えると願って……。ねえ、昔みたいに抱き締めてもいい……？」

どこか怖々と、姉弟子は尋ねる。麻鈴さんは一瞬躊躇いを見せてから頷いた。

優しく、再会の抱擁が交わされる。

昨日まで目にしていた魔法使い同士の好戦的な対峙とは打って変わって、それはとても穏やかな再会だった。

名残惜しそうに抱擁を解いてから、アルトさんは僕らに顔を向けて、申し訳なさそうに眉を下げた。

「私の妹たちがご迷惑をお掛けしてしまったようね。事情は火乃から聞いているわ。家族の問題に巻き込んでしまって本当にごめんなさい」

「むしろ私のほうが首を突っ込んだくらいですので、どうかお気になさらず。あ、私は来栖志希といいます。麻鈴さんの大学の後輩です。こちらは瀬々良木白兎さん」

来栖さんが紹介してくれたので、僕も軽く会釈をする。

「瀬々良木です。こちらこそ部外者がご家族のことに、興味本位で首を突っ込んでしまってすみません。ただここまで首を突っ込んだ以上、麻鈴さんが納得のいく結末を迎えられるまでは行動を共にしたいと思っていますので、ご了承いただければ幸いです」

アルトさんは曖昧に頷いて同意を示し、再び麻鈴さんに向き直る。

「それにしても、突然電話をくれたものだから驚いたわ。私のところへ来たということは……やはり事件の話をしにきたのね」

「……はい。事件について、何か知っていることがあったら教えてもらおうと思って」

「安東さんが犯人、ということでは駄目なの？」

それは極めて本質的な問い。麻鈴さんは躊躇いながらも頷いた。

「――安東さんは、犯人ではありません。私はこの目で、師匠が魔法で殺されるところを見たんです。魔法使いではない安東さんには、師匠を殺せません」

僕はいたたまれない気持ちになりながら、ひとまず黙って状況を見守る。

麻鈴さんが知らないことを、僕らは知っている。光琳氏が、魔法使いなどではなくマジッククリエイターというある種の奇術師であったことを。

つまり事件は最終的に、魔法ではなく奇術によって再構成される。

しかし——今はまだ、それを告げるべきときではないと思った。

僕らはまだ、麻鈴さんの本音が聞き出せていなかったから。

無数の人形たちの視線を集めながら、アルトさんは、そう、と重々しく呟いた。

僕らは店の奥の応接スペースへ誘われ、小さな丸テーブルと古めかしい木製のスツールに着く。店に入ったばかりのときは薄暗さに戸惑ったが、それはカンカン照りの屋外から急に店内へ入ったためであり、暗順応すれば所々に設置されたアンティークな照明のおかげでそれなりに室内は明るく見えた。

改めて店内を見回してみると、調度品のよさや、さり気ない家具の配置、そして何より飾られている人形の優しげな表情などに気づく。現金なもので、今は不気味というより何となくお洒落な雰囲気を感じている。

アルトさんが用意してくれたよく冷えたアイスティーをいただきながら、僕は黙って状況を見守る。

「——さて、何を話したらいいものかしら」

白くしなやかな指で、熱い紅茶が満たされたティーカップの縁をなぞりながら、アルトさんは僕らを見やる。

「まずは、あなたから聞きたいことはない？」

問われた麻鈴さんは来栖さんを見つめる。まさかノープランで来たということもないだろうが、ひとまずは来栖さんの疑問を優先してくれるということか。意図を読み取って、来栖さんは、では、と口火を切った。

「事件当夜、光琳氏の帰宅を待っていたら、突然安東氏が現れたというのは本当ですか？」

「――ええ。本当よ」過去の光景を思い返すように、アルトさんは数秒目を閉じた。「あれは……午後六時少しまえだったかしら。パーティの料理を準備していたら、家から麻鈴がいなくなっていることに気づいたの」

麻鈴さんは休むと言って部屋へ戻り、実際には家を抜け出して工房に隠れていたはず。手帳の記述と現実の出来事は、やはりある程度合致しているようだ。

「麻鈴が家からいなくなるなんて初めてだったから、みんな動揺したわ。外では雪も降り始めていたし、どうすればいいかわからなくて……。そんなとき安東さんがやって来たの」

安東さん、と聞いて、僕は無意識に背筋を伸ばした。

「安東さんは、師匠の帰りが遅くなっていることを知らせに来たみたいだった。それで麻鈴の件は大人に相談したほうがいいと思ったからそのことを伝えたわ。そうしたら麻鈴を捜してくると言ってくれたの。少し不安だったけど、夜だったし麻鈴のことは安東さんに任せて私たちは家で大人しく待っていたわ。おなかも空いていたから、ごはんのまえに軽く安東さんが持ってきてくれたお菓子を食べながら……」

それからアルトさんは、目を伏せて未だ口を付けていない紅茶の液面を見つめた。

「……私の記憶はそこで途絶えている。気づいたら、病院のベッドの上だったの」

情報屋の資料どおり、か。さっきは姉妹で結託して嘘の証言をしている可能性も検討したが、この感じだとやはり安東氏に関する不審な出来事は実際に起こったことのようだ。

麻鈴さんもさすがにこの件は知っていたようで、複雑そうな顔をしている。

それにしても……安東氏は何故そんなことをしたのだろう？

今のところ合理的な説明は付けられそうもない。

「アルトさんは、安東氏の行動に、何か思い当たる節はありませんか？」

「さあ……さすがにそこまでは。お菓子を差し入れしてくれることだって、珍しいことじゃなかったから。……もしかしたら、師匠が帰ってくるのがもう少し後だと考えていて、その隙に私たちを眠らせていかがわしいことでもしようと画策していた、とか」

可能性としてはゼロではないけれども……安東氏の気弱な印象を考えるとあまり現実的ではない気がする。もっともそれを言ったら、気弱な中年男性が殺人に手を出すこともあまり現実的ではなかったけど。

「いずれにせよ、安東さんは犯人ではないし、考えるだけ詮ないことなのでしょうけど」

「安東氏が犯人ではないと考える根拠は何でしょうか？」

何気ない来栖さんの質問。アルトさんは事もなげに答える。

「だって、魔法使いではない安東さんに師匠を殺すことはできないもの」

「……え？」

危うく聞き流すところだったが、アルトさんの発言に僕は思わず間の抜けた声を上げてしまった。

「ま、待ってください。ということは、アルトさんもこの事件は魔法による殺人事件であると考えているんですか？」

「——もちろん」

さもそれが自然な結論であるかのように、〈人形師〉は頷いた。

……何だか頭が痛くなってきた。ついさっき、この事件は魔法による殺人ではなく、奇術によるものであると結論づけたはずなのに……易々(やすやす)とまた魔法説が台頭してきた。

「でも、光琳氏は魔法使いではなく、マジッククリエイターだったのでしょう……？」

うっかり本音を零してしまう。「ちょっと先輩！」と来栖さんが慌てるがもう遅い。隣に座る麻鈴さんは、初めて聞く言葉であるように、「マジッククリエイター？」と首を傾げる。

先刻、来栖さんも言っていたが、光琳氏がマジッククリエイターであったとしても、それは彼が魔法使いではないことを意味するわけではない。

だが、魔法の存在を信じている麻鈴さんにとっては、青天の霹靂にも等しい新事実のはずだ。にもかかわらず、アルトさんは変わらず平静を保ちながら、妹の疑問に答えた。

「マジッククリエイターというのは、マジックの道具を作る人のことよ。師匠はね、世の中のマジシャンたちに頼まれて、マジックの道具を作ってあげていたの」

「どうしてそんなことを……。師匠はマジシャンじゃなくて魔法使いなのに……」

「〈聖心園〉の子どもたちや私たちを育てるためお金が必要だったの。私たちも、師匠の弟子として、お仕事を手伝っていたわ」

〈聖川一門〉がマジッククリエイターのギルドとして活動していた、という資料の記述もどうやら事実のようだ。

麻鈴さんの夢と希望に溢れた思い出に、今無視できないほどの亀裂が走った——。

そう思った次の瞬間、思わぬ二の矢が飛んでくる。

「師匠の作る道具は、マジシャンたちにとても好評だったの。だって、その道具には本物の魔法が仕込んであったのだから」

………………。

「——は？」

僕はまた間の抜けた声を上げてしまった。

いったい何を言い出すのか。僕らは困惑しながら顔を見合わせる。

そんな中、ただ一人アルトさんだけが冷静に続ける。

「魔法の力は、この世界でお金に替わる。実際、私も師匠から教わった人形師としての能力で今もお金を稼いでいるわけだし……それほど不思議な話ではないでしょう？」

どうやらアルトさんは、光琳氏がマジッククリエイター――広義の奇術師であったという客観的な事実を肯定した上で、魔法使いであることを否定しないつもりらしい。

先ほど来栖さんが言っていたことと同様の主張だけれども……。しかし、何が目的でアルトさんは、ここまで強引に魔法の存在を肯定しているのか。

そこまで考えたとき、途轍もなく嫌な予感がした。まさか、この人は――。

「さて、その上で確認したいのだけれども……**もしも私が師匠を殺したことを証明できたら、ちゃんと手帳を渡してくれるのかしら**？」

――夕食のメニューを決めるような気軽さで、〈人形師〉はそう告げた。

3

「アルト姉様……いったい何を……？」

麻鈴さんの顔から血の気が引いていく。

「ごめんなさい。あなたを謀っていたわけではないのだけど……火乃のおかげで私も決心が固まったわ。ずっと黙っていたのだけど、師匠を殺したのは、本当は私なの」

煽りも衒いもなく、真っ直ぐに麻鈴さんを見つめながら、〈人形師〉はそう述べる。

予想外の展開になってしまった。まさか、昨夜の火乃さんと同じように、アルトさんまで自らが犯人であると名乗り出るとは……。

「冗談を言っている……という感じではなさそうですね」

来栖さんはあまり動じた様子を見せずにアルトさんを見つめる。

「あなたの目的も……光琳氏の〈極意〉なのですか？」

アルトさんは、あくまでも自然な面持ちで頷いた。

「師匠の一番弟子として、〈極意〉を継承したいと願うのは自然なことでしょう。罪の告白で師匠を超えた証（あかし）を立てられるのならば、私は喜んですべてを語りましょう」

容赦のない宣言に、悲痛な表情を浮かべる麻鈴さん。

「では……姉様も最初から師匠の命を……？」

「いえ、それは違うわ。私は師匠を心の底から尊敬していた。居場所のなかった私に住む場所と生きる術（すべ）を与えてくれた、文字どおりの恩人よ。そんな師匠を殺すことなんて、その直前まで一度たりとも考えたことがなかったわ」

「……それならどうして師匠を手に掛けたのですか」

本質的な問い。アルトさんは、一呼吸置いて答えた。

「――好きな人ができたの」

それはあまりにも想定外の言葉だった。この状況で、いったい何を言っているのか。

さすがの来栖さんも面食らったように目を丸くしている。

「初めて、恋をしたの。その人のことが大好きで、ほかには何もいらないと思えるほどの恋を。でも……師匠はその恋を認めてはくれなかった。それどころか、私たちの仲を引き裂こうとした。だから私は——師匠をこの手に掛けた」

囁くように、アルトさんは告白する。

昨夜の火乃さんの主張とは随分と毛色が違っていて、僕も来栖さんも反応に困って黙り込む。とりあえず現状彼女の主張を見守ることしかできない。

「……しかし、姉様は〈人形師〉です。私が目撃した……師匠の最期の光景を、魔法で再現できたとは思えません」

「確かにあなたの言うとおり、私には難しいでしょうね。——私一人、ならば」

そう言ってアルトさんは、右手を上げてパチンと指を鳴らす。

何事かと訝っていると、突然店のバックヤードから人の気配がした。

誰かいるのか——。身構える僕らの前に、薄暗闇の奥から見知らぬ女性が現れる。

背中に流れる長い黒髪と漆黒の瞳が印象的な女性だ。顔立ちは整っているが、目元の隈と病的な青白い肌のためどこか不気味に見えてしまう。

いったい誰なのだろうと眉を顰める僕をよそに、麻鈴さんは驚愕に目を見開きながら勢いよく椅子から腰を上げる。

「まさか……うらみ姉様!?」

うらみ姉様。確かそれは手帳や資料に記載があった姉弟子の一人。

ここへ来て、さらに予想外の事態に発展しようとしていることに気づき、僕は情報量の多さに目眩を覚える。何が起きようとしているのか、理解できない。

第三の魔法使い――〈神霊使い〉聖川うらみは、わずかに目を細めて末の妹弟子を見やる。

「――久しぶりだね、麻鈴。元気そうでよかったよ」

「ま、待ってください……こ、混乱しています……！」

苦しげな様子で、麻鈴さんは顔に手を当てて呼吸を整える。それから、力なく再び椅子に腰を下ろし、改めて尋ねた。

「つまりアルト姉様とうらみ姉様が二人掛かりで師匠を殺害したと……そういうことですか……？」

「察しが早くて助かる」

にこりともせずに、うらみさんは脇に置かれていた丸椅子を運びテーブルに着いた。

「そう。師匠殺しの犯人は私とアルト姉様。私一人でも、アルト姉様一人でも、あの事件を起こすことはできなかった。私たちは、二人で協力して師匠を殺した。私たちの関係を――守るために」

淡々とした、機械音声のように単調な喋り方。まるでアルトさんが操っている等身大の人形のようにも思えて不気味だったが、僕は気になったことを無謀にも尋ねる。

「『私たちの関係』って、まさか……？」

うらみさんに代わって、今度はアルトさんが答えた。

「そうよ。私とうらみは、愛し合っていたの。十年もまえからずっと。だけど、師匠は私たちの関係を認めてくれなかった。幼さゆえの勘違いと断じて、これ以上二人の仲が深まらないようにと、うらみをよその施設へ移そうとした。だから私たちは、結託して師匠を殺すことにしたの。……まあ、それでも結果的に私たちは野木さんの手で引き離されることになったのだけど。因果応報、ということかしら」

寂しげに視線を遠くへ向けるアルトさん。うらみさんはその隣に寄り添って、そっと指を絡めるように手を握った。そのあまりにも艶かしい所作にドキリとしてしまう。

完全にこの場を支配したアルトさんは、冷めてしまったであろう紅茶を一口含んでから、落ち着いた声で続ける。

「とにかく――まずは、私たちがどのようにして師匠を手に掛けたのか、そこから話していきましょう。大丈夫、それほど難しい話ではないから。私はただ、うらみと師匠が話をしている隙を狙って、後ろからナイフで師匠を刺し殺しただけよ」

麻鈴さんが見たのは、樽と剣による魔法を駆使した不可能犯罪ではなかったのか。

それなのに……何故そんなありふれた殺人事件のような主張が出てくるのだ。

僕は眉を顰めるが、来栖さんは真剣な顔つきでアルトさんのことを見つめている。

「……でも、私は師匠が殺されるところを目の前で見ているのです」麻鈴さんは困ったように言う。「師匠は、工房の樽に入ったところを、飛んできた剣によって刺し貫かれて絶命しました。姉様の証言は、私が見たものと反しているので、明らかに偽証です……！」

「あなたが工房での出来事を目撃したことは知っているわ。当時、警察の人からも教えてもらっているから。たぶん、姉妹はみんな知っていると思う」

アルトさんの言葉を肯定するように、うらみさんは頷いた。犯人ではない火乃さんが色々知っていたのはそのためだったのか、と今さらながらに理解する。

「でもね、麻鈴。真実は逆なの」

「逆？」

「ええ。あなたの見たものが嘘で、私の言っていることが本当にあったことよ」

「そんなの……信じられません！」

諭すような長姉の言葉に、麻鈴さんは感情を露（あらわ）にする。それはいきなり、おまえの見たものは幻覚だと暴論を言われれば反発もしたくなるだろう。

しかし……そもそも今回の件は、事実がどうあれ麻鈴さんに納得をしてもらわなければ何も意味がないはずなのに……それを頭から否定するというのはどういうつもりなのか。

麻鈴さんの都合を理解していない、というわけではないのだろうが……。

アルトさんは、うらみさんと顔を見合わせ、小さく頷いてから告げる。

「あのね、麻鈴が見たものを否定しているわけではないの。あなたは確かに樽に入った師匠が剣で刺されるところを見た。それは一つの事実よ。ただし、本質的な部分で間違っている。あなたが見たのは師匠ではなく――私が操る人形だったの」

「人形……ですか……？」

「つまりね――私たちはアリバイを確保するために、あの衝撃的な殺害シーンを演じたの。実際に師匠が亡くなったのはもっとずっとまえ――二十四日の午前中よ」

そこまで言われてようやく僕は、アルトさんたちの主張の意味をぼんやりと理解する。

まさか……そんなの、反則じゃないか……！

「最初から説明しましょうか。二十四日の朝、私はうらみと結託して家を出た師匠を追い、隙を突いて殺害した。遺体はいったん、外に隠しておいたわ」

資料によると、遺体は長時間気温の低い環境に置かれていた上に半焼状態で発見されたため、正確な死亡推定時刻が割り出せず、通常よりも広い幅が取られていた。つまり、実際には午前中に殺害されていたのだとしても矛盾は生じない。

「そして何事もなかったように家に戻り、私たちはいつもどおり過ごした。みんな夜のパーティのことで浮き足立っていたから、私たちの行動には誰も気づかなかったわ。ちなみにその後、みんなに楽しんでもらいたくてパーティの準備をしていたのは本当よ。予定では、師匠の帰りが遅れることにして、先にパーティを始めているつもりだったの。だって、師匠の死が明るみに出たら、大事（おおごと）になってそれどころではなくなってしまうと思ったから……」

「言うなれば、最後の晩餐（ばんさん）。もっとも、それも安東さんのせいでなくなってしまったけど」

うらみさんは、姉弟子の言葉を引き継いだ。

「私たちの計画はシンプル。夜になったら、アルト姉様が事前に作っておいた師匠そっくりの人形を操って工房の樽に入らせ、その後、私が神霊を使って剣を浮かせて突き刺した。私もアルト姉様も、どちらも家にいたまま可能な作業だった」

「ま……待ってください……」苦しげに麻鈴さんは呻く。「実際の殺害時刻よりも後に、殺害シーンを再演することによって、アリバイを確保しようとしたのは理解できます。しかし……そもそもその再演は誰に対して行われたのですか。見る者がいなければ、何の意味もないでしょうに。——まさか、初めから私に目撃させるために……？」

顔を恐怖に染めて息を呑む麻鈴さんだったが、うらみさんは首を振った。

「違うよ。麻鈴があそこにいたのは、本当に計算外だった。恐ろしい思いをさせてしまって、本当にごめん。私たちがあの再演を本当に見せようとした相手は——野木さんだよ」

「野木さん……ですか？」

麻鈴さんは目を丸くする。僕も意外な言葉に内心で驚く。何故このタイミングで野木氏の名前が出てくるのか。僕は姿勢を改めて魔法使いたちの主張に耳を傾ける。うらみさんに代わって、アルトさんが答えた。

「そう。実はあの日、野木さんがうちに来ることになってたの。元々何をしに来る予定だったのかはわからないけど、麻鈴以外のみんなはそのことを師匠から事前に聞かされていた。だから私たちは、それを利用してアリバイを確保すると同時に野木さんに罪を着せることにしたのよ」

「――罪を着せる？」

僕は無意識に割って入る。気にしたふうでもなくアルトさんは、ええ、と頷いた。

「師匠が死んだら、私たちの保護者は自動的に師匠の共同経営者だった野木さんに切り替わる。でも、野木さんは嫌いだった。園の女の子に手を出しているなんて噂もあった。万が一にも師匠の死後、私の大切な姉妹たちがその手に掛かることがないよう、私たちは野木さんを法的に遠ざける必要があった。だから――師匠殺害の罪を着せようとしたの」

アルトさんたちの主張は、複雑そうに思えて実にシンプルだ。

光琳氏は事件当日の朝に殺害しておいた。そして夜になったところで、彼女たちの魔法である人形と神霊を使って、工房内で光琳氏の殺害を演じていた。

シンプルすぎて、ことトリックに限定すれば、特に矛盾が見当たらない。火乃さんをやり込めた、樽の重さの問題だって、神霊に運ばせたことにすれば何も問題はなくなるのだから。

実際の殺害と『再演』による光琳氏の死亡推定時刻のズレも、事件直前に生きた光琳氏の姿を見た、とアルトさんたちが警察に証言すれば問題にはならないだろう。

唯一の懸念は、野木氏が『再演』で見たものをどこまで正直に警察に伝えるか、ということだが……家にいたアルトさんたちに証言の主導権がある以上、状況的に考えて野木氏が最も怪しいことに変わりはない。

魔法という何でもありの反則を最大限に利用した主張。

これを覆すのは、いくら来栖さんでも難しいのではないか……。

心配になって傍らに視線を向けるが、来栖さんはいいとも悪いとも言えない神妙な顔でアルトさんの説明に集中していた。まだ続きがあるということだろうか。

「――でも、私たちの思い描いたとおりにはならなかった。何故なら魔法世界へやって来たのは、野木さんではなく安東さんだったから」

なるほど、そこで先ほどの話に繋がるのか！　と僕は膝を叩く。

「私たちの魔法は、どちらも半自動で実行されるようになっていた。魔法を遠隔操作する上では、そちらのほうが都合がよかったから。つまり私たちは、実際に魔法が動作したときの現場の状況を知らなかったの。だからあの夜、突然うちに安東さんが現れて、私とうらみはとても驚いたわ。しかも私たちには、安東さんが実際に師匠殺害の再現を目撃したのかどうかも判断がつかなかった。せめてあのとき、安東さんが師匠の死を私たちに教えてくれれば確信が持てたのだけど……。でも安東さんは、師匠は遅れてくる、と言ったわ。だからどういった事情かはわからなかったけれども、この時点で彼は師匠の死を目撃していないのだと判断して、ただの来客として対応したのよ。その後、姿を晦ませてしまったところを見ると、間違いなく目撃していたのでしょうけれども」

そこでアルトさんは、再び冷めた紅茶で口を湿らせた。

「ちなみに頭部を切断したのは、本当に死んでいるのか樽の中を確認させないためよ。誰だって、頭部が転がってくればその人の死を確信するもの。わざわざ身体だけが残された樽の中を悪趣味に確認する必要もない。工房の中は薄暗かったから、転がった頭部を見てもまさかそれが人形だとは思わなかったでしょうね。本来であれば、目撃者にはその後速やかに現実世界へ逃げ戻っていただくつもりだったのだけど……完璧に計画どおりというわけにはいかなかった。ままならないものね」

あくまでも『再演』を目撃者に気取られないための偽装工作という主張か。リアリティの是非はこの際抜きにして、論理的な矛盾はない。

でも、まだ完璧ではない。今までの説明では、最後の仕上げが欠けてしまっている。

おそらく来栖さんも同様の疑問を持ったのだろう。ここぞとばかりに身を乗り出した。

「しかし、そのままでは工房に残っているのは、あくまでも串刺しにされて頭部を切断されたただの人形です。その後どのようにして、実際の現場を作り出したのでしょうか。そして何より、何故樽などという小道具を偽装工作に用いたのか。そのあたりについても聞かせていただけますか」

やはり今回もキーワードは樽のようだ。警察が樽に詰められた光琳氏を発見している以上、当然この事件と樽は不可分だ。たとえそれが魔法によるものであろうと、もしくは現実的なトリックによるものであろうと、絶対に必要性を論じなければならない。

少しだけ驚いたように、アルトさんは息を呑む。

「――思った以上に鋭いのね。これでは火乃が勝てなかったのも頷けるわ」

しかし、すぐに魔法使いの長姉は落ち着きを取り戻して答えた。

「ええ、もちろんあなたの疑問にも十全の答えを示しましょう。樽を用いたのは、この犯行に必須の小道具だったからよ。特に最後の仕上げにはね。……ねえ、私たちの説明で疑問には思わなかった？　本当は午前中に殺された師匠は、半日もの間……どこにいたと思う？」

先ほどの説明では、遺体はいったん外に隠しておいた、ということだった。半日とはいえ、遺体を放置しておくのだから、姉妹たちに見つからないよう、それなりの場所に隠しておかなければならないと思うが……その具体的な場所まではわからない。

悩む僕らに、アルトさんはまるで出来の悪い教え子を持った教師のように優しく告げる。

「答えは簡単。あの日、私たちの手元には樽が二つあったの。一つは、再演に使用する樽。そしてもう一つは……師匠の遺体を保管しておくための樽よ」

僕は、あっ、と声を漏らす。一瞬にしてすべての疑問が氷解する。

「樽は、最後に入れ替えられていたのか……！」

僕の呟きに、アルトさんたちは満足そうに頷いた。

資料によると警察の捜査で、樽の底には光琳氏の血液がたまっていたことが明らかになっている。もし再演のあと、改めて樽に光琳氏の遺体を詰めて剣で串刺しにしたとしても、その頃には出血などほとんどないだろう。

つまり、アルトさんたちの主張で事件の状況を再現するには、光琳氏の遺体を保管しつつ血液を溜めておくためのもう一つの樽が絶対に必要になるのだ。問題になりそうな樽の入れ替えだって、実際にアルトさんたちが手を出さずとも、神霊とやらにやらせたことにすればいい。

樽という小道具を用いることで、実際の殺害現場が異なっていても容易にそれを偽装することができる。シンプルかつ豪快な解法だが……よくまあ、こんなことを考えるものだ。

不覚にも感心すらしてしまう。来栖さんの鋭い質問を、たった一手で綺麗に返してしまうなんて……。

最後、勝ち誇ったようにアルトさんは言った。

「さて、私たちの話はこれでおしまい。もしもこの主張を覆せなかったら、大人しく〈グリモワール〉を渡して頂戴（ちょうだい）。それはあなたには必要のないものなのだから」

姉弟子たちは、穏やかに麻鈴さんを見やった。その所作からは、隠しきれない自信のようなものが垣間見え（かいまみ）る。麻鈴さんは苦しげに顔をしかめている。

もし、このままアルトさんの主張を受け入れてしまったら、麻鈴さんの大切な思い出は壊れてしまうだろう。大好きな姉弟子たちが結託して師匠を殺害したというだけでもショックなのに、その原因は師匠が彼女たちの関係を認めなかったためだというのだから、その心痛は想像に余りある。

ここで改めて思い出してみるが、麻鈴さんの思い出を守るためには、姉弟子が犯人であるという主張を否定しつつ、魔法の存在は否定しない、という二つの条件をクリアする必要がある。

つまり、『白ひげ殺人事件』というグロテスクな猟奇殺人事件を、メルヘンな魔法によって再構成しつつ、その犯人を姉弟子以外に設定しなければならないことになる。

あまりにも――難易度が高い。

昨夜の火乃さんのときには運よく上手くいったが……今回ばかりはさすがの来栖さんでも無理なのではないか。半ば諦めの境地で来栖さんを見やるが、彼女の目には意地でも諦めないという強い意志の光が宿っていた。

「……事件当日、樽は二つあった。そして、お二人のトリックである『再演』のあと、二つの樽は入れ替えられた。この主張に間違いはありませんか？」

念押しのような来栖さんの確認。アルトさんとうらみさんは同時に頷いた。

それを見て来栖さんは――気難しげに結んでいた口元を緩めて微笑んだ。

「――やはり慣れないことをするものではありませんね。途中までは完璧な虚構を築いていましたが……最後の最後に決定的な矛盾が露になりました。普段、嘘を吐き慣れていなかったお二人には感謝しなければなりません」

「……ハッタリは止して」警戒心を覗かせながらも、アルトさんは強気を見せる。「私たちの主張は完璧よ」

同調するようにうらみさんも頷く。僕や麻鈴さんは、話の行く末がわからずに右往左往するばかりだ。来栖さんは穏やかに首を振って見せた。

「樽ごと入れ替えた――そんなことはあり得ないのです」

「どうして言い切れる。現場を見たわけでもないのに」

「見ていなくてもわかりますよ。だって――あの夜、樽は一つしかなかったのですから」

樽が一つしかなかった……？　何を根拠にそう言い切っているのだろうか。

伝聞レベルでしか現場の状況を知らない僕らには、それを判断する材料はない気がするけど……。

「一般の報道にもあった重要な客観的事実を皆さんお忘れですよ。現場に残されていた樽には――光琳氏の指紋とともに、麻鈴さんのものも残されていたのです」

そこで麻鈴さんは驚きの声を上げる。僕も情報屋の資料に書かれていたその事実を思い出して、全身に電流が走ったような衝撃を受ける。

樽に麻鈴さんの指紋が残されていたということは、麻鈴さんが目撃した樽と現場に残されていた樽が同一のものであったという何よりの証拠ではないか。

つまり、樽は一つしか存在していない――！

「待って！　それは誤解よ！」慌てたようにアルトさんが身を乗り出す。「麻鈴の指紋は、最後の偽装工作のとき、すり替えた樽に人形たちが付けたものよ！」

「残念ながら、その理屈は通らないのです」

想定していたように、来栖さんはまたゆっくり首を振った。

「樽が本当は二つあり、偽装工作のためにもう一つの樽にも麻鈴さんの指紋を付けたと仮定してみましょうか。そうするとまた別の部分に矛盾が生じます。どこだかわかりますか？」

誰も何も答えない。来栖さんは気にした様子もなく続ける。

「現場のドアノブの指紋です。報道によると、ドアノブや剣の柄からは、誰の指紋も発見されなかったとあります。もし、偽装工作で樽に指紋を付けられるのだとしたら、当然ほかの場所にも指紋を付けておく必要があるのに、犯人はそれを怠った。何故でしょう？」

「それ、は……」

言い淀むアルトさん。代わりにうらみさんが答えた。

「念のため偽装工作の最後に、神霊たちに指紋を拭わせただけ。不自然ではない」

「あなた方はこの一連の犯行に人形と神霊を使っただけなのですよ？　指紋を拭う必要など初めからないでしょう。それとも、人形や神霊にも指紋があるのですか？」

痛いところを突かれたように、うらみさんも黙り込んでしまう。考える隙を与えないように、来栖さんの追及は続く。

「指紋の件はかなり重要なので、もう少し深く考えてみましょう。そもそも、ドアノブから誰の指紋も発見されなかったというのが不自然なのです。麻鈴さんは工房へ立ち入る際、確実にドアノブに触れているにもかかわらず、です。しかも、〈グリモワール〉によると麻鈴さんは裏口のドアノブにも触れています。そうですね？」

「は、はい。もちろん、覚えています」

声に驚きをはらませながらも、麻鈴さんは頷いた。

「麻鈴さんが裏口のドアノブに触れたのは、風の悪戯が原因――言うなれば偶然の出来事です。仮に偽装工作のためにドアノブの指紋を拭ったとしても、普段利用されていない裏口のドアノブまで拭うのはあまりにも不自然です。つまり、ドアノブから指紋が発見されなかったことは、偽装工作ではないと考えるべきでしょう」

僕はそこで割って入る。

「それじゃあ……どうしてドアノブからは誰の指紋も検出されてないの？」

「簡単な話です。麻鈴さんがずっと毛糸の手袋を嵌めていたからです」

「毛糸の手袋……！　まさか麻鈴、あなた……！」

驚愕に目を見開くアルトさん。

「そうです、アルトさん。あなたが麻鈴さんに手作りした毛糸の手袋ですよ」

来栖さんの言葉に、僕は思わず跳び上がりそうになる。

そうだ！　手帳に書いてあった！　外が寒すぎて毛糸の手袋がなければ諦めて引き返していた、と！　引き返さなかったということは、当然手袋を嵌めていたはず！

「た、確かにあのときアルト姉様からいただいた手袋を嵌めていました……！」麻鈴さんは恐る恐る答える。「では、ドアノブの指紋を拭い去ってしまったのは……！」

「はい。麻鈴さん自身だったのです」

少しずつ、靄掛かっていた論理の行く先に見通しがついていく。

「情報を整理しましょう。事件当夜、麻鈴さんはずっと毛糸の手袋を嵌めていました。まずこれは、一つの客観的な事実です。そしてまだ子どもで手が小さかった麻鈴さんは、毛糸の手袋を嵌めた状態で、上手くドアノブを回すことができなかった。そのためドアノブの表面を何度かなぞるように、本来付いていた指紋を拭い去ってしまった。〈グリモワール〉には、音を立てないようにドアを開閉した、と書かれていましたから、外側だけでなく内側のドアノブにも触れ、音が出ないようノブを捻りながら閉めたのでしょう。内側と外側、どちら側にも指紋が残っていなかった状況に矛盾はありません」

「でも来栖さん。それなら、樽に指紋が付いていたこともおかしいんじゃ……？」

「いいえ、先輩。むしろ樽にだけ指紋が付いていたことが、麻鈴さんがずっと手袋を付けていたことの証左になるんです」

来栖さんは、一度その場の全員を見回した。

「〈グリモワール〉によると、麻鈴さんは工房で樽を見つけた後、樽の表面をノックして中が空であることを確認しています。しかし……冷静に考えるとこれは少し妙なんです。毛糸の手袋を嵌めたままノックをしても、音が響かないので中が空であるかどうかは判断できないのですから」

「そうか！　そのとき一時的に手袋を外したんだ！」

僕の声に、来栖さんはにっこりと微笑む。

「そのとおり。樽が空だ、と認識できた以上、麻鈴さんはこのときだけ手袋を外したと考えるのが自然です。そしてその際、樽の表面に手が触れて、指紋が残ってしまった。これ以外に、樽に指紋が残る理由は考えられません。そして重要なのは、この樽の指紋はあくまでも偶然に付いたということです。先ほどのお話でも触れられていましたが、事件時、工房に麻鈴さんが隠れていたことはアルトさんたちにも予期できませんでした。偽装工作として樽に麻鈴さんの指紋を残すことは考えられません。つまり、実際に遺体が詰められていた樽に麻鈴さんの指紋が残されている以上、樽は一つしか存在せず、麻鈴さんが目にしたものと現場に残されていたものは、同一だと判断するしかないのです。よって――」

そこで来栖さんは、改めて大きな双眸で僕らを見回した。

「アルトさんとうらみさんの主張では、光琳氏の殺害は不可能だったと結論づけられます。お二人の主張はすべて虚構、ということです。さて――これで前言どおり、麻鈴さんが〈グリモワール〉を渡す必要はありませんね」

展開が早すぎてついていけなかったように、麻鈴さんは戸惑いを見せている。

「で、では、アルト姉様とうらみ姉様は……？」

縋るように声を震わせる麻鈴さんに、来栖さんは優しく言った。

「はい。麻鈴さんの思い出どおりの素敵で優しい魔法使いのお姉様、ということになります。これでまた、大切な思い出は守られましたね」

それを聞いて、僕もようやく緊張を解いた。どうにか今回も無事に乗り切ったらしい。

「……なかなか、思いどおりにはいかないものね」

悔しそうに、しかしどこか安堵したような穏やかな声でアルトさんは呟く。

「火乃と同じように、手帳を奪ってしまえばこれ以上麻鈴が過去に囚われずに生きていけるものと思ったけれども……そちらの名探偵さんの言うとおり、慣れないことはするものではないわね」

「ですが、アルト姉様……？」不安そうに麻鈴さんは尋ねる。「その、うらみ姉様との関係も、嘘なのですか……？」

「いいえ、それは本当よ」

改めて、アルトさんはうらみさんの白い手をそっと握った。

「さっき、師匠には反対されたと言ったけれども……真実はその逆。とても喜んで、祝福してくれたわ。だから本当は……あのクリスマスパーティの夜に、みんなに報告するつもりだったの。でも……それも叶わなかった」

悲しげに、アルトさんは目を伏せる。うらみさんは、そっと肩を抱いた。

「だから師匠が亡くなってから、野木のせいで私は予期せずアルト姉様と引き離された。あのときは本当に半身を引き裂かれる思いで……それこそ野木を殺してやろうとさえ考えた。でも……結局それも我慢した。アルト姉様のことは誰よりも大切だったけれども、同じくらい麻鈴やほかの姉様のことも大切だったから。私が余計なことをして、みんなにも迷惑が掛かることを思えば……数年アルト姉様と離れるくらい、何とか我慢できた」

「おかげで今は一緒に暮らせているのだから、もういいでしょう？」

妹を宥めるように、アルトさんは言った。何というか、甘い会話だ。恋人すらいない僕には毒にさえなりかねないほどに。

「それより、麻鈴の話も聞かせて。これまで一度も連絡をくれなかったのは、たぶん私たちの誰かが師匠を殺したと考えてのことだと思うけど……私たちにそれが無理だとわかった今なら、また昔みたいに仲よくできるでしょう……？」

怖々と尋ねるアルトさん。麻鈴さんは、わずかな逡巡を見せてから頷いた。

「……はい。これまで連絡もせずに心配をお掛けしました。私も、その……仲よくしていただけると嬉しいです」

紆余曲折はあったが、どうやら何とか姉妹の関係も修復したようだ。

相変わらず僕は何の役にも立てていなかったけれども、満足そうな来栖さんの表情を見ていたらそれだけで嬉しくなってきた。

暢気にそんなことを考えていたら、不意に来栖さんは立ち上がった。どうやらまたクールに去るつもりのようだ。

簡単な挨拶を交わして、僕らは〈ピュグマリオン〉を出る。

日はまだ高く、しばらく酷暑が続きそうな陽気だったが、不思議と満たされた気分だ。

やはり来栖さんに任せておけば、何も心配ない――。僕は一時抱えた彼女に対する不安感から目を逸らして、そんなことを思った。

4

――間接照明に照らされた薄暗い店内には、いつも独特の空気が流れている。

それは穏やかで、静かで、何というかとても自由だ。

孤独と言い換えても差し支えないかもしれない。店内には大抵複数のお客さんがいるが、同じ空間に存在しながらも皆それぞれに自分だけの時間を楽しんでいるように見える。

孤独を寂しいと忌避する人は多いけれども、この空間、この時間は思いのほか豊かで尊いものなのではないかと感じる。

特にこの高度に情報化された社会の中では、外界を隔絶（かくぜつ）するほどの孤独を享受（きょうじゅ）できる場所は少ないと思うから。

きっとバーというところは、ある種の別世界なのだろう。

重たい樫の扉を押し開けて入ってくる人は、さしずめさすらいの異邦者か。

控えめに響くジャズの音色に身を委（ゆだ）ねながら、僕はロックグラスの表面をそっと布巾（ふきん）で撫でていく。

店長である亀倉さんから最初に学んだことは、グラスを磨くことだった。

洗ったグラスを、清潔な乾いた布巾で磨く。そうすることで、グラスは本来の硬質な輝きを取り戻すのだ。

——美味しいお酒にはね、綺麗なグラスが必要なの。

小さな年上の店長は、口の端に咥えたハイライト・メンソールを揺らしてそう言った。彼女の哲学らしい。

言われて、なるほどもっともだと納得して以来、僕は暇を見つけては愚直にグラスを磨く作業をくり返している。

こうしていると、何だか心まで磨かれていく気持ちになるから不思議だ。手を動かしながら、冴え渡る思考は様々なことを考える。

人形師の店を出た後、いったんアパートに戻った僕らは、簡単にお昼ごはんを食べたあと当初の予定どおり少し勉強をした。来栖さんと二人きりの勉強タイムは非常に甘美で心地好く、瞬く間に幸福の時間は過ぎ去っていく。

本当ならば一日中でも続けていたいところではあったが、そのためには先立つものも必要だ。後ろ髪を引かれる思いで、泣く泣く来栖さんと別れると、僕はバイトへ向かった。

いつもどおり掃除をして、仕込みを色々手伝ったら、まもなく開店だ。

カクテルを作ったり、調理をするのは、店主である亀倉さんの仕事なので、僕は使用されたグラスや皿を洗うなどの雑務全般を担当する。肉体労働ではあるが、基本的には単純作業なので思考のリソースは有り余っている。

そうなると、どうしても考えてしまうのが麻鈴さんの一件だ。考えないようにしようとはしているのだけど、気になるのだから仕方がない。

こうして冷静になったところで改めて考えてみると——不思議な事件だとしか言いようがない。

茫洋としすぎていて、全容が掴めないとも言えるが。

観察された事実だけを見れば、樽という不可解な小道具が存在する以外に謎はない。

犯人らしき人物も判明している。

だが、その一見シンプルな構造の裏に、途方もない混沌が広がっているようでどうにも気持ちが悪い。特に麻鈴さんの手記〈グリモワール〉はこの上なく厄介だ。

現実的には、麻鈴さんは幻覚を見ていた、あるいは幻想によって記憶の補完を行っていたとしか考えられないので、最終的にこの事件は、魔法ではなく何らかの物理トリックにより行われたという結論が導かれることになる。情報屋の資料からもそれは明らかだ。

実際、すでに来栖さんは実行可能と思われた魔法によるトリックを二つも否定している。魔法というある種万能の力を用いても、麻鈴さんが目撃した状況を上手く説明できないのだから……やはり幻想であったと見なすのが真っ当な思考というものだろう。

それにこの数日、麻鈴さんと関わりを持ってわかったこともある。

彼女は、魔法の存在を信じている、と夢見がちな主張をしているわりには、とても聡明で現実的な思考をしているように見受けられる。受け答えも極めて理知的で、魔法さえ絡まなければそれこそどこにでもいる普通の女の子のようだ。

だから、もしかしたら……。

彼女は、魔法の存在を信じているのではなく、信じたいと願っているだけなのではないか。

本当はもうとっくの昔に、魔法なんて存在しないのだと、心の底では理解してしまっている——そんな印象を受けるのだ。

ならばこの先、魔法の存在を否定した上で、彼女が現実的な結論を受け入れるような展開になることも十分に考えられる。

仮に姉弟子たちが記憶の中のとおり、優しくて素敵な存在だったとわかっても、魔法の存在そのものを否定したら、大切な思い出は幻想として消えてしまうだろう。

麻鈴さんがどの程度、魔法世界という空想に重きを置いているのかは僕にはわからないけれども……少なからず、彼女が傷つく結末を迎えることは現時点からでも明らかだ。

——誰かを不幸にする名探偵などいらない。

それは来栖さんの信条だけれども、その信条が揺らぎかねない結末を迎えたとき、はたして彼女は無事に立ち続けることができるだろうか——。

それが僕の最大の懸念だった。

かつてある人に、そのような結末を前にしたときは僕が守ってやれ、ということを言われたけれども……コメツキバッタ以下の役割しか持たない僕に、そのような大それたことができるのかどうかは甚だ疑問だ。

今さらながらに僕は、この一件に軽はずみな気持ちで関わってしまったことを後悔し始めている。こんなことになるのなら、事件を通して来栖さんとの仲を深めたいなどと低俗な欲求を持たなければよかった。

好きな子が悲しむところなど……見たくない。

どうしたものかと、深いため息を吐いたところで――。

「おい、バーテンダー。仕事中にため息を吐くな。酒が不味くなるだろうが」

カウンターの向こうに座る柄の悪い男が不機嫌そうな声を上げた。僕は思考を中断する。

「……悪い。ちょっと考えごとしてた」

「真面目なおまえが仕事中に考えごととは珍しいな。恋の悩みか？」

柄の悪い男――同期の伊勢崎は、嫌らしく口を曲げて問うた。どうやら早くも魔法使い捜しに飽きたようで、今日はただのんびり酒を飲みに来ていた。即座に否定してやろうとも思ったが、待てと思い直す。

この男は、まことに不可解ながら非常にモテる。こと恋愛に関しては、百戦錬磨と言っても決して過言ではないだろう。ならば、今僕が抱えているモヤモヤも快刀乱麻を断つが如く解決してくれるのではないか、という淡い期待を持ってしまう。

「……なあ。今の関係を続けると確実に傷ついちゃう女の子がいるんだけど、どうすればいいと思う?」

伊勢崎は意外そうな顔をする。おそらくただの軽口のつもりだったのに、僕がそれに答えたために驚いたのだろう。しかし、すぐにまたいつもどおりの嫌らしい笑みを浮かべた。

「俺様に任せろ。だがそのまえに、一杯奢れ」

この男に借りを作るのは避けたかったので、仕方なく僕は彼が飲んでいたものと同じウイスキーのロックを一杯出してやる。カクテルを作ることはまだできないけれども、ウイスキーを注ぐくらいは僕にもできる。ついでにチェイサーも新しくしてやる。

伊勢崎は、香りを楽しむように褐色の液体を口の中でしばらく転がした後、とても美味そうに飲み下した。それから、聞こえるか聞こえないかくらいの声量で言う。

「で、今の関係を続けると大好きな女の子が傷つくって?」

「大好きとまでは言ってない」

大好きだけどさ。

「そのまま関係を続けて、女の子が傷ついた場合の秘策を教えてやろう」

再びグラスに口を付けてから、伊勢崎は神妙な顔で言った。

「そういうときは――優しく抱き締めて、愛を囁け」

「は?」

「傷ついてる子は特に口説きやすい。隙を突いて口説き落とせ」

「清々しいまでのクズだな……」

呆れてものが言えない。こんなゴミのような解決に、一杯二千円のウィスキーを奢らされた事実が腹立たしい。

伊勢崎は、まあ聞け、などと嘯く。

「そもそも人と人の関係など、傷つけたり傷つけられたりが当たり前だ。お互いが別の存在である以上、どうあってもそれは避けられない。まして男と女など、価値観からして別の生き物なんだから、その傾向はますます強くなる。ならばこそ、傷ついてしまうという不可避の現実に対する、その後のフォローが重要になってくるとは思わないか」

「……そうかなあ」僕は訝しんだ。

そうだぞ、と悪友は訳知り顔で言う。

「傷つけることを恐れていたら、何も始まらない。傷つくこともまた人生の一ページだ。往々にして成長というものは痛みを伴うものだろう。おまえが本当にその子のことを好きなら、傷つけた後を見越して付き合え。関係を深めたいなら、傷つけることを恐れるな。歴史に名高い新田義貞もそう言ってる」

何だか上手いことを言って丸め込まれてしまったような気もするが、伊勢崎の言っていることも一理ないとは言い切れない。ただ、新田某氏はたぶんそんな俗なことは言っていないと思う。

呆れ半分に感心しつつ、それでも心を覆っていた靄が多少は晴れた気がして、僕は溜飲を下げる。

確かに来栖さんが心の奥底に何を抱えているのかわからない以上、関係性を深めようと思ったらいずれ彼女を傷つけてしまうことだってあるだろう。そのことを恐れていては……心を通わせて結ばれることなど夢のまた夢だ。

何かあったとき素早くフォローに回れるよう気を配っておく——。やはり現状、その選択肢が最適か。もちろん、傷ついた来栖さんを口説き落とすつもりもなければ、そんな勇気は初めから持ち合わせてすらいないのだけれども……。

決意を新たにする僕に、悪友の軽薄男は、まあ頑張れ、などと他人事のようなエールを送ってから、チェックを切って去って行った。

高い勉強代になったが、まったくの無駄だったわけでもなさそうなので、ひとまずはこれでよかったことにしよう。

ちょうど同じくらいのタイミングで、ほかのお客さんも店を出て、店内は僕と亀倉さんの二人だけになる。

「ちょうどいいや。一緒に休憩しようか」

亀倉さんは愛煙しているハイライト・メンソールに火を点けて美味そうに煙を吐いた。

ほのかにラムの香りが漂う。

「白兎くんもすっかりバーテンダーが板に付いてきたねえ」

嬉しそうに背伸びをして僕の頭を撫でてくる。自分の見た目が子どもっぽいのを気にしているのか、彼女はやたらと人を子ども扱いしたがる傾向がある。ただまあ……不思議と嫌ではないので、されるがままになる。

「よし、それじゃあ、今日も始めようか」

亀倉さんは上機嫌に言って袖を捲った。いつも人のいない空いた時間に、亀倉さんからお酒のことを色々と教えてもらっているのだ。

「前回はたっての希望でシンデレラを教えてあげたけど……。今日はギムレットを教えてあげようかな。知ってる？　ギムレット」

「もちろん」

力強く頷く。ミステリファンでギムレットを知らない人間はかなり少数だろう。

レイモンド・チャンドラーの傑作『長いお別れ』に登場する有名すぎるカクテルだ。

「レシピは、ジン45㎖、ライムジュース15㎖、シロップ5㎖をシェイクするだけ。シンプルだから練習には最適だけど、それぞれ比重が絶妙に違うから、氷で加水しつつ適切にシェイクするのは結構難しいよ」

説明しながら、亀倉さんは手早くシェイカーに必要な材料を投入していく。僕は一挙手一投足に集中して、仕事ぶりを観察する。カシャカシャとリズミカルにシェイカーを鳴らし、最後にカクテルグラスに注いだ。惚れ惚れする手際だ。

「飲んでごらん」

「え、でも今仕事中……」

「お酒の味を覚えるのも仕事だよ」

それもそうかと思い直して、早速できたてのギムレットを味わう。ギムレット――『錐(きり)』の名を冠するカクテル。その名のとおり錐で刺したような鋭い辛みと、追って広がるライムの酸味と香りが、慣れない立ち仕事で疲れた身体に染み渡る。アルコールはすぐに全身を巡って、思考が少し緩慢になった。

「とても美味しいです。さすがですね」

「ありがとう。でも、白兎くんも練習すればそれくらいすぐできるよ。ひとまずは、私の味を目標にして、慣れてきたら自分なりの味を目指してみてね。カクテルは奥が深いよ」

亀倉さんは嬉しそうに言って、僕がカウンターに置いたギムレットの残りの半分を一気に呷る。はぁ、とどこか艶(あで)やかな吐息を零して、僕を見つめる。

「お店へ来たとき、何だか元気なさそうに見えたけど、今は大丈夫そうだね」

どうやら僕のことを気に掛けてくれていたらしい。それから、にんまり、としか表現できない笑みを浮かべて続ける。

「――で、さっきちょっと小耳に挟んだんだけどさ。白兎くん、好きな子いるの？」

「…………」

僕を酔わせて恋バナを聞き出そうという算段だった。

「ちょっと何言ってるかわからないです」

「またまたぁ、誤魔化しちゃって！　ほら、悩んでるならお姉さんに相談してごらん。こう見えて、数多くの悩めるカップルを救ってきてるんだから」

確かにバーテンダーなら、お客さんから飽きるほど恋の話を聞かされてきたことだろう。

一瞬来栖さんのことを相談しようか悩むが——。

「……いえ、遠慮しておきます」

さすがに臨時とはいえバイト先の上司に恋愛相談をするのは気恥ずかしい。亀倉さんは不満そうに頬を膨らませる。ちょうどそのときタイミングよく新たなお客さんが入ってきた。これ幸いと、いらっしゃいませ、と声を掛けたところで、意外な人物の登場に戸惑う。

「あ、その……お邪魔します……」

それは渦中の人である聖川麻鈴さんその人だった。いつもどおりの地味な装いと目元を覆う長い前髪。麻鈴さんは明らかに場慣れしていない様子でおどおどしている。亀倉さんは咥えていた煙草をすぐに消して笑顔を向ける。

「いらっしゃいませ。お好きな席へどうぞ」

麻鈴さんは警戒したように視線を彷徨わせながら、僕の前に腰を下ろした。亀倉さんは目を丸くして、僕の服の裾を引っ張ってカウンターの隅まで移動する。

「ねね、何か意味ありげだけど、ひょっとして……コレ？」

爛々と瞳を輝かせて小指を立てる上司。僕はげんなりして首を振る。

「……違います。ただの知り合いです。あと童顔ですが成人しているのでご安心を」

顔などほとんど見えないが、一応伝えておく。意味深に、ふうん、と呟いてから、亀倉さんは麻鈴さんの前まで移動する。

「白兎くんの知り合いなら一杯ご馳走するよ。何でも好きなものを言ってね」

「あ……その……私、こういうところ初めてで……お酒も全然詳しくなくて……」

「お酒は飲めるほう？　ノンアルでも大丈夫だけど」

「お酒はあまり強くありませんが……今日は少し飲みたい気分なので、何か飲みやすいものをいただけると嬉しいです」

「OK、任せてー」

嬉しそうに答えて、亀倉さんは慣れた手つきでカクテルを作り始める。

その様子を横目に見ながら、僕は小声で麻鈴さんに尋ねる。

「それにしても、突然どうしたの？　てっきりお姉さんたちと一緒なのかと思ったけど」

「……まだ少し、距離感が摑めなくて」寂しげに答える。「でも一人になったら色々考えちゃって……そうしたら瀬々良木さんがここでアルバイトをしていると言っていたことを思い出したので……」

来栖さんのところじゃなくて、僕のところへ来たのは何故だろうか。異性慣れしているタイプには見えないし、まして夜遅くにこんなオーセンティックバーへ一人で入れるタイプでもなさそうなのに。

「来栖さんは……その、少し怖くて……」

「怖い？」

意外な評価だ。あんな妖精みたいに可愛くて性格もいい子なんて滅多にいないのに。

「あ、いえ……来栖さん自身はとても優しくて素敵な人なのだとわかっているんです。私の問題に真摯に取り組んでくれて……いくら感謝してもしたりないほどです。でも……不安なんです。あの人は鋭すぎて……とても恐ろしい真相を私の前に示してきそうで……」

とても申し訳なさそうに、麻鈴さんは俯く。

彼女の抱える悩みは、僕にも痛いほど理解できた。幸いなことに、これまで来栖さんは麻鈴さんにとって都合のよい平和な真相をもたらしてきたけれども……真実が必ずしも都合がいいとは限らない。いや、往々にして真実なんて、醜悪で残酷なもので……。

だから、いわゆる〈名探偵〉のように快刀乱麻を断つが如き活躍で麻鈴さんを助けてきた来栖さんを、怖いと感じてしまうのも頷ける。きっと来栖さんも、そういう意味で自分の能力を恐れている部分はあるだろう。

ただ、それでも来栖さんは、この事件に平和な解決を導き出せると未だに信じているようだけれども……。

「はい、お待たせしました！」

そこで亀倉さんが、麻鈴さんの前にカクテルグラスを置いた。中には薄緑色の液体が満たされている。初めて見る色のカクテルだ。

「こちらグラスホッパーになります。ゆっくり飲んでね」

グラスホッパー？　確か『バッタ』を意味する英単語だったはずだ。

僕は知らないカクテルに首を傾げるが、それ以上余計なことは言わずに、亀倉さんは気を利かせてくれたのか、すぐにカウンターの隅まで移動してしまった。ＢＧＭのおかげで、これだけ離れれば小声で話す分には隅まで聞こえない。

麻鈴さんは慣れないカクテルグラスを少し震える手で摘み、怖ず怖ずと口へ運ぶ。

「……美味しい。チョコミントみたいです」

驚いたように息を漏らす。僕はこっそりと小型のカクテル事典を引いてみる。

グラスホッパーは、ミントリキュールとカカオリキュールと生クリームで作るカクテルらしい。甘く飲みやすいため、アフター・ディナー・カクテルとして人気が高いと書かれている。

麻鈴さんは多少緊張を和らげたように微笑んだ。

「こういうところに来たのは初めてですが……素敵なところですね」

「気に入ってもらえたならよかった。ここは客層も悪くないから、気が向いたらいつでもおいでよ」

「……ありがとうございます」

中身を半分ほど飲んだところで、麻鈴さんはソーサにグラスを置く。ほう、と酒精の混じった艶(なまめ)かしい吐息を零してから、ぽつぽつと語り始めた。

「……その、実は迷っていまして」

「迷ってる？」

「はい……私は、これからどうすればいいのかと……」

それはまた随分と遠大な悩みだ。僕は黙って続きを促(うなが)す。

「明日、悠里姉様と会うことになりました」

悠里姉様――まだ会ったことのない最後の姉弟子だ。

「火乃姉様から突然連絡があって、状況に流されるままついにここまで来てしまいましたが……私は、自分がどうしたいのか、もうよくわからないんです……」

「事件の真相を知りたいんじゃないの？」

あくまでも基本の確認。それでも麻鈴さんは悩ましげに首を振った。

「それも……わからないんです。真相なんて、今さら知ったところで……得るものがあるとも思えなくて……」

随分と重症のようだ。また一口グラスホッパーを飲み、鬱々(うつうつ)と続ける。

「最初は……火乃姉様が魔法を使って自分が師匠を殺した、なんて言うものだから、それに反発する気持ちでこの件に臨んでいました。でも……今は、この先に進むのが、とても怖いです」

「怖いというのは……真相が、ってこと？」

「それもありますが……。どちらかと言うと……思い出を失うことが、です」

そこで麻鈴さんは、グラスの残りを一気に呷った。

「……私だって、本当はわかっているんです。魔法なんてものが、ただの夢物語だということくらい」

「――――」

僕は息を呑む。やはりそうであったか、という妙な納得があった。

「このまま真相を求めれば、私はいずれその現実から目を逸らすことができなくなるでしょう。魔法にまつわる私の思い出は、すべて私の妄想でしかなかったのだと、思い知らされる日が必ず来ます。私には……その日を迎える覚悟が、まだできていないんです」

とてもつらそうに、彼女はため息を零す。

「……たぶん私は、幼少期につらいことが重なった影響で、人よりも夢見がちなのだと思います。妄想の世界だけが、心の拠り所だったんです。だから……ありもしない記憶の装飾を行っているのでしょう。私の思い出は……虚構塗れで、まったく信用できません」

悲しげに、自嘲するように麻鈴さんは言った。

「でも……それと同時にこうも思うんです。私の中の優しい思い出が、本当のことだったらいいな、って。私は、十歳の間の数ヵ月、このつらいことばかりの現実ではなく、愛に溢れた優しい魔法の世界で過ごしていた――。本当だったら、素晴らしいと思いませんか？」

それが本当なら……素敵だと僕も思う。

「だから私は……魔法なんてものが実在しないと理解していながら、魔法があったらいいなと、子どもじみた希望を持っているんです。……笑っちゃいますよね、二十歳の女がいつまでも子どもっぽくて」

「――笑わないよ」

僕は茶化(ちゃか)すことなく、真剣に告げる。

「誰にだって譲れないものはある。魔法世界での思い出が、きみにとってそれほど大切なものなら、僕は笑わないよ。絶対に」

分厚い眼鏡の奥で、麻鈴さんは大きく双眸を開いた。

「……変わった人ですね、あなたも」

「きみほどじゃないつもりだけど」僕は苦笑してやり返す。

「あまり、私のような変な女と関わりを持たないほうが賢明ですよ。私みたいな地味でモテない日陰者は……惚(ほ)れっぽいですから」

それはいったいどういう意味なのか。問(と)い質(ただ)すよりも早く、麻鈴さんはスツールから立ち上がった。

「愚痴(ぐち)を聞いてくださって、ありがとうございます。少しだけ、心の迷いが晴れました」

「僕は何もしてないけど……本当にもう大丈夫なの?」

「答えはまだ出ていません。でも……真相を知ったときの心構えくらいは、できたように思います」

力なく微笑む自称魔法使い。ある程度虚勢が混じっているのは否めないが、それでも店にやって来たときのような絶望感は多少、鳴りを潜めたようだったので、わずかでも心の整理に役立てたのであれば僕も嬉しい。

明日はよろしくお願いします、と言い残して、麻鈴さんは店を出ていく。

その悲しげな背中を見てしまったら、どうか彼女にとって幸せな結末を、と祈るしかなかったが……やはり現実的には厳しいと言わざるを得ない。

魔法が存在しないことは自明であり、彼女もまたそのことに気づいているのであれば……大切な思い出を少なからず壊してしまう結末を迎えることは避けられない。

だが、先ほど伊勢崎も言っていたように、傷つくこともまた人生の一ページだ。たとえ、麻鈴さんが傷つく結末を迎えることになったとしても、彼女が残りの人生を前向きに生きられるのだとしたら……それは価値のある結末なのだと思う。

だから僕は、せめて傷の浅い結末を迎えられますようにと、改めて祈った。

——そんなささやかな祈りさえ踏みにじられるほど、絶望的な現実が待ち構えていることにも気づかずに。

第5章

暴かれた真実

1

――何とも奇妙なことになったと、僕は他人事のように目の前の光景を受け入れる。

いつもの東雲大学〈名探偵倶楽部〉の決して広いとは言えない部室では、僕を含め六名もの人が顔をつきあわせていた。

レギュラーメンバーである来栖さん、ゲストである麻鈴さんは、まあわかるとして。

長ソファの真ん中にちょこんと腰を下ろす麻鈴さんの両隣には、昨日和解したばかりのアルトさんとうらみさんの姿があった。

そしてもう一人。パイプ椅子に足を組んで座る最後の人物――。

男装の麗人とも言うべき、中性的な美女だった。黒のパンツスーツに身を包み、涼しげな目元がクールな印象を演出している。グレーに染めた短めの髪を摘みながら、ぼんやりと虚空を見つめていた彼女は、タイミングを見計らっていたのかそこで改めて来栖さんに視線を向けて告げた。

「――さて、今日はよろしく、名探偵さん」

見た目に反して、声色は柔らかで温かみがあったが、得も言われぬ色気のようなものも感じた。不思議な印象の人だ。

この人が、最後の姉弟子――聖川悠里さんだ。

昨夜、麻鈴さんが言っていたように、本日悠里さんから話を聞くことになっていたのだが、アルトさんたちも同行することになったため、全員が入れる場所として〈名探偵倶楽部〉の部室を利用させてもらうことになった次第だ。ちなみに部屋の主である雲雀(ひばり)は、本日取材とのことで席を外している。

一応この場の主導権を握っている麻鈴さんは、まさに恐る恐るといった様子で語り出す。

「その……ご無沙汰しています、悠里姉様。このたびはお声掛けに応じてくださり、ありがとうございます」

「――堅苦しいのはなしにしよう、麻鈴。どれだけ長い間離れ離れになっていたとしても、私たちは家族なんだから」

淡々とした、でもどこか温かさを感じる優しい口調。それが思い出の中の人物像と一致したのか、麻鈴さんは少し緊張を解いた様子で続ける。

「……そう言っていただけて、とても嬉しいです。今日お呼び立てしたのはほかでもありません。師匠の事件について、何かご存じのことがあれば教えていただきたく思い、お声掛けさせていただきました」

「なるほど。……で、麻鈴の望みはわかったけど、アルト姉様たちは何なの？」

皮肉——というよりは、純粋な疑問を抱いているように首を傾げる。

「あくまでも、麻鈴の付き添いよ」アルトさんは答える。「あなたの邪魔をするつもりはないから、私たちのことはあまり気にしないで。ただ、麻鈴が心配なだけなの。悠里は……昔から底知れないところがあったから、何かとんでもないことを言い出すんじゃないかって」

「底知れない？　私が？」

「ええ。だってあなた——ずっと私たちに何か隠し事をしていたでしょう？」

非難するような言葉。悠里さんは意外なことを言われたというふうに、一瞬驚きを見せるが、すぐに感心したように顎を摩（さす）った。

「……さすがアルト姉様。よく見てるね」

隠し事——事件には関係ないと思うが、この二人はいったい何を通じ合っているのだろうか。疑問には思ったものの、それ以上この話題を掘り下げるつもりはないようで、早々に話題を打ち切って悠里さんはまた麻鈴さんに向き直った。

「でも、麻鈴は今さら師匠の事件のことを知ってどうするの？　犯人に復讐（ふくしゅう）でもするの？」

いきなり嫌なところを突いてくる。それはまさに昨夜、麻鈴さんが自問していたことにほかならない。それでも麻鈴さんは、多少気圧された様子ながらも真っ直ぐに悠里さんを見つめて答えた。

「……もう、目を逸らすのはやめたんです。犯人に復讐をするつもりはありませんが、私はただ、あの日の夜に何が起こったのかを知りたいんです」

「それがあなたの大切な思い出を壊してしまうことになるとしても？」

再びの鋭い問い掛け。麻鈴さんはこくりと頷いた。

昨夜は曖昧だった覚悟が、一晩のうちに固まったのか。

ならばあとは——現実に目を向けるだけ。

悠里さんは、一度目を閉じて、そう、と呟いてからよく響く声で朗々と告げた。

「ならば、教えてあげましょう。師匠を殺したのは——私。私が、物理的に師匠を殺したの。魔法の力になんて頼らずにね。そもそも魔法なんてものは——初めから存在していなかった。それこそ人類有史から、ずっとね」

それは、麻鈴さんの思い出を破壊する、決定的な一言だった。

2

覚悟は決めていても、さすがに動揺は隠せなかった。

膝の上で固めた拳を小刻みに震わせながら、麻鈴さんは顔をしかめて悠里さんの言葉を受け止める。

僕と来栖さんは何も言葉を挟めなかった。

　そこでアルトさんが麻鈴さんを庇うように割って入った。

「――魔法は、あるわ。だって師匠は、世界最強の魔法使いで……」

「師匠のことは尊敬してるよ。でもそれは、あくまでも奇術師として。みんなこそ、魔法なんていつまでも子どもじみたことを言うのはやめて。みんなとっくに気づいているんでしょう？　現実に、魔法なんてあるはずないって」

　悠里さんは容赦なく僕らを斬りつけていく。

　僕が一番戸惑っているのは、彼女の主張が徹頭徹尾真実であることだ。これまでは、魔法の存在を前提とした主張だったためにいくらでも突っ込みようはあったが……打って変わって、ただ事実を述べているだけなのだから、突っ込みなど入れられるはずもない。

　重たい沈黙が満ちる中、来栖さんの凛とした声が響いた。

「――とにかく、続きを聞きましょう。悠里さんは、魔法を使わず、如何にして光琳氏を殺害したのですか？」

　悠里さんは重々しく頷いてから、語り始める。

「犯行は極めてシンプル。二十四日の夕方、私は師匠が帰ってくる頃合いを見計らって、師匠を工房へ呼び出して殺害したの」

「殺害方法は？　麻鈴さんは、光琳氏が殺害される瞬間、複数の剣が樽へ向かって飛んでいくのを目撃しています。魔法を使わず、如何にしてそのような奇跡を実行したのですか？」

「奇跡なんてないよ。だってあれは、初めからそういう装置だったのだから」

悠里さんは、一拍置いて告げる。

「あれは、剣を射出する装置と樽がセットになった、マジックのステージ装置だったの。つまり麻鈴が見たという剣が飛ぶ光景は、奇跡でもなければ魔法でもない、ただの物理現象にすぎなかったんだよ」

僕はさすがに絶句する。

彼女の言っていることは事実だ。奇跡も魔法もないし、樽も剣もただの奇術道具だった。情報屋の資料では、警察もそう結論づけていた。

だがそれでも、躊躇なくそれを麻鈴さんに突きつけるのは反則だろう……！

麻鈴さんは苦痛に耐えるようにアルトさんの手を握った。

「……でも、悠里姉様」声を震わせながらも、麻鈴さんは過酷な現実に立ち向かっていく。「私は、〈時空旅行者〉の魔法使いである姉様が、空間を瞬時に移動するところを何度も見ています。私には……姉様が魔法使いではなかったなんて、とても思えません」

同調するように、うらみさんも割って入る。

「そもそも悠里姉様は、事件の夜、ずっと私と一緒に行動していた。私の目を盗んで工房へ赴き、師匠を殺害するなんて……絶対に不可能」

悠里さんのアリバイまで出てきた。この期に及んで嘘を吐く理由もないので、おそらく悠里さんは本当に鉄壁のアリバイを持っているのだろう。

ならば、魔法でも使わない限り悠里さんに犯行は不可能ということになり、引いては彼女の、魔法などというものは存在しない、という主張自体も否定されることになるが……。

悠里さんは追い詰められている様子もなく、相変わらずどこか超然としている。

何か、この状況をひっくり返す切り札でも持っているのだろうか。

嫌な予感がする。

「麻鈴とうらみの疑問には、同時に答えられるよ」悠里さんは不敵に微笑んだ。「でも、それを説明するためには、ここに一人協力者を呼ばないといけないの。構わないかな?」

「協力者、ですか? もちろん、構いませんけれども……」

怪訝そうに来栖さんは頷く。ありがとう、と告げてから、悠里さんはスマートフォンを操作する。誰かへメッセージを送っているようだ。

協力者……いったい誰だろうか。事件の関係者なんて、ほとんどいないはずだけど……。

考えられるのは、この場にいない火乃さんだが、今さら彼女が実は事件に関係していました、なんてことにはならないはず。

あとは、今なお行方知れずの秘書、安東氏くらいか。

まさか安東氏をこの場に連れてくるとも思えないし……。

そのときノックの音が響き渡り、返事も待たずにドアが開かれた。

そして現れた人物を見て──僕は再び絶句した。

「そんな……まさか……！」

麻鈴さんは立ち上がり、口に手を当てて呆然とする。

アルトさんたちも、そして来栖さんも同様にそれを見て言葉を失う。

部室の入り口に立っていたのは、黒のパンツスーツに身を包んだ、中性的な雰囲気の美女だった。

グレーに染めた髪と、涼しげな目元がとても印象的で──。

──いや、印象的なんてもんじゃない。

何故なら現れた女性は、悠里さんと瓜二つだったのだから。

誰もが状況に呑まれて口を噤む中、悠里さんだけが相変わらず落ち着いた様子だった。

「今まで隠していてごめんね。実は私──一卵性双生児なの」

ああ、それは……。

たった一言で、すべての疑問に答えを出してしまう……！

「……〈グリモワール〉を読んでから、ずっと疑問だったことがあります」

来栖さんはようやく沈黙の魔法から解かれたように言う。

「姉妹の皆さんは基本的に相部屋だったはずなのに、どうして悠里さんだけが一人部屋なのだろうって。五人姉妹なのだから、誰かが一人部屋になるのは当然ですが、どうしてそれがアルトさんや火乃さんではなくて、真ん中の悠里さんだったのだろうと、不思議に思っていたのですが……。なるほど、悠里さんは初めから相部屋だったのですね」

「さすがは名探偵さん。話が早くて嬉しいな」

勝ち誇ったように、悠里さんは口の端を上げた。

「そう。私たちはあの家で、ずっと二人で一人を演じ続けてきたの。ほかの姉妹たちにもバレないよう、慎重に丁寧に、演じ続けてきた」

「ま、待ってください……！」僕は思わず割って入る。「当時あなたはまだ中学生くらいでしょう。いくらなんでも、ほかの家族の誰にも知られないで、二人で一人を演じることなんて不可能です！　あまりにも、現実離れしすぎています！」

僕の指摘に答えたのは、もう一人の悠里さんだった。

「――誰にも知られていなかったわけじゃないよ。師匠だけは知ってた。食事なんかは、こっそりと師匠が用意してくれてた。私と悠里は、一日置きでみんなと一緒にご飯を食べていたの。それ以外は部屋で、一人で食べていたけど」

それからもう一人の悠里さんは、椅子に座る悠里さんの肩にそっと手を置いた。

「初めまして――ではないけれども、一応自己紹介をしておきましょうか。私の名前は聖川悠希（ゆうき）。悠里の、半身だよ」

もう一人の悠里さん――悠希さんは当たり前のようにそこに立っている。

「で、でも……それにしても……ありえません……！」

僕は目の前の光景が信じられなくて、自分を納得させるように呟く。

実は双子であることを隠して、一つ屋根の下で暮らしていた……？

ほかに四人も姉妹がいるのだから、どうあっても隠し通せるはずがないし、仮にそれが可能であったとしても、魔法の存在以上に非常識だ。

そんなことをする意味がないとも言える。

「……なら、そもそもどうして、そんな回りくどいことをしていたんですか」

『それが――私たちの存在価値だったから』

悠里さんと悠希さんは、シンクロするように同時に告げた。

存在価値とはどういう意味なのか。悠希さんは悠里さんの隣に余っていたパイプ椅子を広げて腰を下ろす。

「すべてを語るまえに、私たちの正体を教えておいたほうがいいかもね」

そう言って悠里さんは、未だ茫然自失とする僕らに、さらなる爆弾を放ってきた。

「私たちはね……師匠の隠し子なの」

「なっ――!?」

再び僕らは絶句する。どうしてこう次から次へと想定外なことが起きるのか。

「……光琳氏は生涯独身であったという話を伺いましたが」

誰よりも早く混乱を解いた来栖さんが、ぼんやりと情報源を暈かしながら尋ねた。

「それは事実だよ」悠希さんは頷く。「母は師匠と結婚しなかったし、そもそも師匠は私たちが生まれたことも知らなかった。母は師匠に内緒で、私たちを産み、育てたから」

母は――、と今度は悠里さんが続ける。

「母は、マジシャン時代の師匠のファンだったの。当時母はまだ子どもだったみたいだけど……一度だけ師匠の公演を見て、師匠に惚れ込んだみたい。結局師匠はすぐに引退してしまって、母はショックを受けたらしいんだけど……。大人になって、たまたまかかった病院で偶然師匠と再会したの。そのとき師匠はもう五十代だったけど……気にせず母は師匠に猛アタックした」

麻鈴さんは膝の上で拳を固めて、真剣な眼差(まなざ)しを悠里さんたちへ向けて話を聞いていた。

「紆余曲折の末、二人は付き合い始めたんだけど……元々母は結婚する気がなかったみたい。結婚をすることで、師匠を縛りたくなかったとかなんとか。そのため折を見てそっと師匠の前から姿を消して……そして私たちを出産した」

好きならば、一緒にいたいと願うものではないのか。僕には彼女たちの母親の愛情がとても歪(いびつ)に思えてならない。

「母は、私たちが一卵性の双子だとわかったとき、歓喜したらしいよ。これで私たちを世界一のマジシャンにできると」

「……どうして、そんな話になるの？」

淡々と語る悠里さんに、うらみさんは問う。

「簡単だよ。一卵性双生児であることは、マジシャンにとって圧倒的なアドバンテージになるのだから。人はね、単純なトリックほどよく引っ掛かるものなんだよ」

瞬間移動系のイリュージョンマジックのいくつかは、双子トリックが使われていると言われているし、実際にそれをテーマにした有名な映画もあるほどだ。

だから、マジックに興味を持っていた悠里さんたちの母親が、双子の娘を見てマジシャンとして育てようと考えたことは決して不自然ではないだろう。

「母の夢は、私たちをかつての師匠と同じような天才的なマジシャンに育て上げることだった。そしてそのためには、私たちが双子であるという事実を徹底的に世間から隠蔽しなければならないと考えた。そこで母は――私たちの戸籍を一つしか役所に提出せず、私たちを一人娘として育てることにした」

「イカれてる……！」

常軌を逸した話に、僕は思わず感情的に呟いてしまう。

子どもを光琳氏のようなマジシャンに育てたい、というのはあくまでも母親の夢であり、本来悠里さんたちには一切関係がないはずだ。にもかかわらず、そんなエゴのために、生まれてきたばかりの二人の娘を、一つの存在にしてしまったとでもいうのか。

そんなものは……生命への冒瀆だ。

憤る僕に、悠希さんはどこか優しげな視線を向けてきた。

「イカれてる……そう、確かにイカれてるよ。でも、それほどまでに母は師匠を愛していた。その愛は限りなく歪んでいたけれども……同時に純愛でもあった。母は師匠と同じいでもらえると嬉しいな」

そんなことを言われても、僕には理解できない。

でもたぶん、この場で僕以上に理解できていないのは、麻鈴さんだろう。僕の感情のために進行が阻害されるのは申し訳ないと思って、僕は無理矢理納得することにした。

「まあ、とにかくそんなこんなで、私たちは二人で一人として育てられたのだけど……。あるとき母が病気で亡くなって、師匠の元へ預けられたの。元々、もしも自分に何かあったら、師匠を頼れと言われていたから、私たちはすんなりと師匠に事情を話すことができた。さすがに師匠は驚いたみたいだったけど……私たちを娘として、そして弟子として受け入れてくれることになったの。それから私たちは、師匠の家で、これまでと同じように二人で一人の生活をするようになった。本当はもう、マジシャンなんて目指さなくてもよかったのだけど……母から残されたものは、もうそれくらいしかなかったから」

愁いを帯びた目で、悠里さんは虚空を見つめた。

事情がどうあれ……とにかく、悠里さんたちが光琳氏の家で二人一役の生活を続けていたのは事実らしい。あまりにも常軌を逸しているけれども……逆にそれが覚悟の表れだったとも取れる。

「私たちのバックボーンはこのへんにして、そろそろ事件の話に戻ろうか。と言っても、もうそれほど難しいことはないいんだけど」

悠里さんはまとめに入る。

「事件の日、うらみと行動を共にしていたのは私じゃなくて本当は悠希のほう。その頃私は、師匠を工房に呼び出していた。樽を使ったイリュージョンを思いついたから、是非感想を聞かせてほしい、と言ったら、師匠は嬉しそうに協力してくれたよ。そして、師匠が樽に入ったところで……剣の射出スイッチを押した。師匠は、樽ごと剣に串刺しにされて、死んだ。そのとき剣が一本樽から逸れて、誤って首を切り落としてしまった。本当に偶然のことだったけれども……私はそれが母の意思のように思えてならなかったから、そのまま狙いを外した剣と共に師匠の首を現場から持ち去ることにしたの」

「いったい……何のために……？」恐る恐るアルトさんは尋ねる。

「母のお墓に、一緒に埋葬してあげるためだよ」

悠里さんは、至極当然のことのように答えた。

ああもう……何から何までイカれてて、反論の糸口が見当たらない……！

「ど、動機は……？」麻鈴さんが今にも消え入りそうな声で尋ねた。「どうして師匠を……」

「師匠を超えるため、かな。師匠は、いつかみんな〈極意〉に辿り着かなければならないと言っていた。そして師匠を超えた者にはその資格があると。私たちは、師匠と並ぶマジシャンになるため生まれてきたけど……その先の光景を見たくなった。師匠を超えた先に、私たちが生まれてきた本当の理由があるのなら、それを知りたいと思った。強いて言うならば、それが動機かな。……結局、そんなものは何もなかったんだけど」

まるで悟りを開いたような落ち着いた声で、悠里さんはそう言った。

「それから、安東さんに協力を仰いで、みんなに睡眠薬入りのお菓子を届けてもらったの。事情を話したら当然驚いていたけど、ちゃんと協力してくれたよ。家に火を着けたのは、私たちが実は双子だということがバレないようにするため。師匠の死が明るみに出れば、絶対に家を調べられる。そうなったとき、私たち二人分の指紋が出てくるのは……都合が悪かったから。みんなに眠ってもらったのは、この一件と無関係でいてもらうためだよ。万が一にでも、みんなに疑いが掛かるのは避けたかった。みんな……悠希と同じ、大切な私の家族だったから。もちろん、工房から家まで麻鈴を運んだのも私。麻鈴だけ別の場所にいたら、その後の捜査であらぬ疑いが掛けられてしまうかもしれないからね」

感情がぐちゃぐちゃになって思考が上手く働かない。

悠里さんの双子の姉妹がこうして目の前にいる以上、彼女の主張にはどうしようもない説得力がある。一部に理解できない思想が混じっているのは事実だが、現象の理解自体に影響はない。少なくとも、悠里さんにならば、この犯行が可能だったのは確かだ。

「しかし……何故このタイミングで事実を公表しようと思ったのですか？」

来栖さんは複雑な感情を押し殺したようなやや低い声で尋ねる。

「火乃姉様から連絡があったの。麻鈴が、師匠の死の真相を探ってるって。私のせいで、姉様たちに迷惑が掛かって、麻鈴が苦しむのは……本意じゃない。本当は死ぬまでこの事実を公表するつもりはなかったのだけど……もういいかなって」

悠里さんたちが双子であるという圧倒的な事実が、夢と希望に満ちた麻鈴さんの思い出を――〈グリモワール〉を無に帰そうとしている。

いくら麻鈴さんが覚悟を固めているとはいえ、彼女の最後の希望を容赦なく断ってしまうというのはできれば避けたい。現実を認めてもらうとしても、もう少し希望を残す結末にしたいのに……。

どうにかして麻鈴さんを救いたいとは思うものの、残念ながら何も手がない。

心が屈してしまう僕だったけれども……来栖さんは違った。

非常に険しい顔をしていたけれども、その目には幸福な未来を掴み取ろうとする強い意志が感じられる。

「……悠里さん、悠希さん」来栖さんは慎重に語り始める。「あなた方が一卵性双生児であること、そしてそれを隠して光琳氏の家で生活していた事実は理解しました」

「理解を示してくれて嬉しいよ、名探偵さん」と悠里さん。

「しかし、それはそれとして……あなた方が魔法使いではないことの証明にはならないのではないでしょうか？」

何気なく放った来栖さんの一言が、再び室内の空気を一変させた。

る。
言っていることがわからない、というふうに悠里と悠希さんは同時に惚(ほう)けた声を上げ
『……は?』
3

来栖さんは、いつにも増して真剣な表情で続ける。

「あなた方が双子だった――なるほどそれは驚くべき新事実です。しかし、その事実と魔法の存在には何の因果関係もありませんよね? 魔法世界には、双子の魔法使いだってたくさんいるはずです。ならば、あなた方がたとえ双子であろうと三つ子であろうと、魔法の存在を否定する根拠にはなりませんし、まして光琳氏が魔法使いではなかったことの説明になっていませんよね?」

「でも、私たちは、魔法使いではなくただの奇術師で……」

「ではまず――あなた方に魔法が使えないことを証明してください」

僕は思わず目を剝(む)く。

これは……〈悪魔の証明〉だ!

〈悪魔の証明〉――それはあまりにも有名な論理学の命題。

悪魔が存在することを証明するのは簡単だ。悪魔を一匹、連れてくればいいだけなのだ

から。

しかしその逆……悪魔が存在しないことを証明するのは非常に困難だ。何故ならば、森羅万象の中から、悪魔以外のすべてのものについて調べ、それらが悪魔ではないことを確認する必要があるからだ。

消極的事実の証明、とも言われるが、証拠がないことは存在しないことの理由にはならない。つまり来栖さんは、魔法以外でも犯行が可能であった可能性自体は否定せず、その上で魔法が犯行に使われなかったことを証明して見せろと言っているのだ。

そんなこと、絶対に不可能だ。

来栖さんは、これまで魔法による犯行説を現実的なロジックによって否定してきたが、ここへ来てその逆、現実的な犯行説を魔法によって否定しようとしているのだ。

だが——そこで僕は何とも言えない不安感に襲われる。

そんな揚げ足取りのようなことは、本来の来栖さんのやり方ではないように思ったからだ。すべては、麻鈴さんの最後の希望を守るためなのだとしても……あまりに乱暴だ。

何故この期に及んでそんな暴論を振りかざすのか疑問を抱いたとき、ひょっとすると来栖さんは……すでに真相に至っているのではないか、という妄想じみた直感が脳裏を過ぎる。

魔法など介在しない、現実的な解決に至っているからこそ、それを否定するために今さら魔法の存在を強引に肯定しようとしているのではないかと、そんなふうにも見えてしまうう。

そこまでしても――来栖さんは、幸福な結末を渇望している。

僕には……彼女が幸福な結末に拘泥する理由が理解できない。これはもう、ある種の強迫観念に近い感情なのではないか、という懸念が湧いてくるほどに。

酷い暴論を繰り出されて言葉を失う悠里さんたち。来栖さんは声を硬くして続ける。

「それにあなた方はまだ現場の状況について、十分な説明を終えていません。お忘れかもしれませんが、事件当日の現場付近には午後五時頃から雪が降っていました。犯行時刻が午後六時前後だとしたら、悠里さんはどのようにして工房へ入り、そして立ち去ったのでしょうか？　入り口には雪が降り積もり、深夜まで誰も工房内へ足を踏み入れていないことが確認されています。足跡を消すほどの豪雪ではなかったようですし、まったく足跡を付けず現場に出入りすることは不可能です。それこそ――瞬間移動の魔法でも使わない限りは」

言われてはたと思い出す。そうか、そもそも雪が積もり始めたであろう午後六時前後から、現場へ人の出入りはできなかったのだ。

仮に悠里さんたちが、物理犯行説を唱えるのであれば当然、その矛盾についての説明責任があることになる。

これは上手くやれば、彼女たちの主張を覆せるのでは――僕はそう色めき立つが、悠里さんたちはまるでその切り返しを想定していたように落ち着きを取り戻して答えた。

「工房内に私たちがどうやって足を踏み入れ、そして立ち去ったのか——その説明ができれば、私たちの主張の正当性を認めてもらえるの？」

「そうですね、場合によっては」

「なるほど。では、速やかに望みを叶えようかな」

不敵な笑みを浮かべて、悠里さんは語り始める。

「あの日、私と師匠が工房へ行ったとき、すでに入り口前には、雪がうっすらと積もっていた。それを見たとき、ピンと来たの。これを利用すればより奇術的なトリックを演出できると。だからあえて表の入り口は避けて、裏口から出入りすることにしたの。裏口には庇があって雪が積もっても足跡が付かないからね」

「ですがあの日、裏口は使えなかったはずです。錠が錆び付いて動かなくなっているのを、翌日警察も確認しています」

「その認識は正しいようで正しくないよ。より正確に言うならば……警察が捜査をした時点では錠が錆び付いて動かなかった、だね」

いったい何を言おうとしているのだろうか。

事件発覚の直後に、警察は錠の不動を確認しているのだから、当然事件当夜だって同じ状態だったはずなのに。

僕は眉を顰めるが、来栖さんには何か思い当たることがあるようで、驚いたように目を丸くする。

「まさか、あなたは――」

「そう、そのまさかだよ」悠里さんは得意そうに告げた。「私は師匠を伴って、その時点では正常に稼働していた錠を開けて裏口から工房へ入った。そして師匠を殺したあと、また裏口から外へ出て、そしてそのとき鍵穴へオキシドールを注入したの」

オキシドール……過酸化水素水か！

過酸化水素水は、薬局でも気軽に買うことができる強力な酸化剤――金属を錆びさせる液体だ。つまり悠里さんは、あの日の晩、出入りを終えた後、強制的に錠を錆びさせたと言っているのだ。

事件当夜、裏口を使うことができなかったと偽装するために……！

「こうすれば、鍵穴は翌朝までに錆び付いて動かなくなる。そして反応後、オキシドールはただの水に変わるから警察の捜査でも疑われることはない。ね？　魔法なんて使わなくても、この犯行は十分に可能なの。確かに私の主張は、魔法の存在を否定するものではないけれども……物理トリックで十分に可能なことに、わざわざ魔法を持ち込む必要もないでしょう。この世界は、奇跡と魔法に支配されているわけではなく、あくまでも科学と論理によって切り開かれてきたのだから」

勝ち誇ったように悠里さんはそう締めた。

頼みの綱だった足跡の件も、容易に切り返されてしまった。これでもう万策尽きたか……、と肩を落とし掛けるが、来栖さんの瞳にはまだ不屈の光が灯っていた。

「……念のため確認しますが、悠里さんと光琳氏が工房へやって来た時点で、すでに入り口付近には雪が積もっていた、というのは間違いのない事実ですか？」

「ええ、事実だよ」

「そしてそのとき咄嗟に、オキシドールのトリックを思いついて、実行したのですね？」

重ねて念押しする来栖さん。悠里さんは余裕を見せて笑った。

「もしかして、咄嗟にオキシドールなんて用意できないと思ってる？　だとしたら期待外れかな。工房にはね、怪我をしたときのために救急箱が用意されていて、その中にはちゃんと消毒用のオキシドールも入っていた。……二人とも、覚えてるよね？」

アルトさんとうらみさんは急に水を向けられて戸惑いを見せるが、顔を見合わせてから同時に頷いた。情報屋の資料にも同様の記載があった。オキシドールが工房に存在したのは事実なのだろう。つまり、咄嗟の発想であっても、トリックは十分に可能であったということ……。

せっかく来栖さんが隙を突こうとしていたのに、出鼻を挫かれた——そう思ったが、今度は逆に来栖さんが硬かった表情を緩ませた。まるで、何かに安堵したように。

「——ありがとうございます。今の言葉で、確信が持てました。当時のあなた方が……奇術師を自称した魔法使いなのだったと」

不審そうに眉を寄せる悠里さん。しかし来栖さんには、これまで姉弟子たちの主張を覆してきた実績がある。ハッタリなどではないことを悟ったのか、警戒心を露にする。

「意味が、わからないな。私は、現実に即した物理トリックの話をしていたはずだけど……それがどうして、私たちが魔法使いだったってことになるの？」

「一つずつの情報を精査すると、そのような結論になるのですから致し方ありません。私もまさか、魔法の実在を論理的に証明することになるとも思っておらず驚いています」

肩を竦め、どこかふてぶてしさすら滲ませて来栖さんは答えた。その姿は〈東雲の名探偵〉金剛寺煌を彷彿とさせるが……やはり僕には無理をしているように見えてならない。

「まずは情報を整理しましょうか。気象庁の発表によると当時、雪は午後五時頃から降り始めたとされています。麻鈴さんが家を抜け出して工房へ向かったときにはまだ降っていなかったようなので、麻鈴さんが工房へ入ったのは午後五時よりもまえということになります。おそらくはその直後から降り始めたのでしょう。そして、悠里さんが工房にやって来た時点で入り口付近にはうっすらと雪が積もっていました。降り始めてから一時間ほどが経過した午後六時過ぎとわかります。警察が光琳氏の死亡推定時刻を午後六時前後としたのは、麻鈴さんの目撃証言と、この足跡の一件があったからです。雪が降るまえ、あるいは降り始めてもまだ地面に雪がほとんど積もっていない時間に光琳氏は工房内へ入り、殺害されたと考えるのが自然ですからね。悠里さんの主張とは多少時間的にズレますが、このあたりはあくまでも推定でしかないので、本質的な問題にはなりません。ここで重要なのは、悠里さんが入り口付近に積もる雪を見て、トリックを思いついたという部分です」

来栖さんは詰まることなく流れるように言葉を紡いでいく。

「事件当時、現場に雪が積もっていたのはあくまでも偶然ですので、事前にトリックを用意しておくことはできません。つまり、あらかじめ裏口の鍵などを準備しておくことはできなかったことになります。ちなみに、家のほうに裏口の合い鍵などは備えてありましたか？」

記憶を探るように目を細めて、アルトさんは答える。

「いえ、私の知る限りはなかったわ。元々裏口は普段使われていなかったから……師匠がいつも持ち歩いていた鍵束にだけ、鍵が付いていたはず。表口の鍵ならスペアがあったけど」

「では、やはり事件当夜は、光琳氏の鍵で裏口を開けたということになります。ちなみに、事前に裏口の鍵を開けていた、という逃げ道はここで封じておきましょうか。事件の直前、偶然にも麻鈴さんは、裏口が開かないことを確認してしまいますので」

確か〈グリモワール〉によると、風の音に驚いて裏口のドアを確認したのだったか。あのさり気ない一文が残されていてよかった。

「ということは、事件当夜、悠里さんは光琳氏に頼み込んで裏口の鍵を開けてもらい、中に入ったことになります。さて、問題はここから。遺体の衣類から鍵束が発見されている以上、光琳氏は自分で鍵を所持したまま、樽に入って剣で刺されたことになります。遺体は樽の中で串刺しにされていたのですから、殺害後に遺体から鍵を奪うことなどできません。そして、事前に合い鍵の用意ができなかったことは先ほど説明したとおりです。——ならば」

来栖さんは流し目を悠里さんに向けた。

「悠里さんはどのようにして、再び施錠をしたのでしょう？」

え、と小さく声を漏らす。僕も来栖さんの言っていることの意味がわからず首を傾げてしまう。

「鍵穴にオキシドールを注入して錆びさせることで、鍵を使えなくした、というのは理解できます。事件当夜の気温は氷点下近かったそうなので、反応性の低い低温域での酸化反応で本当に翌朝までに錠が錆び付いたのか、という疑問は残りますが……まあ、食塩などの触媒を利用すればそれも可能であったと仮定しましょう。しかし、それはあくまでも鍵の動作を制限するものであって、実際にドアを動かなくするためにはいずれにせよいったん施錠をする必要があります」

僕は思わず身を乗り出す。声を上げそうになったが必死に堪えた。

そうか！　だから来栖さんは、あんなに雪が積もっているのを見てからトリックを思いついたのかと念押ししていたのか！

事件当夜雪が降る可能性を考慮して、事前にこっそりと合い鍵を作っていた、という言い逃れをあらかじめ封じるために。

ここへ来てようやく、自身の主張の致命的な矛盾に気づいたように、悠里さんは初めて顔をしかめた。

「斯様に、常識的にはどう考えても不可能な状況であるにもかかわらず、悠里さんは見事に施錠をして錠を錆びさせています。いったいどうすればそのような奇跡が可能となるのか。答えは初めから私たちの目の前にありました。つまり——悠里さんは、裏口を内側から施錠した後、〈時空旅行者〉の魔法を用いて工房の外へ転移し、鍵穴にオキシドールを注入したのです！」

滅茶苦茶だ——！

まったく酷い暴論だが、しかし悠里さんの主張が事実であるとするならば、論理的に考えてそう解釈するほかない。

さすがに言葉をなくす悠里さんと悠希さん。この展開は想定外だったことだろう。

来栖さんは長広舌の渇きを癒やすようにお茶を飲んだ。

「——以上が、悠里さんたちの主張に対する私なりの反論になります。反対意見や注釈などございましたら、いくらでもどうぞ」

つい先ほどまで、悠里さんたちが圧倒的に有利であったにもかかわらず、来栖さんはものの数分でそれをひっくり返し、空気を変えてしまった。

それも麻鈴さんの思い出を守るために、魔法が実在する可能性を残した形で——。

わずかな沈黙ののち、悠里さんと悠希さんは同時にため息を吐いた。

「……ままならないものね」

悠里さんはどこか悲しげにそう呟いてから、慈愛に満ちた瞳で麻鈴さんを見た。

「火乃姉様から、麻鈴が過去に囚われて苦しんでいると聞いて……私たちの秘密を明らかにしたら、さすがに過去の呪縛から解放されると思ったのだけど……」

「悠里姉様……！」麻鈴さんは目元を潤ませた。「姉様たちも、私のために……？」

「ええ。少し形は違ったけれども……目的は同じ。大切な可愛い妹を助けたかったの。あなたが前を向いて歩けるように、多少厳しくても背中を押してあげたかった」

悠希さんは悔しげに答えた。

「あの、せっかくの機会なのでいくつか質問をよろしいですか？」

そこで来栖さんは控えめに挙手をして質問する。

「悠里さんと悠希さんが、ほかの弟子たちに内緒で光琳氏のおうちで一緒に暮らしていたのは一つの事実でしょう。しかし、火事の際にはどちらか片方しか家にいなかったことになっています。そのときはどうなっていたのですか？」

「実はあのとき……私は離れたホテルにいたの」悠希さんは過去を思い出すように目を細めた。「ちょうど私だけがインフルエンザに罹ってしまって……。症状は大したことなかったんだけど、悠里やほかの姉妹たちにうつしたら大変だからって、隔離療養していたの」

「つまり、偶然光琳氏の家を離れていたため、火事に遭遇せずに済んだと？」

「ええ……。だから火事の知らせを聞いたときは……本当に驚いた。そしてすぐ師匠の死を知らされて……この先どうすればいいかわからなくなった。幸い、みんな無事だったからそれだけは救いだったけど……野木さんは何故か私と悠里の秘密を知っていたみたいで、事件後すぐに別人の戸籍を用意して私を施設から放逐したの。あの人、人買いみたいなことをしてたから、きっと戸籍くらい簡単に用意できたんでしょうね。ありがたいことに、私は売られたりすることなく、その後平凡な人生を送らせてもらえたけど……やっぱり野木さんは嫌い」

　最後は唾棄するように言う。その複雑な心境は、僕などには想像することも叶わない。

　なるほど、と来栖さんは納得を示す。

「では、先ほどの麻鈴さんを助けたかった、という部分について、もう少し詳しく伺ってもよろしいですか？」

「言葉どおりだよ」今度は悠里さんが答える。「麻鈴は過去に囚われてしまっている。事件はもう、とっくの昔に終わっているのに……」

「終わっている、というのは、やはり安東氏が犯人ということですか？」

「それはそうでしょう。安東さんのあのときの行動は怪しすぎる。実際、その後に姿を晦ませているし警察も指名手配しているわけだから、犯人に違いないよ。少なくとも……私たち師匠の弟子の中に犯人がいるという幻想よりは、現実的で信憑性が高い」

　悠里さんの言うことももっともだ。

とにかく現状最大の問題は、麻鈴さんが魔法の存在を信じている、否、信じたがっているために、安東氏犯人説を認められず、その結果魔法使いである姉弟子たちの中に犯人がいる、と考えてしまっていることにある。

ところが今や、姉弟子たちの中に犯人がいない公算が高まってきた。仮に樽と剣の射出装置を用いて、雪が降り出すまえに殺害したのだとしても、その後の射出装置の回収や諸々(もろもろ)の偽装工作をほかの姉弟子たちに気づかれないほどの短時間に行うことは難しいだろう。アルトさんは、事件当夜麻鈴さんの不在に気づいたのは六時少しまえくらいだったと言っていた。その頃には雪が降り出していたはずなので、工房の入り口に足跡を付けずに中へ入ることはもう不可能だ。

ならば、論理的に考えて犯行はそれよりも以前に行われていなければおかしいことになるが……少なくとも麻鈴さん以外は、その時間帯はみんなでパーティの準備をしていたというアリバイがある。手洗いなどで数分人目を外れることはあっても、工房まで行って光琳氏を殺害できるほどの長時間、誰にも気づかれずに姿を消すことは不可能だっただろう。

安東氏の協力を得れば、もしかしたら可能だったかもしれないが……今のところ動機などを考慮するとそこまで邪推するメリットがない。

弟子たちが皆、光琳氏を敬愛していたのは、もはや一つの事実だろう。そして同様に皆、姉妹たちのこともそれぞれ大切に思っていた……。

最強の魔法使いであった光琳氏が、何故一般人の安東氏に殺されてしまったのか、という謎（あくまでも麻鈴さんにとっての謎という意味）は残るものの、落とし所としてはこのあたりが最も誰も傷つかず平和なはずだ。

「アルト姉様たちが、麻鈴の手記を奪おうとしていたのも、きっと同じ理由。早く過去から解放されてほしかったからだと思うよ」

悠里さんは、愛おしげに妹弟子を見つめながら言った。

「麻鈴の手記は、ある意味において過去の象徴のようなものだから」

自らが、師匠殺しの犯人であるという誹りを受けてでも麻鈴さんから〈グリモワール〉を奪い、さらには魔法を否定することで手記の効力自体を無効化し、麻鈴さんを忌まわしい過去から解放しようとした……ということか。

確かに手記が存在しなければ、そもそも僕らもこの一件に首を突っ込んでいないわけで、そういう意味では麻鈴さんから〈グリモワール〉を奪おうとするのは理に適っている。

〈グリモワール〉の価値が、過去と今ですっかり反転してしまった。

麻鈴さんは、悲しげにテーブルの一点を見つめながら呟く。

「私は……どうすればいいのかまだわかりません……。過去に囚われていると言われたら、そうなのだと思います。でも私は……師匠と、姉様たちと過ごした、あの魔法世界での数ヵ月を忘れることなどできません……。それほどまでに……あの輝かしい日々は、私にとっての宝物なのです……。師匠の死という最悪の結末を迎えてしまったけれども……

それでも、私にはあの思い出が必要なのです……。すべてが私の妄想だったとしても、手放すなんて……できません……」

分厚い眼鏡の奥の瞳から、涙が零れた。

隣に座るアルトさんが、優しく妹の肩を抱き締めた。

「無理に手放す必要はないよ。でも、私たちへの疑いが晴れたなら、これからは麻鈴に寄り添っていられるから……。一緒に、少しずつ前へ向かって歩いて行こうよ」

「――はい」

麻鈴さんは、涙声で呟いて小さく頷いた。

とりあえず――これでひとまずは、一件落着というところだろうか。

姉弟子たちの中に犯人がいないのであれば、麻鈴さんの目的である仇討ちはほとんど意味をなくす。あとは麻鈴さんがどの程度現実との折り合いを付けるかというところだが……これぱかりは僕らの出る幕ではない。

来栖さんだって、この状況からさらに事件を深掘りしようとはしないはず――。

ところが、そんな僕の期待を裏切るように来栖さんは、

「……最後に、もう一つだけ聞かせてください。麻鈴さんの手記によると、光琳氏のお宅には柱時計以外の時計が存在しなかったそうですが……これは事実なのでしょうか……?」

と、どこか必死な様子で尋ねた。時計の有無など今さら確認したところで何の意味があ

るのか。悠里さんは不思議そうに首を傾げて答える。

「うん、事実だよ。私たちは、目覚まし時計の一つも持ってなかったけど……師匠の家にいる限りは、詳細な時間を知る必要もなかったから特に不都合もなかったよ。ほかにもテレビやラジオみたいな外界の情報がノイズになるようなものもなかったし、すごく静かで居心地がよかったな。まあ、カレンダーさえなかったのは少し不便といえば不便だったかな」

麻鈴さんは、住んでいるところを魔法世界だと思っていたのだから、その手の現実性を惹起(じゃっき)するものが置いていなかったというのは概(おおむ)ね想像どおりと言えるけれども……。

疑問に思って来栖さんを見ると、彼女は苦しげに顔を歪めていた。

やはり……僕らが気づいていない事件の真相に気づいているのか。気になって声を掛けてみようと思ったまさにそのとき——。

バルバルバル、というヘリコプタのエンジン音が近づいてくることに気づいた。

4

今どきヘリコプタのエンジン音など珍しいものでもないので、最初は無視していたけれども、どんどんそれが大きくなってやがて会話をするのも困難なほどの爆音をすぐ側で発せられたら、さすがに気にしないわけにいかない。

僕は窓の外を確認するため、日差し避けに閉めていたカーテンを開く。

その先に広がっていた光景を見た瞬間、先ほど悠里さんと瓜二つの人物が現れたときを遥かに凌ぐ、驚きと拒絶反応が全身を駆け巡る。

窓の外には――上部から垂れ下がる縄梯子に掴まった誰かの姿があった。

上品な白いノースリーブワンピースに身を包んだ長身の女性。縄梯子に掴まっているのと反対の手で、吹き荒れる風で飛ばないようにつば広の麦わら帽子を押さえている。目元には『西部警察』みたいな金縁のレイバン。そして首からはカラフルな南国的な花飾りをぶら下げている。

どう贔屓目に見ても縄梯子に掴まって宙吊りにされている人間がすべき恰好ではなかったが、とうの本人はまるで気にした様子もなくまさに威風堂々としている。

やがて女性は、一切の躊躇なく縄梯子から手を離して宙を舞うと、部室のベランダに降り立った。

「アローハ！」

ヘリコプタの轟音を掻き消すほどの大音声で、女性は叫んだ。

誰もが呆気にとられて、言葉をなくす中、その女性はさながら遠征から帰還した王のような堂々とした所作で部室の中へ足を踏み入れた。

すぐさまヘリコプタは飛び去って行き、ようやくまともに会話ができるようになると、女性は片手を上げて改めて告げた。

「アローハ！」

「……あの、五月蠅いんで静かにしてもらえませんか」

僕は、辟易しながら声を掛けた。

今さら改めて確認する必要性が微塵も感じられないけれども――ご存じ東雲大学が誇る名探偵、金剛寺煌。堂々すぎる帰還だった。

生まれながらの王である煌さんには、下々の者のクレームなど決して届かない。

「久方ぶりに見てもしけた顔だな、助手！　つめちゃを持て！」

傲岸不遜とはまさにこの人のために存在する言葉だ。僕の不平など初めから存在していなかったように、煌さんはずかずかと部室を突き進み、いつもの指定席である一人掛けソファにドカリと腰を落とした。

仕方がないので僕は急いで冷蔵庫から麦茶を取り出して煌さんの元へ運んだ。なお『つめちゃ』とは『冷たい麦茶』の略である。

麦わら帽子をフリスビーの要領で脇へ放った煌さんは、麦茶を一気飲みすると豪快に腕で口元を拭った。いつもは白いばかりの玉の肌も、南国バカンスの影響か今はこんがりと健康的な小麦色に変わっている。今どき珍しいほどの夏満喫ウーマンだった。

ちなみに『助手』というのは僕のあだ名だ。金剛寺煌という王は、自分の所有物だと認識している人間を珍妙なあだ名で呼ぶ癖がある。僕は『助手』、雲雀は『うんじゃく』という具合だ。

煌さんは大門サングラスを外すと、テンプルを豊満な胸元に引っかけてから、そこでようやく状況が飲み込めず目を白黒させている室内の面々に視線を向けた。

「初めまして、魔法使いの皆さま。私は金剛寺煌。〈東雲の名探偵〉です」

身体の芯まで響くとてもいい声が室内に満ちる。手始めに名乗っただけで、この場の空気を完全に掌握してしまう。これが天性の王、金剛寺煌の神髄である。

「優秀な部下から事件の詳細な報告を聞き、私は聖川光琳氏が殺害された事件の真相に至りました。もしよろしければ、この場でそれを披露させていただこうかと思うのですが……いかがでしょう？」

「ちょ、ちょっと！」僕は慌てて煌さんの暴走を止める。「いきなり現れて何を言っているんですか！　せっかくいい感じに話がまとまってたところだったのに！」

「お茶を濁すような結末が望みなのであれば、それでもいいだろう。だが私は、たとえ苦い結末であったとしても、真実を望む者にはそれを与える。真実とは、いつだって残酷で醜悪で、そして誰に対しても平等なものだ。だから私は、一切の遠慮も躊躇も忖度もなく、求められればただ真実を差し伸べる。それが私の〈高貴さは義務を強制する〉なのだ」

朗々と言い放つと、部室に沈黙が広がった。

皆――煌さんの言葉に圧倒されているのだろう。

この場の支配者たる煌さんは、ふむと改めて室内を見回す。

「あなたが、聖川麻鈴さんですね?」

「は、はい……!　その、初めまして……」

しどろもどろになりながらも、麻鈴さんは応じる。

「あの……事件の真相に至った、というのは、本当なのですか……?」

「もちろんです。私は生まれてこの方、嘘を吐いたことがありません」

キメ顔で大嘘を吐いてから、煌さんは平然と続ける。

「しかし、あなたがそれを望まないというのなら、私はこの真相を胸の中に仕舞ってさっさと帰ります。あなたの人生はあなたのものです。真実から目を逸らし、幸せな記憶に耽溺するのも自由です。ですが、もしも真実に目を向ける覚悟があるのなら、私は誠心誠意全力をもって、あなたに事件の真相をお伝えします」

いつもは不真面目極まりないくせに、たまにこうして正論を吐くので始末が悪い。

これが、来栖さんと煌さんの決定的な違いだ。

来栖さんが、誰かを不幸にする名探偵という存在を否定しているのに対して、煌さんは、どれだけ過酷で不幸な真実であっても、すべてを詳らかにすることこそが名探偵の義務であると考えている。

理想と現実。

どちらの信条も決して間違っているわけではないが……。

ただ、少なくとも今の煌さんは絶対に止めたほうがいい気がする。

彼女はこれから『白ひげ殺人事件』における平和的着地点を、ぺんぺん草一つ残らない焼け野原にするつもりなのだ。

来栖さんが導き出した幻想の解を——現実という刃で切り裂こうとしている。

その果てに導き出される悲惨な結末が容易に想像できるからこそ、それは今このタイミングで行うべきではない気がしてならない。仮にすべての真相を伝えるのだとしてもこんな嵐のように乱暴な方法ではなく、もう少し様子を窺いながら、ゆっくりと時間を掛けて行うべきだ。

僕の中の常識的な思考はそう判断するが、同時に僕の中の論理的な思考は、煌さんの言うことにも一理あると思ってしまう。

僕らが最初に麻鈴さんから受けた依頼は、姉弟子の主張の真偽判断だが、その根底にあったのは真相を知りたい、という願いだったはずだ。

勝手に僕らが表面的な拡大解釈をして、不幸にならないだけの曖昧な結論を押しつけたところで、本当の意味で彼女が救われるわけではない。

そこで僕は、ふと伊勢崎の言葉を思い出す。

——傷つけることを恐れていたら何も始まらない。

案外、それは真理なのかもしれない。

選択を迫られた麻鈴さんは、しばし黙り込む。

一分ほど経過したところで、不安げに瞳を揺らしながらも煌さんを見つめて答えた。

「……真相を教えてください。私はもう……前に進まなければならないんです」

「──委細承知いたしました」

煌さんは一度立ち上がると、恭しく頭を下げる。

これから、〈東雲の名探偵〉による解決編が始まってしまうのか。

来栖さんは何か言いたげながら、しかし麻鈴さんの決意を前に口を噤んでしまった。

麻鈴さんがそれを望んでいる以上、僕らはただ見ていることしかできない。

煌さんは改めて座り直し、長い足を組んでから語り始めた。

「──いちばんたいせつなものは、目に見えない。極言してしまえば、『星の王子さま』から引用されたこの聖川光琳氏の教えが、不可解な事件を生み出す原因となりました」

普段の横柄な口調とは異なる外向けの慇懃な言葉遣い。まるで舞台俳優のように身振りを大きく、煌さんは続ける。

「さて、今から十年まえに起こり、マスコミでも盛んに報道された『白ひげ殺人事件』──これより私の推理を披露させていただきますが、もしも事件を直接経験された皆さまの記憶と異なる部分がございましたら、遠慮なくご指摘いただけましたら幸いです。──それでは早速、魔法という名の幻想をここに終結させましょう」

物々しい導入に、僕は思わず唾を飲み込んだ。来栖さんも心配そうな顔で煌さんをジッと見つめている。

「しかし……実を言いますと、皆さまもうすでに真相の九割は手中に収めているのです。

たった今行われた悠里さんによる告白……。その内容はほとんど真実を表していたのです」

「……ちょっと待ってください。どうして今来たばかりの煌さんが悠里さんの告白内容を知ってるんですか」

早速僕は突っ込むが、煌さんは素知らぬ顔で答える。

「優秀な部下の報告のおかげ、とだけ言っておこう」

さらりと躱されたが、たぶん部室のどこかに盗聴器でも仕掛けていて、ずっと僕らの会話を聞いていたに違いない。そういえば、この人は目的のためならば一切手段を選ばないのだった……。

幸いなことに麻鈴さんたちは、煌さんの雑な言い訳を素直に受け入れたようで、特に疑問を抱いていない様子で話を進める。

「しかし悠里姉様の告白も、来栖さんによって否定されていますが……？」恐る恐る尋ねる麻鈴さん。

「確かにいったんは来栖くんによって否定されました。しかし、それはあくまでも悠里さんたちには実行不可能だったことを示しただけであり、トリック自体はほかの人であれば十分に実行可能だったのです。そしてそれが可能だったのは、光琳氏の弟子たちの中に、たった一人しかいない」

煌さんはゆっくりと、光琳氏の弟子である五人の魔法使いたちを見やる。

何故だか、とても嫌な予感がした。

そのとき、シャツの裾がテーブルの下から引かれる気配がした。視線を下げると、来栖さんが恐怖に耐えるように僕の服を摘んでいるのが見えた。

来栖さんが、怯えている……？

やはり煌さんがこれから言おうとしている真相がわかっているのだろうか。

嫌な予感がどんどんと膨らんでいく。

「ひとまずは、実際に使われたトリックについておさらいしていきましょうか。第一に、光琳氏が魔法使いではなく、ただの奇術師であったのは、純然たる一つの事実です。奇術師であることが魔法使いであることを否定するわけではない、という主張は確かに論理的に言えば正しいですが、残念ながらただの詭弁にすぎません。皆さんだって、本当はわかっているのでしょう？　魔法などというものは、初めから我々の住むこの世界に存在していないのだと」

厳しく冷たく、煌さんは現実を突きつける。

麻鈴さんだけでなく、アルトさんたちまでビクリと肩を震わせた。

「ですが……私は、魔法世界で何度も魔法をこの目で見ています……！」

声を震わせて麻鈴さんは、反論を試みるが——。

「残念ながら麻鈴さん。魔法なんて都合のいい力は、どこにも存在しないのです。あなたは、幼少期の過酷な体験から逃避したいあまりに、ご自身の記憶の一部を想像で補完してしまっているのです。つまり――あなたの記憶のほとんどは、妄想にすぎません」

麻鈴さんは、つらそうに顔を歪める。

それは、昨夜彼女自身が言っていたことにほかならないが、改めて他人から指摘されるのは……身体の内側からナイフで抉られるようにつらいはず。何より大切にしていた思い出を客観的に否定されて……平常を保っていられるはずがない。

しかし煌さんは、麻鈴さんの反応にもまったく動じることなく続ける。

「あなたが想像で記憶を補完してしまったことには、いくつかの要因がありました。その理由の一つが……魔法世界の設定です」

設定――魔法世界が白鳥の形をしているとか、煉瓦造りの魔法学校があるとか、そういった話だろうか。

「光琳氏を含め、姉弟子たちは魔法世界の設定を徹底的に作り込みました。そしてそれをことあるごとに麻鈴さんに語り聞かせることによって、サブリミナル効果的に刷り込み、信じ込ませていたのです」

煌さんは、意味深な流し目をアルトさんたちへ向ける。魔法使いたちは、気まずげに目を逸らした。そのさり気ない仕草が、どうしようもなく煌さんの言葉が真実であることを示していた。

激しいショックを受けたように、麻鈴さんは力なく項垂れる。

「でも……どうしてそんな……」

「それは麻鈴さん、あなたを助けるためです」

東雲の名探偵は、ゆっくりと、語り聞かせるように言葉を紡ぐ。

「あなたは、『聖心園』へやって来た時点で、酷く心を消耗してしまっていた。幼い頃の両親との死別、そしてそれ以来の長きにわたる絶望の日々……。十歳にしてあなたは、生きる意味を喪失していました。それを示すように〈グリモワール〉の中には、『早くパパとママのところへ行きたい』と記されていた」

パパとママのところ——すなわち天国。

麻鈴さんは幼くして死への渇望を持っていた。

おそらくそれは、紛れもない事実だろう。生に絶望するには十分すぎるほどの経験を、すでに彼女は積んでいたのだから。

「そして当時のあなたの歪んでしまった死生観を正常範囲に矯正するためには、あなたの中の世界観を一新させてリセットする必要がありました。そのために、厳しく残酷な現実世界とは異なるもう一つの世界、優しく慈悲のある魔法世界が必要だったのです」

「まさか魔法世界の設定は、ある種の治療目的だったんですか……！」

驚きに目を剝く僕に、煌さんは小さく頷いた。

「そのとおり。光琳氏が麻鈴さんを自宅に引き取り、外界と隔絶した生活を送らせたのは、すべて麻鈴さんに生きる希望を与えるためだったのです。姉弟子たちはその治療行為に協力していた。いや、ひょっとしたら姉弟子たちも、同じように現実世界で絶望し、魔法世界によって救済されていたのかもしれません」

つまり光琳氏の自宅は、特に心に大きな傷を負った子どもたちを守るための、治療施設だったということか。

麻鈴さんは不安げな視線を姉弟子たちに送る。逡巡を見せながらもうらみさんは言った。

「ち、違うの……。麻鈴……私たちは……あなたを騙していたわけでは……」

その瞳は悲しげに潤んでいる。尋常ならざる様子は、やはり煌さんの言葉をどうしようもなく肯定してしまっていた。

「そうです。うらみさんたちは、麻鈴さんのために魔法世界を演出していたのです。幸いにしてこの魔法世界療法とも言うべき治療は奏功し、麻鈴さんは生きる希望を取り戻していきました。しかしそんな中、予想もしていなかった問題が発生してしまったのです。それが——光琳氏の死です」

ビクリと、麻鈴さんは肩を震わせる。

「しかも最悪なことに、麻鈴さんは目の前で光琳氏の死を目撃してしまいました。その凄絶な様は、幼少期のトラウマであった両親の死を想起させたことでしょう。それによって、彼女は強制的に現実へ引き戻されてしまった。魔法が——解けてしまったのです」

偶然のいたずらによって、麻鈴さんの治療が中断してしまった。それも、最悪の形で。

「ところが……なまじ治療が奏功していたことが逆に仇となった。魔法世界療法が途中で終わったために、麻鈴さんは再び現実を拒絶するようになってしまったのです。それだけでなく、楽しかった魔法世界での記憶を、想像によって補完することで、過酷な現実から身を守る術を覚えてしまった。言い換えるならば、心の中に絶対的な拠り所たる〈聖域〉を作ることで——かろうじて生きる希望を失わないで済んだのです」

生きるためにやむを得ず、無意識に記憶を想像で補完していたのか……。それならば、あの夢見がちな手記にも納得が行く。

麻鈴さんは反論もできず、身を縮こませている。アルトさんは、そんな妹の肩を優しく抱く。

この時点ですでに、取り返しが付かないくらい麻鈴さんの思い出は破壊されてしまった。それも事件の真相などとは完全に無関係の部分で……。本当にこんな結末を麻鈴さんは望んでいたのだろうか。青ざめた顔で小刻みに震えている魔法使いの姿は、とてもそんなふうに見えない。

もう真相なんてどうでもいい。今すぐにこの解決編を終了させたほうがよいのではないかとさえ思うが……隣の来栖さんが、僕のシャツを摑んだままジッと耐えている以上、余計なことはすべきではないと思い直して諦める。

麻鈴さんが真実と向き合う覚悟を決めたのであれば……その結果がどうなろうと、無関係の第三者である僕はそれを見届けることしかできない。

煌さんは、新たに自分で注いだ冷たい麦茶で口を潤してから、再び語り始めた。

「では、続けて話を殺人事件へ移しましょうか。と言っても、そう難しいことはありません。魔法が存在しないのであれば畢竟、光琳氏は悠里さんのお話にもあったように、樽と剣の射出装置による奇術的手法で殺害されたと考えるのが自然です。麻鈴さんがその光景を目撃した以上、この条件はほぼ確実と言えるでしょう」

「……そもそも麻鈴さんが目撃したものが、ただの想像や夢であった可能性はないんですか？」

　何となく煌さんの思いどおりに話を進めたくなかったので、無意味に思いつつも僕は疑問を投げ掛ける。

「現場の樽には、麻鈴さんの指紋が残されていた。彼女がそのとき初めて樽を見た以上、犯行を目撃した際に指紋が付着したと考えるしかなく、それは彼女が犯行の瞬間を目撃したのが事実であったことの証左と捉えるべきだろう」

　いとも容易く、僕の疑問は一蹴される。そうか……樽に指紋が残されている以上、事件の起こったあの晩、麻鈴さんが工房へ足を踏み入れたことは紛れもない事実になるのか……。

　つまり、彼女が見たものもまた、現実の光景だったと考えるしかない。そうなるとやはり、悠里さんの奇術的手法による殺害という仮説を採用せざるを得なくなる。

「最大の問題は、いったい誰ならば剣の射出装置を起動できたのか、ということです。十年も昔に起こった事件ですから、今さら証拠などは残っていません。ここからはあくまでも、状況から判断される推論を重ねていくことになるので、あらかじめご了承ください。何か気になることがあれば、今のようにいつでも質問してください」

いよいよ煌さんの推理は核心に迫っていく。僕は自ずと身体に力が入るのを感じた。

「まず可能性として消さなければならないのは、光琳氏の自殺という線です。機械による自動殺人ならば真っ先に考慮されるべきは自殺ですが、今回に限っては検討する必要がないでしょう。何故ならば、後処理に恐るべき手間が掛かるからです。切断された頭部、剣の射出装置の運び出し、余計な血痕の拭き取りなどなど……さらには気を失った麻鈴さんを自宅まで連れ帰る必要もあります。仮に後の処理をすべて安東氏に一任していたとしても、これだけやることが多すぎたら計画が失敗する可能性のほうが高くなってしまいますから、ますます完全犯罪を演出する必要性がなくなります。状況から考えると、あまり現実的とは言いがたいのでひとまず自殺説は棄却しておきましょう」

光琳氏の自殺は、心理的にも状況的にも現実的ではない。

「続けて気になるのが、安東氏の単独犯説です。安東氏は現在、警察によって公式に容疑者とされているわけですが……。彼が光琳氏の殺害を一人で目論んでいたとするのは、少々無理があるように思います。第一、動機が思い当たりません。安東氏はよく野木氏に叱責されていたそうですから、どちらかと言えば彼が殺すべきは光琳氏ではなく野木氏でしょう。ほかにも何故わざわざ野木氏に鉄壁のアリバイがある二十四日に実行したのか。何故弟子たち何故事後に剣の射出装置を現場から持ち去るなどの偽装工作を行ったのか。何故弟子たちに睡眠薬入りのお菓子を持って行ったのか……いずれも一筋縄ではいかない問題に突き当たります。よって彼を単独犯とする説も、いったん棄却しておきましょう」

一つずつ丁寧に、煌さんは事件を紐解(ひもと)いていく。でも、その先には決定的な破滅が待っている気がして、僕は落ち着かない。

「では、野木氏が真犯人という可能性はどうでしょうか。野木氏には二十四日に鉄壁のアリバイがあるため、彼が犯人だとしたら、これは嘱託(しょくたく)殺人ということになります。この場合、もちろん実行犯は安東氏ということになりますが……それでもやはり、先ほどの安東氏単独犯説で上がったいくつかの疑問点を解決できません。本来、奇術的手法により光琳氏を殺害したのであれば、用いた剣の射出装置などは、現場に残しておかなければならないのです。おまけに、頭部を持ち去るなどの偽装工作も明らかに不要です。何故なら、すべてを残しておけば、練習中の不幸な事故死として処理される可能性が極めて高いのですから。光琳氏が名の知れたマジッククリエイターである以上、当然警察もその結論に飛びついていたはず。つまり、犯人の施したあらゆる偽装工作は、無意味どころか一見マイナスの効果しかないのです。しかし、そのような自明の事実を無視して、現実に偽装工作は行われました。このことから、少なくとも犯人は事故死として処理されることを恐れた可能性があるとわかります。野木氏も安東氏も、仮に光琳氏に殺意を覚えていたとして、彼が事故死で困る理由がありませんから、両者とも犯人である可能性は低いでしょう」

今回の事件の関係者はそれほど多くない。

これで残された容疑者は——光琳氏の弟子の六名の魔法使い。

多すぎる、魔法使いたち。

そのとき、突然アルトさんが立ち上がった。

「あの……麻鈴、もう、やめましょう……。これ以上は、何にも、ならないわ……」

アルトさんの顔色は酷く悪い。うらみさんや悠里さんたちも落ち着かない様子だ。

何か、知っているのだろうか。

「……姉様」

麻鈴さんも迷子の子どものような言いようのない不安に満ちた顔で姉弟子を見る。

せっかく先ほどは、いい感じにまとまりそうだったのに……この堪らない恐怖感は何なのだろうか。謎を解くことに、真相を知ることに、どれほどの価値があるというのか。

いつだったか来栖さんは、名探偵とは人々が望むと望まざるとにかかわらず事件を解決してしまう機能を神様から与えられたある種のプログラムだ、と言っていた。

聞いたときはそういうものか、と話半分に聞き流していたけれども、今その意味を目の当たりにして、僕はどうしようもない無力感に苛まれている。

元々今回の一件に僕など何の役にも立てていないけれども……ただ状況を見守ることしかできない自分には嫌気が差す。

「では、残る関係者である六名の魔法使いのうち、いったい誰ならば光琳氏を殺害できたのでしょうか。アリバイの面からそちらを特定することは困難ですので、少々イレギュラーながら今回は動機の面から探っていきましょうか。といっても、六人の弟子たちの誰もが光琳氏を敬愛していたことはここ数日で来栖くんが証明したとおり、おそらく純然たる事実なのでしょう。にもかかわらず、光琳氏は死亡した……。何故か。考えられる理由は一つしかありません」

名探偵は、冷え切った空気を一掃するように告げた。

「つまり光琳氏の死は、怨恨などによる殺人ではなく——ただの事故だったのです」

「事故死……ですか？」麻鈴さんは不思議そうに首を傾げる。「ですが、安東さんの行動や、現場の偽装工作などは、それを否定しているような……」

「逆なんですよ」

あくまでも穏やかに、煌さんは言った。

「すべては事故死を隠すための偽装工作だったのです」

え、と麻鈴さんは息を呑む。

それは、これまでのあらゆる状況証拠を覆す主張だった。

「剣の射出装置が現場に残されていたら、まず間違いなく事故死を疑われてしまう。だから持ち去られた。遺体の頭部が存在しなければ、間違いなく他殺になる。だから持ち去られた。斯様にこの一見不可解な事件は、その実とてもシンプルな結論に収束するのです」

誰も何も言えなかった。その結論が、あまりにも自明すぎて——。

そして、その果てにある絶望の真実にも、ぼんやりと輪郭が見え始める。

「問題は、そもそも何故そんなことをする必要があったのかということです。事故死を隠すことに、誰がどのようなメリットを持ったのか。事件当夜工房に訪れた人物の誰が、射出装置のスイッチを押せたのか。そして何故――麻鈴さんの〈グリモワール〉は狙われたのか。諸々を考慮すると、とある恐るべき真相が浮かび上がってきます」

「待って！」

煌さんの言葉を遮るように、悠里さんがテーブルに手を突いて立ち上がる。

悠里さんは自分の行動に驚いたように一瞬の逡巡を示すが、すぐに悲壮な顔で煌さんを見つめて言った。

「……お願い。それ以上はもう……許して……」

「許す？　何を言っているんです？」煌さんはどこか冷たく言い放つ。「私は誰も糾弾するつもりはありません。ただ真実を求める人がいる――それに答えるのが私の使命です」

重々しい言葉に、悠里さんは黙り込む。真実を求める人……つまり、麻鈴さんが止めない以上、名探偵である煌さんは止まらないだろう。

――〈高貴さは義務を強制する〉。それが金剛寺煌唯一の行動原理だから。

それに……すでに疑惑の種は蒔かれてしまっている。姉弟子たちがここまで思わせぶりな態度を取っているのに、今さら麻鈴さんだけが何も知らずにいられるはずもない。

「それでは、結論を述べましょう」

名探偵は、判決を下す裁定者のような厳かな口調で言った。

「射出装置のスイッチを押し、聖川光琳氏を死に至らしめた者……その正体は聖川麻鈴さん、あなたです」

それは、すべてを終わらせる最悪の結末――。

「……え？」

麻鈴さんはあまりにも純粋な疑問の声を発した。

それはそうだろう。突然そんなことを言われたところで、身に覚えなどないだろうから。

麻鈴さんの理解だけを置いて、煌さんは容赦なく事件を解体していく。

「そう考えれば、すべてがすんなりと納得できます。麻鈴さんは何かの拍子に、偶然射出装置のスイッチを押してしまった。そして間の悪いことにそのとき樽の中には光琳氏がおり、結果、光琳氏は八本の剣で串刺しにされて死亡してしまった。そんな不幸な事故を隠蔽するために、この不可能犯罪は演出されたのです」

重苦しい空気が立ち込める。まるで部屋の酸素が薄くなってしまったように息苦しくて、僕は浅い呼吸を繰り返す。

「そんな……信じられません……」

やっとの思いで、麻鈴さんが呟いた。

「私が師匠を殺したなんて……あり得ません……」

「確かにあなたには、光琳氏を殺害する意図など微塵もなかったことでしょう。しかし、結果的に光琳氏は死亡してしまったのです。あらゆる状況証拠が、それを示しています。わかりやすいところで言えば……姉弟子たちの反応とか」

煌さんはアルトさんたちに流し目を向ける。姉弟子は、名探偵からの追及を逃れようと一斉に視線を逸らす。

「姉様……嘘……ですよね……？」

放心したように尋ねる麻鈴さん。しかし、姉弟子たちは何も答えなかった。

代わりに口を開いたのは、今この場を弁舌で支配する名探偵だった。

「アルトさんたちを責めないであげてください。彼女たちは、別にこの事実を初めから知っていたわけではないのです。おそらく事件の捜査が終了した後、その奇妙な状況から自力で真相へと辿り着いて、その結果麻鈴さんを守るために口を噤んでいただけなのですから」

姉弟子たちはつらそうに唇を噛んで俯いている。その様は、煌さんの言葉が事実であることを如実に示してしまっていた。

「それでは、いったい事件当夜に何が起こったのか、改めて説明していきましょうか。多分に私の想像が含まれてはいますが、そこはご容赦ください。疑問があればまたいつでも」

名探偵らしい落ち着いた口調で、煌さんは語り始めた。

「麻鈴さんが工房の中に隠れてしばらく経った頃、出先から戻った光琳氏は、安東氏とともに工房へ向かいました。本来であればこの日は、野木氏も同行する予定だったようですが、彼は投資家の会合に出席していたため光琳氏の自宅には現れませんでした。おそらく、光琳氏との約束を先にしており、それを忘れてその後に決まった投資家の会合のほうに出席してしまったのでしょう。野木氏は『聖心園』の経営に興味がなかったようですから、光琳氏との約束を忘れてしまっていても不思議はありません。ただ、さすがにばつが悪かったのか、埋め合わせとして代わりに安東氏を向かわせたのでしょう。急病で休暇を取っていた、という後の野木氏の証言は咄嗟に出た嘘なのだと思います」

すっかり失念していたが、元々クリスマスパーティの日には野木氏が現れる予定だったとアルトさんたちが言っていた。代わりに安東さんが現れて驚いた、とも。

「このありふれた予定の行き違いが、最終的に大きな悲劇に繋がるわけですが……そのあたりの説明は後ほどにしまして、今は光琳氏と安東氏の行動の続きを語りましょう」

結論が大変気掛かりではあったが、とにかく今は大人しく煌さんの言葉に耳を傾ける。

「彼らが真っ先に自宅ではなく工房へ向かったのは、催しのためでしょう。光琳氏はこのクリスマスパーティの日、弟子たちに最高のプレゼントをする予定でした。それが——樽と剣による奇跡の脱出イリュージョンだったのです」

あの樽と剣は、弟子たちに見せるためのものだったのか！

「元マジシャンであった光琳氏であれば、奇術道具の作成だけでなく、その実演も容易(たやす)いことでしょう。安東氏が一緒だったのは、アシスタントが必要だったからです。樽に入り、速やかに脱出しなければならなかった光琳氏には、剣の射出装置を起動させるまでの余裕がなかったのだと思います。樽が脱出イリュージョン用に作られていたことは、二重底になっていた点からも明らかです。つまり彼らは、公演まえの段取りチェックのために工房へ立ち寄っていたのです。そして不幸な偶然が重なり、光琳氏が樽の中へ入った瞬間、予期せず射出装置が起動してしまった」

「……そう考えた、根拠はあるのでしょうか？」

これまで口を噤んで状況を見守っていた来栖さんが不意に尋ねた。

あくまでも状況証拠でしかないが――、と煌さんは答える。

「麻鈴さんは手記の中で、『樽に向かって左右から何かが飛んできた』と記している。この脱出イリュージョンが舞台装置である以上、当然剣の射出装置は壇の上手と下手に置かれていたはずだから、この記述自体は正しい。だが、実際に剣が『左右から』飛んできて見えるためには、樽の真正面にいる必要がある。おまけに、工房へ入ってきた光琳氏らに気づかれない場所でなければならない。工房は荷物で溢れていたようだが、そんな場所はそれほど多くもない。おそらく麻鈴さんは壇のすぐ前、樽の真正面に隠れていたのだ。これはその後、切断された光琳氏の頭部が『目の前に』降ってきたことからも明らかだろう。この場所以外で、そんなものを見られるところはないからな。しかし、このような都合よく諸々の条件が整った場所があるものだろうか？　そこで私は、これは偶然などではないと考えた。つまり、そこは本来、公演時に安東氏が隠れるために作られたスペースだった、と考えるのが自然だ。このときはあくまでも段取りチェックだったために、安東氏は弟子たちがそれを目撃するであろう離れた場所から光琳氏の様子を窺っていた。そして、安東氏が本来隠れるために作られたスペースなのであれば当然——そこには射出装置の起動スイッチが存在するべきだろう。麻鈴さんが射出装置を起動したと考えるのは、決して不自然ではないと思うが……どうだろうか？」

手記を材料にしたロジックであるならば反論は難しい。案の定、来栖さんも悔しげに黙り込むしかなかった。煌さんは満足そうに続ける。

「遺体の頭部が切断されたのは、悠里さんの主張のとおり狙いを逸れた剣がたまたま首を刎ねてしまったためでしょう。もしかしたら、事件まえに一度麻鈴さんが壇に上がった際、気づかないうちに射出装置に触れて微妙に狙いを逸らしてしまったのかもしれませんが……これればかりは想像の範囲を出ません。警察の報告によれば、頭部は死後切断だった可能性が高い、とのことでしたが、遺体は半焼していたので正確な解剖の結果というわけではなく、後ほど説明する偽装工作からの判断なのだと思います」

樽の底には大量の血液が溜まっていたようだし、仮に死後切断ではなかったとしても出血量の点から矛盾を指摘することはできないだろう。

「それでは、話を戻しましょう。突然、剣の射出装置が起動し、光琳氏が死亡したのですから、それを見ていた安東氏は大層驚いたことでしょう。慌てて事前に決められていた起動スイッチの場所まで行き、彼は意識を失って倒れる麻鈴さんと、彼女の側に転がる光琳氏の頭部を見つけて——絶望しました。安東氏は、『聖心園』に勤めていたのですから、当然麻鈴さんの身の上も知っていたのでしょう。このままでは、麻鈴さんは再び心に深い傷を負ってしまう。あるいは、今度こそ本当に心が壊れてしまうかもしれない。そこで彼は、この一件の罪をすべて一人で背負う覚悟を決めたのです。たった一人の少女を守るために」

ぞくりと、鳥肌が立った。

何という……何という崇高な覚悟か。

僕は会ったこともない、未だに逃走を続ける安東氏に、畏敬（いけい）の念すら抱いてしまう。

「まず安東氏は、剣の射出装置を現場から持ち去り、事故そのものを隠蔽します。樽の内側や遺体に、ロープの痕を残したのもこのときです。これは痕跡（こんせき）を残すことで、死後何らかの意図をもって切断されたのだと警察に思わせるための偽装工作です。そもそもロープの痕跡などが残っていること自体が不自然なのです。仮に樽の中で串刺しにしたあとで頭部を切断したのであれば、髪でも髭でも摑んで固定する場所はいくらでもあるのですから。——とにかく事故死を隠すために、安東氏はあらゆる偽装工作を施しました。一人での作業は困難を極めたでしょうが、それでも麻鈴さんのために必死に作業をやりおおせました」

「……そこまでは、理解できます」

再び来栖さんが反論を試みる。

「しかし、すべての作業をたった一人で行えるだけの時間があったとはとても思えません。午後五時過ぎには雪が降り出しているのですよ。光琳氏らが工房に入ったのが、降り始めでまだ積もっていないときであったとしても、足跡が残ってしまう六時前後までの小一時間でそれらの偽装工作すべてを行えるはずがありません」

来栖さんの指摘は極めて正しい。降雪という予期せぬ最大の壁を突破しない限り、煌さんの主張はただの机上の空論にすぎないことになる。

思えば、この偶然の降雪は不必要なまでに事件を複雑化してしまっている。実際問題、雪のために犯行時刻が極端に狭められ、不可解な謎が生まれているわけだが……煌さんはこの問題をどう解釈したのだろうか。

「小一時間ではなく……二時間弱あったとしたらどうだろう?」

名探偵は逆に尋ねた。無意味な問いにも思えるが、何故か来栖さんは顔を強ばらせる。

「それは……時間的には十分余裕があったと言えるかもしれませんが……。そんな仮定に意味など……」

「それが大いにあるのだよ」煌さんは嫌らしく口の端を吊り上げる。「これは極めて重要なポイントだ。いや、これこそがこの事件を迷宮入りさせた魔法の正体とも言える」

言葉を切り、参加者の顔を今一度ゆっくりと見回してから、それを告げた。

「聖川邸の時計は——一時間早められていたのですよ」

5

煌さんが何を言っているのか、最初は理解できなかった。

時計が、一時間早められていた……？

「そんなの……不可能です」無意識に僕は反論していた。「いったい何人の人間が住んでいたと思ってるんですか。全員に時間を誤認させるなんて……非現実的すぎます」

「ところが、そうでもないのだ」煌さんは何でもないことのように答えた。「〈グリモワール〉によると、聖川邸にはリビングの柱時計以外に時計はなかったように書かれている。またテレビやパソコンなどの科学文明的なものも設置されていなかった。これらはすべて、魔法設定に信憑性を持たせるためだったと考えられる。聖川邸が心に傷を負った子どもたちの治療施設なのだとしたら、むしろショッキングなニュースなどを知らせるテレビなどないほうがいいのだからこれは当然の措置だ。また、子どもたちは携帯電話なども持たされていなかっただろう。基本的にみんな家からは出ないのだから必要もないし、まして魔法世界という設定だったのだから、そんなものノイズにしかならない。家に黒電話の一つでも設置しておけば十分だったことだろう。さて、そのような状況下で、みんなどのようにして正確な時間を知ることができるというのだ？　常に時報でも聞いていろとでも言うのか？」

逆に問われて、僕は閉口する。僕の部屋にもテレビはないので、普段はスマートフォンを時計代わりに使っているけれども……それがなければ、部屋の中で正確な時刻を知ることは難しい。一応、置き時計もあるが、それが絶対に正しい時刻を示している保証もない。

何より、つい先ほど来栖さんに時計のことを問われた悠里さんは、詳細な時間を知る必要がなかったとも言っていた。

あのときあの質問が出たということは、やはり来栖さんはこの真相に至っていたのか。

「確かに……私たちは携帯電話などの電子機器は持たされていなかったけど……しかし……そんなまさか……」

アルトさんは顔に手を当てて言葉を失う。自分たちが時間を誤認していたなんて信じがたいが、可能性として決してなくはないために動揺してしまっているのだろう。

「つまり麻鈴さんが家を出て工房へ向かったのは、午後五時ではなく本当は午後四時頃だったのです。真冬とはいえ、さすがに日没までは間がありますが、当時は空に分厚い雲が垂れ込めていたようですから、午後四時前後で日没を錯覚するほど暗かったとしても不自然ではありません。そして光琳氏らが工房を訪れたのはそれからまもなくのこと。雪が降り始めるよりもずっと早かったのですから、余裕を持って偽装工作を施すことができた。何もおかしなところはありません」

あまりにも決定的な論理だった。それでも来栖さんは果敢に疑問を投げ掛ける。

「しかし……証拠がありません……！　聖川邸の時計が早められていた何らかの証拠がなければ、ただの暴論でしょう……！」

「安東氏が聖川邸に睡眠薬入りのお菓子を持って行ったことが何よりの証拠だよ」

お菓子の件が……証拠？

何故今その話題が出てくるのか。

「そもそも、何故時計が一時間もずれていたのでしょうか。いったいいつから？　何のために？　その理由を考えたとき、恐るべき可能性に至りました。ひょっとすると光琳氏と安東氏は……本来この日に野木氏の殺害計画を企てていたのではないか、と。意図的に時計をずらすなんて、イタズラを除けば、アリバイ工作以外の理由が思い浮かびません。それがいったいどのような手法による計画だったのかまでは定かではありませんが……少なくとも、何も知らない弟子たちを巻き込んだ工作であったことは間違いありません。ところが、その計画は実行されるまえに首謀者である光琳氏の死亡といった最悪の形で頓挫してしまった。野木氏からすれば、偶然光琳氏との約束を忘れていたおかげで命拾いをしたのですから、幸運という他ありませんが……一人残された安東氏からすれば、まったくの不運という他ありません。もしも、このまま弟子たちを放置しておけば、間もなく時計がずらされていた事実は明るみに出ます。当然それは捜査を開始した警察から野木氏へと伝わるでしょう。つい今し方も申し上げましたが、時計をずらすなどイタズラを除けば、アリバイ工作以外に理由などありません。野木氏は考えるはずです。いったい何故——と。

そうなればいずれ彼が、元々その日は自分が光琳氏の自宅へ行っていたはずであることを思い出し、ひょっとすると本来のターゲットは自分だったのではないか、と気づいてしまうかもしれません。そうなった場合、首謀者である光琳氏に寵愛(ちょうあい)されていた弟子たちが、その後腹いせとしてどのような酷い目に遭うか……。それを考えたとき、安東氏は何があってもこの時計が一時間ずらされていた事実は、闇に葬らなければならないと考えた。そのために、弟子たちを眠らせたのです。時間感覚を是正するために」

内心で臍を噛む。推論に推論を重ねているだけなのに、有効な反論が思い浮かばない。

先ほど煌さんが言っていた、この予定の行き違いが最終的に大きな悲劇に繋がった、という言葉の意味を、今は痛いほどよく理解していた。

まさしくこれは、悲劇という以外にない。

ただ唯一の幸運は、安東氏の工作が奏功したおかげで、野木氏は真相に至らず、光琳氏の弟子たちが酷い目に遭わずに済んだ、ということだ。さすがに自分が本来行く予定だった場所で光琳氏が殺されただけで、元々のターゲットは自分だったなどという発想には至れないだろう。

「おそらく睡眠薬は、実際の野木氏殺害の際、弟子たちを眠らせるために用意していたものでしょう。睡眠薬の入手は、元勤務医であった光琳氏ならば造作もないはず。お菓子までそのための準備だったのかはわかりませんが……。とにかく安東氏は、麻鈴さんだけでなく、アルトさんたちほかの弟子たちのことも守るために、みんなを眠らせることにしたのです。これが、事件時の安東氏の奇妙な行動の唯一の説明です。ちなみに家に火を放ったのは、弟子たちが本当にこの件と無関係なただの被害者であることを警察にアピールするためでしょう。自ら通報することで、信憑性も高められますし。弟子たちが眠らされてから、家に火を着けられるまで八時間ほどの間があるのは、彼女たちに投与された睡眠薬が短時間型ベンゾジアゼピン系だったためでしょう。下手に昏睡中に火事の煙を吸おうものならば、命に関わる危険性がありますので、睡眠薬の最大作用時間である八時間が過ぎ、自然睡眠に切り替わるまで待つ必要があったのです。万が一にも、彼女たちを傷つけないために」

あらゆる謎が……納得の行く説明によって解き明かされていく。すべては状況証拠からの推測にすぎないが……矛盾らしい矛盾は見つけられない。

それはつまり、煌さんの推理の正当性をどうしようもなく示してしまっている。

「最後になりましたが、姉弟子たちが麻鈴さんを守るためです。おそらく姉弟子たちは、事件の不審な状況から、その後それぞれ自力でこの真相に達していたのだと思います。マジシャンという人種は、常に物事の裏側について考える癖がありますから、事件の当事者として多くの情報を持っていた彼女たちならば、真相に至るのもそれほど苦労することではなかったはず。当然、真相に気づいたあとは皆、その恐るべき事実を死ぬまで心の奥底に秘めておくつもりだったのでしょうが……ここ数年以内で事情が変わってしまいました。それが——

〈グリモワール〉の流出騒動です」

情報屋の資料によれば、麻鈴さんが高校生の頃、〈グリモワール〉の一部内容がＳＮＳに流出して騒ぎになったらしい。あの手記は、関係者ならば一目で麻鈴さんによって記されたものであるとわかる。おそらく姉弟子の誰かが、たまたまそのことに気づいて、他の姉弟子たちにもこの件を伝えたのだろう。

「〈グリモワール〉の存在を知った姉弟子たちは、麻鈴さんがそのようなものを残していたことを知り、焦ったはずです。何故ならば彼女の手記には、この残酷な真実に至るための十分な情報が記されている恐れがあったのですから。事実、私はほとんど〈グリモワール〉の記述だけからこの真相に辿り着いています。だから麻鈴さんがこの真実に到達するまえに自らが犯人であると名乗り出て、麻鈴さんに嫌われる覚悟を背負ってでも――奪い去ってしまわなければならなかった」

煌さんの主張を肯定するように、姉弟子たちは沈痛な表情で俯くばかりだった。

「――以上が私の推理になります」

名探偵、金剛寺煌は最後に立ち上がり、胸元に手を添えて恭しくお辞儀をした。

何か反論をしなければならない。矛盾を示さなければならない。

そうしなければこの推理が確定し、麻鈴さんが不幸になってしまう。

すでに麻鈴さんは真っ青な顔で俯いてしまっている。完全なショック状態だ。

早く何とかして煌さんの推理を覆してあげなければならないというのに……当然そのよ

うな起死回生の新たな推理など僕如きに思い浮かぶはずもない。

気づけば来栖さんは、握りしめるように僕のシャツを強く握っていた。

「……先輩、何か……何かありませんか……」

蚊の鳴くような声で、来栖さんが懇願してきた。縋るように目元を潤ませて僕を見上げるが……僕はその期待には応えられず、ふっと目を逸らす。

するりと。シャツを握っていた来栖さんの手が力なく落ちた。

それは、麻鈴さんを救うという大それた願いを掲げていた僕らの、完全敗北が決定した瞬間だった――。

6

その日の夜。

僕は居間の畳の上に寝転んで、まんじりともせずに天井を眺めていた。

何もやる気が起きなかった。

今日は、来栖さんと僕のバイトの休みが重なっていたので、本来であれば一緒にご飯を食べたりと、色々楽しいことができたはずなのに……僕は独りだ。

薄い壁の向こう、来栖さんの部屋からは何の物音も聞こえてこない。眠っているのか……それとも塞ぎ込んでいるのか。

でも、塞ぎ込みたくなる気持ちもわかる。僕だって最悪の気分だ。こんなことならば、初めから麻鈴さんの依頼なんて受けなければよかったと、今では心底後悔している。

麻鈴さんだってそのほうが傷は浅かったに違いない。始めの火乃さんの主張を大人しく受け入れていれば、〈グリモワール〉は奪われただろうけれども、それ以上彼女が傷つくことはなかったはずだ。

にもかかわらず、僕らが首を突っ込んだがために、魔法の存在を全否定され、おまけに師匠殺しという最悪の真実まで突きつけられた。

必死で隠そうとしてきた姉弟子たちの愛情さえも、僕らは踏みにじった。

結局のところ……今回の件は、関係者全員が不幸になるというおおよそ考えられる最低の結末を招いたわけだ。

今にも死んでしまいそうな顔で項垂れながら、部室から立ち去る麻鈴さんの姿が頭から離れない。

酷い罪悪感で……胃のあたりがムカムカしている。普段の夕食の時間はとっくに過ぎていたけれども、食欲は一切湧かなかった。

しかし、いつまでもこうして、ただいじけているわけにもいかない。

僕なんかよりも、来栖さんのほうが絶対に傷ついてしまっているのだから、何とかして慰めてあげなければならない。

来栖さんには、かつて名探偵と呼ばれ、世界を平和にすることを夢見たお兄さんがいる。しかし、そのお兄さんは、解決することで誰かが不幸になってしまう事件に直面し、それ以降姿を消してしまったのだという。

彼女はそのときの悲しい想いを打ち消すように、平和な解決を渇望するようになった。

平和な解決を導くことができない名探偵を、否定するほどに――。

――でも今回、ついにその誓いを果たすことができなかった。

事件に関わることで……多くの不幸を作ってしまった。

きっと今頃、来栖さんは自分を責めてしまっているはずだ。

彼女は異常なほどに――麻鈴さんの件に入れ込んでいた。

本来これは、魔法使いたちの問題であって、僕らはただの部外者にすぎないというのに。


そして今、彼女の平和的な解決への信念は、彼女自身を傷つけている。

すべてを平和にすることなんて――初めからできるはずがなかったというのに。

叶わない大望を抱いていた来栖さんは、その夢が破れたことで深く傷ついてしまった。

人の身には過ぎた望みは捨てろと、もっと早くに忠告できていたらこんなことにはならなかったはずなのに。

すぐ隣にいながらも、来栖さんならばそんな大望も果たせるかもしれないと、勝手な期待をしてその機会を見過ごした僕にも責任はある。

守るべきときに守らなかったのは、紛れもなく僕のエゴだ。

ならば——彼女の隣に立つ者として、僕が手を差し伸べなければならないと思った。

僕には荷が勝ちすぎるかもしれないけれども……見果てぬ夢を追い続ける来栖さんの横顔に、どうしようもない憧憬を抱いてしまったのだから仕方がない。

ままよ、と何も考えずに立ち上がり、ひとまずコンビニへと走る。

本日も安定の熱帯夜。いい加減辟易するほどの暑さだったが、今自分にできることをやろうと思えば、不快感はさほどない。

速やかに買い物を終えて、部屋に戻る。部屋を出る直前にエアコンを付けておいたので、室内はほどよく涼しくなっている。

今買ってきたものを冷蔵庫へ突っ込み、今度は来栖さんの部屋に向かう。

軽くノックをしてから、僕は語りかける。

「あの、来栖さん。話があるんだ。もしよかったら、開けてくれないかな」

しばしの沈黙。いないのかな、とも思ったが、やがておもむろにドアが開かれた。

「……先輩」

ドアの隙間から覗く来栖さんの姿は、怯えた小動物のように憔悴していた。泣いていたのか、目元のメイクが乱れている。思わず抱き締めたくなるが、必死に堪えて目的を告げる。

「もしよかったら、少し僕の部屋へ来てくれないかな」

来栖さんは、逡巡を見せるが、わかりました、と頷いた。

色々と準備が必要そうだったので、それじゃあ五分後に、と告げて僕は自室へ戻る。隙間から覗いた限りでは、下着同然のかなり露出が多い恰好をしていたので、メイク直しだけでなく着替えも必要だと思ったためだ。

きっかり五分後、来栖さんは身だしなみを整えて僕の部屋へやって来た。オーバーサイズのTシャツにショートパンツという、些か不安の残る恰好ではあったが……やむを得ない。

慣れたように、来栖さんはいつもの指定席である卓袱台の前に腰を下ろす。落ち込んで見えたが、多少は気が紛れているのか先ほどよりはマシなようだ。

しかし、ここでただ膝を突き合わせて反省会をしたところで、より気持ちが沈むだけだ。

そこで僕は気持ちを盛り上げるための一計を案じた。

早速、先ほどコンビニで買ってきたロックアイスを、バイト先から練習用に借りているシェイカーに押し込める。そこにオレンジジュース、パイナップルジュース、レモンジュースを20㎖ずつ入れて、手早くシェイクする。

いったい何事かと面食らった様子の来栖さんの前に、よく冷やしておいたショートグラスを置き、シェイカーの中身を注いでいく。鮮やかな黄色の液体が揺れる。

「――こちらシンデレラになります」

僕はあえて気取って言った。

「シンデレラ?」来栖さんは目を丸くする。「あの、私、まだお酒が飲める歳では……」

「大丈夫、アルコールは一滴も入ってないよ」

安心させるために微笑み掛ける。来栖さんはまだ状況が理解できていないようだったが、怖ず怖ずとグラスを手にして口を付ける。そしてすぐ驚いたように目を見開いた。

「——酸っぱいですね。目が覚めるようです」

そこでようやく来栖さんは緊張を解いたように表情を和らげた。それだけで、僕はすごく嬉しくなる。

「ドレスがなくて舞踏会に行けなかったシンデレラは、魔法のおかげで舞踏会に参加できた。これは、そんなお酒が飲めない人でもバーの雰囲気が楽しめるように、って考案された魔法のカクテルなんだって」

僕はゆっくりと頭の中を整理しながら語っていく。

「麻鈴さんに掛けられた魔法は解けてしまったけど……でも、それは僕らのせいじゃない。魔法は、いつか必ず自然に解けるものなんだから、これは必然だったんだよ。だからその上で、麻鈴さんと僕らの出会いにはきっと何か意味があった。前向きに、そう考えようよ」

「私たちが……出会った意味……」

来栖さんは繰り返す。その顔色は少しずつよくなっていく。

気付けのように、来栖さんは一気にグラスを呷った。

「そう、ですね。私が落ち込んでいたところで何か変わるわけではないのですから……。もう少し、建設的にならないといけませんね。……すみません、先輩。ご心配をお掛けしてしまったみたいで」

「気にしないで。僕はただ、少しでも来栖さんに元気になってもらいたかっただけだから」

「……実はほんのちょびっとだけ、先輩を疑ってしまいました」

「疑う？」

「……はい。私の傷心につけ込んで、いかがわしいことでもするつもりなのかと」

「しないよ！」

慌てて否定する。どこぞのクズ男の顔が脳裏を過るが、僕は大人として、それなりの倫理観を持っていると自負しているのだ——と、そこでささやかな疑問。

……あれ？　ということは、来栖さんは疑いながらも僕の部屋に来たわけで……それはつまり、僕にならいかがわしいことをされても構わないと割り切っていた……？

それが自罰的な行動なのか、信頼ゆえの行動なのかはわからないが、少なくとも僕に脈がまったくないわけでもないのだろう。……そもそも初めから一切眼中にないという絶望の可能性も否定できないのだけれども。

複雑な心境で僕は顔をしかめるが、来栖さんが元気になったのであればそれでいいと思い直す。

「バイト先で、ノンアルコールのカクテルを真っ先に教えてもらったんだ。是非とも来栖さんにご馳走してあげたくて」

「私のためにわざわざ？　それは……ありがとうございます」

来栖さんは照れたように笑った。

「私も早く二十歳になって、先輩のバーに行ってみたいです」

「僕は臨時のバイトだから、その頃はもうやってないかもしれないけど……」

「……確かに。むしろ夜のバイトのせいで、先輩との食事当番契約が中断している状態なのでしたね。それを思うと……先輩と過ごす時間が減って寂しいですから、やっぱり早く元の昼バイトに戻ってほしいです」

「じゃあ、来栖さんがお酒飲めるようになったら、僕がそこのバーに連れて行ってご馳走してあげるよ。店長、可愛い女の子が好きだからきっと喜ぶと思うよ」

あまりにも無意識に口を突いて出たものだから、来栖さんが耳まで真っ赤になって顔を背けたのを見て、ようやく自らの失態に気づく。

ひょっとして今、当たり前のように来栖さんを『可愛い』と言った……？

常々心の中で思っていたわけだけど、ついうっかり口にしてしまった。

気恥ずかしくなり、僕も黙り込む。エアコンが冷たい空気で部屋を満たしてくれていたけれども、何だか妙な汗が噴き出てくる。

間が持てなくなり、僕は立ち上がった。

「せ、せっかくだし、もう一杯作ろうかな！」

「え、ええ！　是非お願いします！」

僕は先ほどと同じ材料をシェイカーに注いで混ぜる。

氷のように冷たい金属のシェイカーは、火照った身体と心を急速に冷やしてくれた。

おかげさまで、グラスに中身を注ぐ頃には、多少落ち着きを取り戻していた。

来栖さんも火照りを冷ますように急いでグラスに口を付けてから、ようやく落ち着きを取り戻して、ふう、と息を吐く。

「……失礼、取り乱しました」

それから来栖さんは、グラスの縁を指でなぞりながら独り言のように続ける。

「――本当は、私も煌さんと同じことを考えていたんです」

煌さんと同じこと――麻鈴さんが偶然光琳氏を殺害してしまったという最悪の結末のことだろう。やはり、気づいていたのか。

「師匠を殺してしまったのは麻鈴さんで、そして姉弟子たちは皆、その事実に気づいていた――。だからこそ、姉弟子たちは麻鈴さんを守るために虚構を重ねて〈グリモワール〉を奪おうとした。そう考えるのが最も現実的な仮説であると、理性ではわかっていたんです。でも……麻鈴さんを幸福にする結末がきっとあると信じて、今日までやって来ました。……その結果が、ご覧の有り様なのですから、本当に酷い偽善です」

自虐するように、来栖さんは薄く笑った。衝動的に抱き締めたくなるほど痛々しい姿だったが、それよりも気になることがあったので僕はあえて突っ込む。

「でも確か来栖さん、麻鈴さんの主張を百パーセント信じるって言ってたよね？　それなのに、魔法の存在を否定する煌さんの推理と同じことを考えてた……ってこと？」

両者は決して相容れないもののように思えるが……どうなのだろう。

僕としては本質的な問い掛けのつもりだったけれども、来栖さんは何てことはないように答える。

「正確に言うと、私が信じているのは、麻鈴さんの認知です」

「麻鈴さんの……認知？」

「確かに昼間の煌さんの推理のとおり、幼少期にあまりにも過酷な体験をした麻鈴さんが、ある種の自己防衛のために記憶の一部に妄想的な修正を加えてしまった可能性はあります。でも……もしも魔法関係の諸々が想像の産物でしかなかったとしたら、気になることが出てきます」

語りながら、グラスに残ったカクテルで唇を湿らせる。

「〈グリモワール〉の内容が――あまりにも理路整然としすぎていることです」

理路整然と……しているだろうか。僕には、魔法関係のあれこれが、夢見がちなメルヘンの妄想にしか思えないけれども。

「たとえば、眠っているときに見る夢を想像してみてください。何と言うか、人間が想像することって、普通もっと支離滅裂な気がしませんか？」

「――――」

生物が眠っているときに見る夢というのは、ある種の幻覚だ。記憶の整理などにも関係していると言われ、大抵は過去に体験したことのあるもの（現実、虚構を問わず）がごちゃ混ぜになり、ドキュメンタリー映画のように脳内で再生される。

僕の経験上、大体脈絡がなく、荒唐無稽で、にもかかわらず夢を見ている自分はそれが『普通』であると認識していることが多い。

だから自分がよく見る夢と、麻鈴さんの〈グリモワール〉を比較したら、後者のほうが明らかに理路整然としているのは間違いない。

麻鈴さんが持っている魔法世界の記憶は、確かに基本的には荒唐無稽であるけれども、もしも魔法世界というものが実在するのであれば、その世界の中では矛盾なく成立しているように思える。

「――少なくとも〈グリモワール〉の中に、論理的な矛盾みたいなものは見当たらない気がするけど……。それは中学生になった麻鈴さんが、当時のことを思い出しつつ、論理的な整合性を保ってこの手記を書いたからなのでは？」

「そうかもしれません。でも、仮にそうだとしても、さすがに完璧すぎると思いませんか？」

麻鈴さんに天才的な創作の素質があって、矛盾なく整合性を保ったまま手記が書き綴られた可能性はもちろんある。だが――改めて指摘されると、登場する各要素は荒唐無稽なのに、それらが相互に矛盾なく存在できる〈魔法世界〉という設定が、あまりにも整いすぎているような気はする。

「だから私、思ったんです。ひょっとしたら麻鈴さんは……本当に魔法世界に行っていたのではないかと」

「いくらなんでもそれは……論理の飛躍では……？」

「もちろん私だって、本当に魔法の世界があると思うほど夢見がちではありません。でも、それに準ずる世界はあるのではないかと、そんな希望を抱いてしまったのです」

それから来栖さんは苦しげに顔を歪めた。

「——麻鈴さんにとっての魔法世界が、この現実のどこかに存在するのだと……そう願って色々考えてきましたが、全然駄目でした。やっぱり常識的に考えて、魔法世界なんてものは、存在するはずがなかったんです」

また自虐的に口の端を吊り上げて笑う来栖さん。僕は緊張しながらも、ずっと気になっていたことを尋ねる。

「……どうしてきみは、そんなにも平和な解決にこだわるの？」

それは極めて根源的な問い。

僕はこれまで、来栖さんはただの優しい平和主義者の女の子なのだと思っていたけれども……今回の一件で、そんな生温いものではなかったことを思い知らされた。

普通のいい年をした大人であれば、魔法世界云々なんて言われれば、顔をしかめながらも、そんなものはないんだよ、と優しく諭すものだ。その後で相手が何か困っているのであれば、問題解決のために手を貸すこともあるだろう。

だが、来栖さんは違う。

どれほど荒唐無稽なものであっても、相手の主張を全面的に受け入れ、その上で己の全身全霊を賭して、相手にとって最大幸福の結末を探し求めようとする。

見ず知らずの他人のために、そこまで自己犠牲を厭うことなく平和な解決なんて厄介なものを模索するのは……はっきり言ってしまえば異常だ。

彼女には何のメリットもない。むしろただ傷つくだけというデメリットのほうが遥かに大きいだろう。

いくら来栖さんが優しくていい子なのだとしても……少々度を越えている。

僕を含め、一般的な人間は、そこまで特別に親しいわけでもない人のために己を犠牲にすることなどできない。

だから来栖さんは——人として重大な何かが壊れているとしか思えない。

何がそこまで、彼女を駆り立てるのか。

今、それを聞いておかなければならない気がした。

来栖さんは……悲しげに目を細めて答えた。

「……以前、私には兄がいるというお話をしたのを覚えていますか」

「それは……もちろん」

世界を平和にすることを願った来栖さんのお兄さんは、絶望の果てに姿を消してしまった。

だから来栖さんは、お兄さんの意志を継ぐように、平和な解決を求めるようになったのだと思っていたけれども……それだけが理由とも思えない。

来栖さんは、言いにくそうに逡巡を見せながらも、意を決したように告げた。

「実は私は……兄と血が繋がっていません」

「……っ」

予想もしていなかった言葉に息を吞む。

お兄さんが名探偵で、来栖さんにも名探偵としての才能があるのなら、当然血が繋がっているものと思っていた。

僕は固唾(かたず)を吞んで来栖さんの告白を聞く。

「私が五歳になったとき、ある事件が起きて……私の本当の両親は亡くなりました。私も、殺されそうになったのですが……すんでのところで、事件を解決し真犯人を突き止めた兄によって命を救われたのです。兄は……命の恩人なのです」

来栖さんは視線を遠くへ向ける。

在りし日に思いを馳せるように。いなくなった兄に想いを寄せるように。

「その後、天涯孤独となった私は来栖家に養子として迎え入れられました。来栖の家は、とても穏やかで温かくて、皆私のことを本当の家族のように扱ってくれました。特に兄は

「……その、自分で言うのも恥ずかしいくらい私を溺愛していて……」

そのはにかみには、命の恩人に対する親愛以上の感情が見え隠れしている気がした。

「お兄さんのことが……好きだった？」

「――はい。大好きでした。私の……初恋です」

決してはぐらかすことなく、来栖さんは透きとおる瞳で真っ直ぐに僕を見つめた。

「兄とは十以上も歳が離れていたので、初恋の相手になってしまうのは、ある意味自然なことだったのかもしれません。幼い女の子にとって、年上の優しい男の人は、それだけで恰好よく見えてしまうものですから」

それから来栖さんは、急に悲しげに目を伏せた。

「……しかし、私が中学生になってしばらくしたとき、突然兄は私の前から姿を消しました。その頃、兄が事件のことで悩んでいたのは知っていたので……兄が、事件に平和な解決を導くことができなくて姿を消したのだと悟りました」

以前、お兄さんは平和主義者だったという話を聞いている。だから、平和な解決という信念を貫けなかったから姿を消した……そう考えるのが自然だ。

「私は、大好きだった兄が突然いなくなってしまって……とても悲しかった。事件なんて解決しなくていいから、私の側にいてほしかったのに……。でも、いくら嘆いても兄は戻ってきません。だから私は……決めたのです。これからは兄の代わりに、兄ができなかった平和な解決を導いていこう――と」

「――――」

それが、来栖さんの起源か。

彼女は……命の恩人である兄の背中を追っていたのだ。

一度救われた命だから、それこそ命懸けで。

きっと来栖さん自身は、それが破滅的な行いであることに気づいていないのだろう。

彼女はごく自然に、当たりまえのように、平和な解決に手を伸ばす。

その果てに何が待ち受けているのかも考えることなく――。

僕はようやく、彼女の本質に触れることができて……思わず深いため息を零す。

今回の件でずっと気になっていたことが、一気に理解できてしまった。

僕が困惑するほど、麻鈴さんに肩入れしていたのは……きっと彼女の境遇に自分の過去を重ね合わせたからなのだろう。

両親を理不尽に失ったあと、幸せな家庭に引き取られた来栖さんと、不幸せな家庭に引き取られた麻鈴さん。

優しい家族に囲まれて平和に過ごしてきた来栖さんだからこそ、誰よりも麻鈴さんの平和な思い出を守りたくて……無茶を承知で深入りした。

優しい記憶に結びついた麻鈴さんの認知を、全面的に信用して――。

でも結局、平和な解決を導くことはできなかった。

来栖さんの今の落胆は、単に事件が平和に解決できなかったことだけでなく、大好きだった兄の望みを叶えられなかったことも重なっているのだ。

言うなれば……アイデンティティの喪失にも等しい状況。

そんな状態の女の子に掛けてあげられる言葉など、僕は持ち合わせていない。

ただただ平凡で安穏（あんのん）とした人生を送ってきた僕には、来栖さんの苦しみが理解できるはずもなかったから。

――でも、それでも。

たとえ表面的で、形式的で、浅薄な言葉であったとしても。

何かを来栖さんに言ってあげたいという気持ちが抑えられない。

来栖さんにはいつも笑っていてほしいと、そう心の底から願っているから――。

「つらい話を聞かせてくれて……ありがとう。それから……力になれなくて、ごめん」

「そんな、先輩のせいでは！」来栖さんは慌てたように顔の前で両手を振る。「それにこれは、私の勝手な都合で――」

「勝手な都合であっても。僕は……きみの力になりたいんだ」

僕は真っ直ぐに来栖さんの目を見つめて告げる。

「正直、力不足だと思うし、そもそもきみにとってはただの迷惑かもしれないけど……。それでも、僕はきみの力になりたい。きみのことを、放っておけないから」

「……どうして、先輩はそこまで私のことを気に掛けてくれるんですか？」

来栖さんは、不思議そうに小首を傾げる。

その問いかけの答えは……正直、今はわからない。

少しまえまでは、来栖さんのことがただ好きだった。

偶然隣に引っ越してきた、信じられないくらい可愛くて優しい後輩の女の子。

そんな子が、僕みたいな冴えないやつにも気さくに接してくれたのなら……好きになってしまうのも当然と言える。

だからこれまでは、ただ来栖さんと一緒にいたくて……事件に臨んでいた。

ところが、今回の事件で——来栖さんがただ優しいだけの子ではないことがわかってしまった。

極端な言い方をしてしまえば、来栖さんの精神構造は決してまともではない。

人としての大事な部分が、致命的に壊れてしまっているとさえ言ってもいい。

だからもしかしたら、僕のような何の取り柄もない一般人は関わり合いになるべきではないのかもしれない。

でも、それでも——。

僕は来栖さんのことを放っておけないと思ってしまう。

それが恋心に由来するものなのか、同情に由来するものなのかは、今の僕には判断できない。

だけれども……放っておけないと思う気持ちに、嘘はない。

それだけは、掛け替えのない本心だから——。

「──理由は、自分でもよくわからないんだ」僕は正直に答える。「ただ、来栖さんのことが気になって、放っておけない。それが今の……偽らざる気持ちだよ。だから……もし来栖さんさえよければ、これからも一緒にいさせてほしい。今回みたいに何の役にも立てないかもしれないけど……つらいことがあったら、気持ちをぶつけるサンドバッグくらいにはなれると思うから」

最後は冗談めかして笑ってみせる。

来栖さんは驚いたように目を大きく開いてから、目元をわずかに潤ませた。

「……先輩の優しさに甘えてしまうみたいで心苦しいですけど。でも、そう言っていただけるとすごく……すごく嬉しいです。私にも……味方がいるんだってわかって──何だか救われた気がします」

それからどこか言いにくそうに、彼女は続ける。

「あの……もし先輩さえよろしければ、その──」

そこまで言って、すぐに勢いよく首を横に振った。

「──いえ、やっぱり何でもないです」来栖さんは、目尻を指で軽くなぞった。「とにかく、ありがとうございます！　とても元気が出ました！　先輩が味方になってくれるなら、勇気百倍です！」

わざとらしく空元気を振り撒く来栖さん。それはそれで痛々しくも見えてしまうが、でも今は、無理をしてでも元気なふりをしたほうがいい局面だろう。

来栖さんはグラスに残ったシンデレラを一気に飲み干した。

滑らかな白い喉が蛍光灯の下に曝されて思わずドキリとする。

思えば、一見して育ちのいい来栖さんが、こんなオンボロアパートで一人暮らしをしているのもずっと不思議だったけれど……おそらく育ててくれた義理の両親へこれ以上の余計な負担を掛けないよう、自ら気を遣って家を出たのだろう。

本当に——自分のことは二の次にして、人のことを想ってしまう優しい子だと思う。

「……ふう、ご馳走様でした。ほかに何か先輩の得意なカクテルはないのですか？」

気を紛らすためか、来栖さんは話題を変えた。ありがたく僕もそれに便乗する。

「まだそんなに多くは知らないけど……たとえば、有名なところで言えばギムレットとか。知ってる？」

「ギムレット……。確か、『長いお別れ』に出てきたカクテルですよね」

「『長いお別れ』知ってるの？　意外だな……ミステリとか読まないと思ってたよ」

「これまで読んだことなかったんですけど……ミステリファンの女の子と友だちになりましてお薦めされました。面白かったです」

交友の輪は着実に広がっているようで羨ましい。僕なんて大学に、雲雀とカス男と引き籠もりくらいしか友だちいないよ……。

自分のコミュ力の低さを思い知らされて気が滅入りそうになる僕をよそに、来栖さんは上機嫌に続ける。

「あ、そういえばあのシーン、お洒落で痺れましたね。『ギムレットには――』」

そこまで言って、来栖さんは言葉を止めた。肝心の名台詞を忘れてしまったのかな、とも思ったがどうもそういうわけではなさそうだ。

まるで突然魂を抜かれてしまったように、虚空を見つめて放心している。

「……来栖さん？　どうかした？」

僕の声掛けに、来栖さんは驚いたように一度大きく身体を震わせてから、焦点を合わせた。

「ギムレットには……早すぎたのかもしれません」

「え？」

「――すみません。ちょっと思いついたことがあって……でもたぶん、ただの埒外な思いつきです。ちょっと非現実的すぎますから」

「よくわからないけど、何か思いついたのなら話してほしいな。もしかしたら僕でも力になれることがあるかもしれないし、それに――」

そこで僕は数日まえ誰かに聞かされた気がする意味不明な慣用句を口にした。

「力を合わせれば二百万だよ」

「――へ？」

珍しく来栖さんは間の抜けた声を上げた。何だか意外なものでも見たような視線を僕に向けてくる。

「……先輩、よく知ってますね。どこで聞いたんですか？」

急に問われて僕は面食らう。どこで聞いたんだったかな……。そもそもどうして突然思い出したのだろうか。そこで先ほどからずっと頭の片隅に、知人のカス男の顔がちらついていたことに気づく。なるほど、それで……と納得した。

「このまえ、知り合いに言われたんだよ。来栖さん、何か知ってるの？　有名な慣用句？」

「慣用句と言いますか、だってそれは――」

来栖さんは困ったように頬を掻く。しかし、そこで彼女は再び静止した。

信じられないものでも見たように目を見開いて、また虚空を見つめている。

「まさか……あり得ない……！　馬鹿馬鹿しい……こんなこと、常軌を逸してる……！　でも、これならば……あるいは……！」

悪い霊に取り憑かれたように、来栖さんはぶつぶつと独り言を呟いていたが、やがてすぐに顔を上げると、今度は僕に抱きついてきた。

勢い余って、僕は畳の上に押し倒される。何事かと目を白黒させるが、来栖さんは僕に身体を密着させながら、至近距離で僕を見つめて言った。

「すごいです……！　ありがとうございます……！　やっぱり先輩は最高です……！」

すぐ目の前には、艶やかに上気した頬と、潤んだ瞳。

わけがわからないまま、僕の心臓は過去最高速度のビートを刻む。

「先輩のおかげで助かりました！　これで……これで麻鈴さんを救えるはずです！」

勢いよく、明朗にそう宣言して、来栖さんは僕から離れて立ち上がった。

「すみません。明日はちょっと朝早くから出掛けないといけない用事ができたので、今日はもうこれで失礼します。明日の午後、また部室に関係者を集めますので、先輩も都合を付けておいてください」

「明日って……今さら関係者なんか集めて何をするつもり……？」

「決まっています。本当の解決編ですよ！」

眩しいばかりの笑顔でそう告げて、来栖さんは風のように去って行った。

第6章　魔法の極意

1

〈東雲の名探偵〉金剛寺煌による解決編から一夜明けた翌日の午後三時。

僕らは再び、部室に集まっていた。

顔を揃えるのは、昨日とまったく同じ面々——しかし、僕と来栖さん、そして煌さんを除く残り五名の表情は暗かった。

昨日あれだけ盛大に大切な思い出を破壊されたのだからそれも仕方ないのだけど……。

力なく項垂れるばかりの麻鈴さんと、そんな彼女の肩を抱いて寄り添うアルトさんとうらみさんの姿は痛ましくすら映り、対して悠里さんと悠希さんに至ってはあからさまな敵愾心を剝き出しにして僕ら部外者を睨んでいた。

「——今一度お時間を作ってくださいまして、本当にありがとうございます」

開口一番に、来栖さんはそう言って頭を下げた。

「どうしても、速やかに皆さん……特に麻鈴さんにお話ししなければならないことができたので、この場を設けさせていただきました。ご不満な点などは多々あるかと思いますが、どうか私の話に耳を傾けていただけましたら幸いです」

「しかし……来栖くん」煌さんは明らかにこの状況を楽しみながら嫌らしく笑う。「昨日話した私の推理で、『白ひげ殺人事件』は解決したはずだが……今さらみんなを集め直して何を話すつもりなんだね？」

「決まっています。本当の解決編をするんですよ」

「ほんとうの……解決編……？」

意識があるのかどうかもわからないうつろな目で虚空を見つめていた麻鈴さんは、そこでようやく興味を示した。来栖さんは力強く頷いてみせる。

「可能な限り多くの人を幸せにする、そんな魔法のような解決をご覧に入れましょう」

「……もう、勝手に人の思い出を弄ぶのはやめて」悠里さんは敵意を露にする。「解決編だか何だか知らないけど……これ以上麻鈴を傷つけないで」

「傷つけるつもりなどありません」

向けられた敵意を受け流すように、来栖さんは穏やかに言った。

「私の目的は、初めから麻鈴さんを助けることです。途中、随分と回り道をしてしまいましたが、すべては必要な回り道だったのだと今は思います。その過程で、麻鈴さんを傷つけてしまったことは事実であり、今さら弁解のしようもありませんが……その体験もまたどうしても必要なものだったのだと、すべてを聞き終えたあとならわかるはずです。どうか、長い長い回り道の終着点たる私の推理に、耳を傾けてください。……お願いします」

来栖さんは再び頭を下げた。慇懃無礼を体現する名探偵、金剛寺煌とは異なる、あくまでも真摯に依頼者に寄り添う姿勢。悠里さんたちも多少毒気を抜かれたように態度を和らげた。

しかし……昨日の煌さんの推理を覆すことなど、本当に可能なのだろうか。彼女の推理は意外なほどシンプルだった。心理面での多少複雑な推測はあったが、基本的には麻鈴さんが起こしてしまった事故をどのようにして隠しおおせたのか、という方法論に終始していた。

構造が単純なものほど隙がなく、それを覆すのは難しそうだけれども……いったい来栖さんはこれから何を語るのか。そして何より、早朝からどこへ出掛けていたのか。

僕は期待と緊張が綯い交ぜになった視線で、来栖さんを見守る。

「では、お話ししましょう。〈魔法使い〉聖川光琳が仕掛けた、夢と魔法の優しい物語を――」

唄うように、来栖さんは語り始めた。

「まずは、昨日の煌さんの推理についてお話ししておきましょう。といっても、語ることはそう多くありません。さすがは〈東雲の名探偵〉とまで呼ばれた方の推理です。九割方は事実であると言ってしまってよいでしょう。しかし、残りの一割で肝心の本質を見誤ったために、真犯人は麻鈴さんという間違った結論に至ってしまったようです。ですので、麻鈴さんの不安を取り除くためにも、早めに述べておきましょう。麻鈴さんは徹頭徹尾無実です。もちろん、麻鈴さんというイレギュラーな存在は、事件の真相にも大きく影響してくるのですが、それはまた別の話。事故によって予期せず最愛の師匠を殺してしまったなどという不幸な結末にはなりませんので、どうかひとまずご安心ください」

　麻鈴さんは生気を取り戻したように双眸を大きく開く。

「私は……師匠を、殺していない……？」

「もちろん。あなたはただの被害者です。どうか胸を張っていてください」

「――来栖くん」

　そこで煌さんは、また嫌らしく口元を歪めた笑みを湛えながら割り込んだ。

「私が昨日語った論理に、何か不備でもあっただろうか？」

「いえ、大きな瑕疵はありませんでした。論理的に言っても、与えられた情報からの推測としてはほぼ完璧と言ってもよいものでしょう。でも……煌さんは根本の部分で大きな誤解をしていました。そしてそれを考慮した瞬間、煌さんの推理は見事百八十度反転してしまうのです。私の推理なんて、その誤解を考慮して、煌さんの推理にわずかな修正を加えただけの簡単なものですよ」

「ほう……それは面白い」ますます楽しげに目を細める。「では、私はいったい何を誤解していたというのだ？」

「そんなもの――決まっています」

　来栖さんは、胸に手を添えて朗々と言った。

「今回の事件には、魔法の存在が大きく関係しているという事実です」

煌さんの形のいい眉がピクリと揺れる。

「魔法、とな……？　そんなものは、子どもだましの幻想だろうに。ファンタジーやメルヘンではないのだ。この世界に魔法などという都合のいいものは存在しない」

どこか凄みの籠もった低い声。僕だったら何も悪くなくても平謝りしてしまいそうになる圧にさえ、まったく動じることなく来栖さんは静かに首を振った。

「魔法はあるのです。私がこれから、論理によって魔法の存在を証明してみせましょう」

論理によって魔法の存在を証明……？

いったい何を言い出すのだ。そんなこと、できるはずがないのに……！

常識的には誰でもそう思うだろうが、でも、あの来栖さんができると言っているのだ。ならば僕は、彼女を信じて見守るだけ――。

「さて、先日の煌さんの推理にもあったとおり、光琳氏の家が心に大きな傷を負った子どもたちの治療施設だったというのは、一つの事実でしょう。……そうですよね？」

来栖さんは姉弟子たちを見やる。アルトさんたちは怖ず怖ずと頷いた。

「でも、それだけではないと思ったのです。煌さんふうに言うならば、魔法世界療法ですか。確かにそれは心に傷を負った子どもを癒やすことができるかもしれない。でも、それだけでは不十分です。この社会には、数多くの雑音が存在する。車やバイクのエンジン音、緊急車両のサイレンに選挙カーやちり紙交換――。せっかく家の中で魔法世界を模しても、そういったささやかな外的刺激一つで、すぐに現実へ引き戻されてしまいます。それでは、満足に心の治療に専念できない。だから、本当に心に傷を負ってしまった子どもを癒やす目的ならば、もっと徹底的にやるべきだと思いました。それこそ、世界そのものを作り出してしまうような、ね」

「……まさかとは思うが、ひょっとしてきみは、聖川光琳は本当に魔法世界を作った、なんて世迷い言を言いやしないだろうね……？」

煌さんは胡乱な目を向けるが、来栖さんは自信満々に頷いた。

「まさしくそのとおり。光琳氏は魔法世界そのものを作り上げたのです。だから、〈グリモワール〉に記されていた、麻鈴さんが魔法世界で体験したことは、妄想などではなくすべて実在した単なる事実だったのです」

「ちょ、ちょっと待って！」さすがに黙っていられなくなって僕は割り込む。「いくらなんでもそれは無茶だよ！　手帳の中身はあまりにも非現実的すぎる！　当たり前の瞬間移動に、獣人やロボットが住む花の街、街を走る汽車に水晶のピラミッド、極めつけは煉瓦造りの巨大な魔法学校だ！　こんなもの、想像力の豊かな子どもが思い描いたただの妄想だよ！」

「でも……確かに、私は見たはずなんです……すべて……この目で……」

今にも消え入りそうな声で麻鈴さんは呟く。でも昨日の煌さんの推理で、支離滅裂な日記の内容は、記憶を想像で補完したただの妄想であると断じられたはずだ。どうやってそれを現実のものだと証明するつもりなのだ……？

早くも心配になってくるが、それでも来栖さんはマイペースに語り続ける。

「落ち着いてください、先輩。麻鈴さんは、確かにすべてを体験しているのです。もちろん、多少の主観や、意図的な虚構が混ざってしまっているのは事実ですが……現象としてはすべて紛れもなく現実の出来事です。一つずつ丁寧に説明をしていきますので、ひとまずは私の話を聞いてください。そして……アルトさんたちは、私がこれから言おうとしていることがもうわかっていますね？」

急に来栖さんは姉弟子たちに水を向ける。四人の姉弟子は驚いたように一度小さく肩を震わせてから、ほとんど同時に頷いた。

「皆さんが最後まで隠し通そうとしていた魔法世界の真実について、私はこれから説明します。皆さんの気持ちはそれなりに理解しているつもりですが、これは本当の意味で麻鈴さんを救うためにどうしても必要なことなのです。どうかご容赦いただければ幸いです」

「——師匠の魔法が、いよいよ解かれてしまうのね」

どこか寂しげに、どこか諦めたように、アルトさんは呟いた。

やはり姉弟子たちは何かを知った上で、それをずっと隠していた……？

しかし、昨日の煌さんの推理の場でそれを明かさなかったのは何故だ。そこまでして隠さなければならない真実とは何なのだ。

僕はますますこの事件がわからなくなってくる。

「ヒントは、〈グリモワール〉の至るところに隠されていました」

来栖さんは優しい目で麻鈴さんを見た。

「あの手記は、麻鈴さんの見たもの、感じたものが、驚くべき精度で記されていました。妄想だなんてとんでもない。あれは精神的に未熟な女の子が書いた妄想日記などではありません。徹頭徹尾真実のみが記された、ある種の記録なのです」

何を言っているのか、僕にはまだ理解できない。

「そうですね……たとえば、『形』の話から始めましょうか。麻鈴さんは、〈グリモワール〉の中で、『魔法世界は、大きな白鳥の形をしている』と記述しています。実際に魔法世界の形を、家族の誰かに見せてもらい、そう感じたのですよね？」

「……はい。アルト姉様に、見せていただきました」

「白鳥の形に見えましたか？」

「私には……そのように」

自信がなさそうに麻鈴さんは頷く。来栖さんは満足そうに続ける。

「素晴らしい感性だと思います。ほぼ正解と言ってもいいでしょう。ただ、惜しむらくは魔法世界に住むほかの多くの人は、それを白鳥ではなく別の鳥と認識しているのです」

「……というと？」

「鶴です」

事もなげに、来栖さんはそう答える。

僕にはまだ意味がよくわからない。

しかし次の瞬間、それまで余裕の表情で話を聞いていた煌さんが珍しく狼狽えて立ち上がった。

「バカな……！　まさか、それじゃあ、魔法世界の正体は――っ！」

僕の理解を置き去りにしたまま、来栖さんは花のように微笑んだ。

「はい、魔法世界の正体は――群馬県です」

2

「……は？」

思わず間の抜けた声を上げてしまう。

群馬県……？　群馬県って、ネットではネタで秘境などとも呼ばれている、あの関東地方北部に位置する群馬県？

来栖さんが何を言っているのか、まったくわからない。

何故、今群馬県が出てきたのか。そして、煌さんは何をそこまで驚いているのか。

混迷を極めるばかりの僕に、来栖さんは優しく教えてくれる。

「『つる舞う形の群馬県』――群馬県民ならば、誰もが知っている『つ』の札があるのです」

「……札？」

「はい。群馬県には『上毛かるた』という、郷土かるたが存在するのです。『あ』から『わ』まですべて群馬のご当地ネタが盛り込まれたとても素敵なかるたですよ。たとえば、『ち』の札ならば『力あわせる二百万』という具合ですね。二百万、というのは群馬の総人口です。今は少し減ってしまっているようなので、いずれかるたのほうも修正されると思いますが……。これはつまり県民みんなで力を合わせましょう、ということを詠んでいます」

二百万云々、というのは昨日僕が言った言葉だ。まさか来栖さんは、僕のあの一言から『上毛かるた』に思い至り、魔法世界の真相へ辿り着いたというのか。

「ほかにも有名な札はたくさんありますよ。『く』の札ならば『草津よいとこ薬の温泉』、『れ』の札ならば『歴史に名高い新田義貞』という具合ですね」

新田義貞！　それも伊勢崎が言っていた言葉だ！

ひょっとしてあの男、群馬出身で無意識に上毛かるたを諳んじてたのか……！

そういえば、伊勢崎市って群馬県にあったな……！

これまで気にも留めなかった色々なことが、一気に繋がっていく。

しかし――だからといって、すべてを受け入れられるほど僕も器の大きい人間ではない。

「でも、魔法世界が群馬県だなんて……形が鳥に似てるって共通点だけではとても納得できないよ」

「傍証はほかにもたくさんありますよ。たとえば、魔法世界は麻鈴さんが昔住んでいたところよりも三倍大きいとか。群馬県の面積は東京都の約三倍です」

符合はするのだろう。でも、断定にはほど遠い。

僕の様子からまだ納得できていないことを悟ったように来栖さんは尋ねた。

「では、煉瓦造りの魔法学校はどうでしょう？」

「どう、と聞かれても……。そんなものが実在するとはとても思えないけど……」

「厳密には学校ではないのですが……ならば、煉瓦造りの巨大な建物はどうです？」

「煉瓦造りの建物……？」

それならばと、いくつか頭の中に思い描いて――思わず全身が総毛立った。

まさか、そんな――っ！

「そうです。関東近郊で煉瓦造りの巨大な建物なんて、東京駅舎か、横浜赤レンガ倉庫か――群馬の富岡製糸場くらいですよ」

富岡製糸場（とみおかせいしじょう）――群馬県富岡（とみおか）市に位置する、国指定の重要文化財にして国宝であり、近年世界遺産にも登録された日本初の機械式製糸工場である。僕はまだ直接見たことはないが、木骨煉瓦造りという当時のままの形で残されているという。

さすがに言葉を失う。

荒唐無稽に思われた魔法世界群馬県説が、にわかに信憑性を帯びてきたのだ。この複雑な感情は筆舌に尽くしがたい。

「ちなみに麻鈴さんは、手記の中で、魔法学校見学中に川のせせらぎを聞いています。富岡製糸場のすぐ側には鏑川（かぶらがわ）という川が流れていますから、こちらも符合しますね。確か、麻鈴さんにここが魔法学校だと教えたのはうらみさんだったかと思いますが……あなたは、光琳氏の考え出した魔法設定を忠実に再現するために、麻鈴さんに魔法学校だと教えたのですね？　子どもにとって最も身近な巨大建造物は学校ですから、麻鈴さんも受け入れやすいと思ったのでしょう」

　うらみさんは何も答えずに、ただ黙って俯いている。

「でも、ちょっと待って……！」僕はまた来栖さんの語りを遮る。「魔法世界と実際の群馬県に色々と共通項があるのはわかったよ。でも、それなら麻鈴さんの体験した瞬間移動はどう説明するのさ」

「その答えは、瞬間移動のまえに麻鈴さんが必ず飲んでいた魔法のジュースにあります」

　まるで僕の疑問を予想していたように、来栖さんは滑らかに言葉を紡ぐ。

「魔法のジュースには、少量の短時間型ベンゾジアゼピン系抗不安薬が混入されていたのです」

「ベンゾジアゼピン……？　まさか前向性健忘か⁉」

　僕は声を荒らげる。

　ベンゾジアゼピン系——ベンゼン環とジアゼピン環から成る向精神薬だ。中枢神経系に作用し、催眠、鎮静、抗不安、筋弛緩（きんしかん）作用などを示す。その大半が小児に用いることもできる比較的安全性の高い薬剤だ。

幅広い薬理作用により多くの精神系疾患に利用されるが、半面多くの副作用がある。そのうちの一つが、前向性健忘——つまり一過性の記憶障害だ。これはある時点、つまり薬の服用から一定時間の記憶が、覚醒後に思い出せなくなるというものだ。

薬学部で薬物治療を学ぶ者ならば誰もが知っている、あまりにも有名な副作用。来栖さんとも偶然試験絡みでこの話をしていたのに……何故気づかなかったのか……！

「はい。まさしくそのとおり。麻鈴さんは、副作用の前向性健忘により長距離移動した記憶がすっぽりと抜け落ちた状態で東京の工房から、まったく同じように建てられた群馬の工房まで移動していたのです。意識の上では、まさに瞬間移動でしょう」

さすがに一瞬言葉に詰まる。何という乱暴な理屈だ……！

「で……でも、どうしてわざわざ眠らせて移動なんて面倒なことを……？」

「それは、麻鈴さんが車に乗ることができなかったからです」

「……え？」

そんなこと、一言でも〈グリモワール〉か、情報屋の資料に書いてあったか……？

「これは私の想像ですが……麻鈴さんは、幼少期に自動車事故でご両親を同時に失っています。そしてそのときの恐怖体験のために、車に乗ることがトラウマになってしまったのだと思います。実際、〈グリモワール〉の中では、ご両親の事故について記述された箇所以外に一度も車が登場していないでしょう？　登場する移動手段と言えば、電車と徒歩と瞬間移動だけです。特に〈聖心園〉まで、電車を乗り継いで行く、というのは少々不自然です。タクシー代くらいのお金はあったでしょうし、常識的に考えたら、普通傷ついた小さな子どもを迎えに行くなら車を寄越しますよ。だから、思ったんです。ひょっとして、車を寄越さなかったのではなく、寄越せなかったのではないか、と」

来栖さんは麻鈴さんを見つめる。麻鈴さんはまだ状況がよくわかっていない様子ながらも、しっかりと話は聞いているようで辿々(たどたど)しく答えた。

「た、確かに……高校生くらいまでは、車に乗るとパニックになっていました。だから、子どもの頃は車に乗った記憶が……一切ありません」

来栖さんの推測は、簡単に裏付けられた。

「魔法世界が東京のように開発の進んだ大都市であるのなら、これはさほど問題になりません。電車を乗り継げば、徒歩も併せて大抵の場所へ行けるでしょう。しかし、魔法世界・群馬県は自然豊かな車社会の都市です。車なしで長距離を移動することはほとんど不可能に近い。そこでやむなく、麻鈴さんに抗不安薬を投与して車で移動することにしたのです。おそらく麻鈴さんは、移動中眠りに就いていたものの、覚醒時にその記憶を欠落してしまったために、瞬間移動したのだと思い込んでしまったのでしょう。工房の内装が東京と群馬で同一だったのも、その思い込みに拍車を掛ける要因になっていたと思います」

あるいは、初めから麻鈴さんに魔法世界設定を受け入れてもらうために、前向性健忘を想定してわざわざそのような演出を施していた可能性すらある。

ただ、それでも疑問はまだ大量にある。

「最初の瞬間移動はその説明で納得できるけど……魔法世界での瞬間移動はどう説明するの？　確かそのときも魔法のジュースを飲んでいたから、前向性健忘による錯覚は十分起こり得ると思うけど……でも、魔法世界内の移動には、瞬間移動する小部屋を使っていたはずだ。部屋自体が空間を移動するなんて、錯覚だけじゃ説明が付かないよ」

「ならば、『小部屋』という認識そのものが間違っていたのかもしれません」

相変わらず、来栖さんは落ち着いた口調で告げる。

「つまり、それは小部屋ではなく――キャンピングカーだったのだと思います」

あ、と思わず大きな声を上げてしまう。

そうだ、どうしてこんな簡単な可能性に思い至らなかったのだ。

移動用の小部屋は、家のすぐ隣に設けてあったと書いてあった。つまり、家とは別の存在だ。そしてキャンピングカーならば、トラウマで車に乗ることができない麻鈴さんでも、眠らせることで違和感を持たせることなく県内を自由に移動できる。

麻鈴さんの体験した魔法の数々は、概ね現実世界でも再現可能なようだ。

「じゃあ、まさか……魔法の街も……？」

「当然、実在します」

当たり前のように、来栖さんは頷いた。

これまで来栖さんはたくさんの不可能を可能にして見せてくれた。

ただの妄想だとまともに取り合ってこなかった魔法の数々が、現実のものであることを論理的に説明してくれた。

それでも……魔法の街だけはどう考えても現実とは思えない。

見たこともない色とりどりの花々が咲き誇る石畳の街。人とは異なる獣人やロボットが楽しそうに暮らし、街には汽車が走り、石塔や水晶のピラミッドがある場所なんて……いくら群馬が広いとはいえ、そんな秘境あるはずがない。

僕の不審そうな視線を受けて、来栖さんはそこでイタズラを企む子どものような笑みを浮かべる。

「実は今日、友だちに車を出してもらって、ちょっと魔法の街へ行ってきました。そのとき撮影した写真をプリントアウトしてきたので、見てみてください」

来栖さんはバッグから封筒を取り出して、テーブルの上に置いた。

みんなを代表して、麻鈴さんが震える手で封筒に収められた数枚の写真を取り出す。

「あ……ああっ！」

写真を一目見た瞬間、麻鈴さんは驚愕に目を見開き、悲鳴にも似た声を上げる。

「こ……これです！　私が見た魔法の街です！」

ほとんど悲鳴に近い叫び。僕も煌さんも慌てて写真を覗き込む。

そこにはまさしく、楽園のような美しい花々が咲いた石畳の風景が記録されていた。遠方には、石塔や水晶のピラミッドも見える。

まさか、まさか本当にこんな場所が実在するのか……！

一瞬、CGで描かれたものとも錯覚するほど非現実的な写真を目にして、煌さんは即座に膝を打った。

「そうか……！　植物園か……！」

「ご名答」嬉しそうに来栖さんは両手を合わせた。「こちらは群馬有数のフラワーパークになります。石塔は展望台、水晶のピラミッドの正体は——温室だったのです」

愕然としながら写真を眺める。〈グリモワール〉の記述の正確さに、僕は驚いて声も出なかった。テーブルに広げられた写真の一枚には、園内に汽車を模した移動用の小さな牽引自動車が走っているところがしっかりと収められている。

すべて……すべて手記のとおりだ……！

「で、でも、なら獣人とかロボットとかはどう説明するの……？」

最大の問題について尋ねるが、案の定来栖さんは事もなげに答える。

「ただのコスプレですよ。麻鈴さんたちの魔法使いと一緒です。みんなそのときだけ特別に仮装をしていたのです」

「…………」

何だか魔法よりも現実のほうがよほど荒唐無稽に思えて、目眩がしてきた。

「そんな……でも、どうして都合よくみんなコスプレを……？」

「麻鈴さんたちがフラワーパークを訪れた日が、コスプレイベントだったからです」

まるで当然であるかのように、わけのわからないことを言う。

「こちらのフラワーパークでは、年に数回、コスプレでの来園を認めたイベントを開催しているのです。コスプレ界隈では結構有名な話だったみたいで、おかげでコスプレ方面からすぐに場所を特定できました。ちなみにこちらのイベントは、二〇〇九年の夏から行われています」

麻鈴さんが魔法世界に行っていた時期とも符合する……!

「金色のロボットというのは、C－3POでしょうか。夏場は熱中症が心配になりますね」

他人事のように言って、来栖さんはアイスティーで口を潤した。

色々と思うところはあるけれども、とにかくこれで妄想と思われていた手記の魔法要素は、すべて現実のものであることが明らかになった。

しかし、それでも……それらは肝心の殺人事件には一切影響しないのではないだろうか。

麻鈴さんや、アルトさんたちの反応から見て、魔法世界が群馬だったことは、ほぼ確実なのだろうけれども……だからと言って、光琳氏の殺害が樽と剣の射出装置によって引き起こされたことは今さら覆しようがない。

魔法という超常の力が実在しないのであれば、なおさらだ。

来栖さんは、『白ひげ殺人事件』にどのような解決をもたらすつもりなのか……。

「では、これで下準備は完了です。ここからは、本日のメインである殺人事件のほうへ話を移して参りましょう」

グラスをテーブルに戻して、来栖さんはまた語り始める。

「と言っても、殺人事件の状況自体は、昨日の煌さんの推理どおりだったのだと思います。被害者は、樽と剣によるマジックのステージ装置によって殺害された。そして麻鈴さんは偶然それを目撃していた。この二点は揺るぎない事実として認識してください。その上で問題になってくるのが、いったい誰が何のためにこの事件を画策したのかということですが……ひとまず、考えられるところから考えてみましょうか。この日、光琳氏が死亡することで最も得をしたのは誰でしょうか？」

誰、と問われてもすぐには答えが出てこないけれども……。

そもそも弟子たちを除いたら、事件の関係者などあと二人くらいしかいないわけで。

「それは……客観的に考えれば野木氏だろうな」煌さんは腕組みをして答えた。「元より、光琳氏とは馬が合わなかったようだし、何より彼にはこの日鉄壁のアリバイがある。警察に疑われることなく、目障りな人間を排除できるわけだから、間違いなく光琳氏の死により最も得をするのは彼だ」

来栖さんは大仰に頷いた。

「まさしくそのとおり。ではもしこれが、巧妙に仕組まれたアリバイ工作だったとしたら、どうしますか？」

「アリバイ工作って……じゃあ、まさか本当に野木さんが師匠を……？」

　ショックだったのか、アルトさんは口に手を当てて驚く。

「これはあくまでも可能性の話なので、何の確証もないのですが……ひょっとしたら光琳氏は、野木氏に経営権のすべてを握られそうだったのではないでしょうか。〈グリモワール〉の中盤以降、光琳氏は忙しそうにしていたようですし……あり得ない話ではないでしょう」

　光琳氏と野木氏が『聖心園』の経営に関して意見を違えていたことは周知の事実だったようだし、光琳氏を疎ましく思った野木氏が最終手段として彼の殺害を企てたのだとしても、決して不思議はない。

「だが、さっきも言ったとおり、野木氏には鉄壁のアリバイがある。犯行時刻と思われる、二十四日の夕方、彼は遠く離れた愛知にいたのだ。現場の工房が東京ではなく群馬にあったのならばなお遠い。複数の目撃証言と防犯カメラのすべてを誤魔化すことなどできるはずがないし、どう考えても彼に犯行は不可能だろう」

　至極当然とも言える煌さんの指摘だったが、来栖さんは余裕の表情のままはね除ける。

「ところが、その不可能を可能とする悪魔のトリックを野木氏は考え出したのです。そしてそれゆえに、クリスマスパーティを行う予定だったあの日が実行日に選ばれました」

「それはつまり、ほかの日だったら不可能なトリックだったということか？」

「はい。あの日でなければ、弟子の皆さんが証言してくれませんからね。クリスマスイブ、に師匠が殺された、と」

来栖さんの言い回しに微かな違和感を覚える。どこか持って回った、本質的な部分をあえて避けているような言葉。

来栖さんが言っていることは、基本的に正しい。事件が起こったことを証言できるのは、弟子の魔法使いたちしかいないし、事実そうなった。

だが、弟子たちが最愛の師匠を殺した野木氏の利になるような偽証をするはずもないし……何より、姉弟子たちは本当に何も知らない様子で今も怖々状況を窺っているばかりだ。

だとしたら、いったいどこに欺瞞が隠されているのだろうか。

煌さんの推理では、家中の時計が一時間ずらされていたことが偽装工作になっていたが、愛知から群馬まで一時間足らずで往復できるはずもないし……。

………。

「……え？」

そのとき僕は一つのひらめきを得て、悪寒が走った。

まさか……そんな馬鹿な……！

「まさか麻鈴さんたちは、時間を誤認させられていたわけじゃなくて……日付を誤認させられていたのか！」

「——お見事」

僕のひらめきに、来栖さんは満足そうに手を合わせた。

3

魔法使いたちは、日付を誤認させられていた!

つまり野木氏は、何らかの方法で魔法使いたちにずらした日付を認識させ、それをアリバイ工作として利用していたのだ! 死亡推定時刻も、遺体半焼の影響で三十六時間まで幅があったので問題にならない!

でも、どうすればそんなことが可能なのだ……?

「麻鈴さんたちが、外界から隔絶した生活を送っていたことは、紛れもない事実です。特に魔法世界の設定を重視していたのですから、自宅にはデジタル製品がほとんどなかったはずです。そんな彼女たちですから、一日程度であれば日付を誤認させることはそれほど難しくなかったでしょう。事実、昨日悠里さんはカレンダーすらなかったと言っていました」

「で、でも、いったいいつから……?」

狼狽(うろた)えながらもうらみさんは尋ねた。少なくとも記憶の中では、日付を間違えて認識していた、という意識はないのだろう。

「具体的な日付まではわかりませんが……おそらく一ヵ月以上まえから、機を狙っていたはずです。しかし、ただずらした日付を認識させるだけでは、光琳氏にも不審がられてしまいます。そこで野木氏はきっと、こんな提案をしたのだと思います。『クリスマスパーティに参加したいが、二十四日はどうしても別の用事で参加できない。そこで今年だけは二十三日に開催してもらえないだろうか。しかし、子どもたちに残念な思いはさせたくないから、二十四日に行われたように見えるよう、どこかのタイミングで彼女たちの日付認識をずらしてほしい』と」

何という、悪逆非道か。

心に傷を負った少女たちを利用して、彼女たちが敬愛する師の殺害計画を企てるとは……度しがたい悪党ではないか。怒りのあまり、僕は拳を強く握ってしまう。

「……それで師匠は、あの晩に殺され、私たちは知らずと、あの人のアリバイを証言してしまっていたのね……」

アルトさんは力なく椅子に背中を預けた。やるせない想いで一杯なのだろう。

しかしこれで、魔法使いたちが薬で眠らされた本当の目的がわかった。彼女たちは八時間ほど眠りに就いていたわけではなく——三十二時間もの間、強制的に眠らされていたのだ。

すべては野木氏のアリバイを証言するために。

しかし、一度にそれだけ多量の睡眠薬を小児に与えて……よく無事だったものだ、と幸運に胸をなで下ろす。下手をしたら過量投与で呼吸が止まってしまってもおかしくない状況だ。睡眠薬の取り扱いは素人には難しいので、本来であれば医師が適宜状態を看ていなければならなかったはずなのに……。

「しかし……そう考えると、一つ奇妙なことに気づきます。そもそも光琳氏は、何故そのような不可解な状況を当然のように受け入れていたのでしょう?」

言われてみればそのとおりだ。

そもそも野木氏が突然クリスマスパーティに参加を表明すること自体が不自然だし、そのために弟子たちの日付感覚をずらせだなんて、あまりにもあからさまだ。

いくら光琳氏が温厚な人だったとしても、さすがにその状況では、命の危険くらいは考えるべきだろう。自分が死んだら『聖心園』の子どもたちの将来にも関わってくるのだから。

脳天気な楽天家だったわけでもなさそうだが……何故?

「その答えは――一つしかありません。光琳氏は、野木氏の考え出したアリバイ工作を逆に利用することで、彼を殺害する計画を企てていたのですよ」

……何だかまたとんでもないことになってきた気がする。

「つまり師匠は……逆に野木を殺すつもりだったと?」前のめりになる悠里さん。

「そうですね。そう考えるのが妥当でしょう」

でも――、とそこで麻鈴さんが口を開く。

「……私はこの目で見ました。工房に入ってきた師匠が、樽の中で剣に刺されるところを……。そして目の前に転がってきた師匠の顔を、間近に確認しているのです。あれは……断じて別人や作りものなんかじゃなかった……！　ということは、やはり師匠は野木さんによって殺されてしまったということですよね……？」

そうだ、麻鈴さんが犯行現場を目撃している以上、その事実は覆らない。

光琳氏の返り討ちの計画は、何らかの理由により失敗して、結局殺されてしまった……。

悲しげに目を伏せる麻鈴さんだったが、来栖さんは真っ直ぐに彼女を見つめて告げた。

「それこそが――事件の最大のポイントなのです。本質とさえ言ってもいいでしょう」

「意味が……わかりません」

力なく項垂れる麻鈴さん。来栖さんはあくまでも優しく語りかける。

「――ときに麻鈴さん。どうして工房に入ってきた人が光琳氏だとわかったのですか？確か、明かりを点けることはできなかったはずなので、当時は薄暗かったと思うのですが」

「……補助灯だけでもそれなりに室内は見通せましたし、何より多少薄暗かったところで、私が師匠の姿を見間違えるはずありません」

麻鈴さんは、少しむっとしたように来栖さんを見返した。

「でも、あなたは生まれつき視力が弱く、また当時は眼鏡などの矯正器具も使用していなかった。その上で、薄暗い室内の人物を本当に絶対に見間違えなかったと言い切れますか？」

「……っ！」

そこで初めて麻鈴さんは声を荒らげた。

「たとえ薄暗くても！　視界がぼやけていても！　師匠を見間違えることなんてありえません！　だって師匠は、あんなに素敵な白髪と白ひげで――」

そこまで言って、一瞬赤らんだはずの顔が急に青ざめていく。唇は震えだし、テーブルに突いた両腕は小刻みに戦慄いている。

来栖さんは、麻鈴さんを落ち着かせるようにゆっくりと告げる。

「――そう。工房へ入ってきた人物は、豊かな白髪と立派な口ひげを蓄えていた。当然あなたは、それを見て一目で光琳氏だと思ったことでしょう。ところが……そうではなかった」

「まさかそれが……野木さんだったと……？」怖ず怖ず尋ねるうらみさん。

「はい」

来栖さんは肯定するが、僕にはどうにもよくわからない。

「つまり野木氏が白ひげと白髪のカツラを被っていた、っていうことなんだと思うけど……。いくら何でもそれは都合がよすぎるんじゃないかな……？　確かにそれならば、理屈は通るけど……非現実的すぎるよ」

「……違うのだ、助手よ」

僕の疑問に答えたのは、意外にも来栖さんではなく煌さんだった。

「常識的に考えれば、助手の意見が至極正しい。野木氏が偶然、カツラと付けひげをして工房へ入ってくるなんて奇跡、そうそう起こるものじゃないだろう。でも……違うのだ。この日、このときだけは、そんな奇跡が起きても不自然じゃない……！」

いったい何を言っているのだろう。そんな偶然、そう都合よく——。

そのとき再び、吐き気を催すほどの悪寒に襲われた。

ああ、なんて馬鹿馬鹿しい結末……！

「野木氏は……サンタクロースに扮していたのか……！」

僕の声に、来栖さんは重々しく頷いた。

4

「あの日、麻鈴さんが工房で見たのは、光琳氏ではなく、白ひげと白髪のカツラを着けた野木氏でした」

ようやく事件の全貌が見えてきて、来栖さんはますます滑らかに言葉を紡いでいく。

「おそらくサプライズでサンタクロースに扮して聖川邸に顔を出すことになっていたのでしょう。さすがにただ参加したいというだけでは光琳氏からも怪しまれるでしょうから、自分からそれらしい役割を提案したのだと思います。アリバイ工作に抵触しない範囲でパーティに参加を表明するとしたらよい落とし所です。カツラと白ひげは、東京から群馬へ向かう車の中ですでに着けておいたのでしょう。どちらもボリュームがあって、ちゃんと着けるとしたら時間が掛かりそうです。現場に着いてから準備をするのも億劫でしょうから、状況としては不自然ではありません。サンタの衣装は直前に羽織ればいいだけの簡単なものを用意していたのでしょうね。そして野木氏は、工房へ到着してまもなく本来共犯者に仕立て上げるつもりだった安東氏に裏切られる形で、命を落としました。安東氏は初めから光琳氏と繋がっていたのです。おそらく予行演習とでも称して、野木氏は樽の中に入らされたのでしょう。その後、タイミングを見計らって、安東氏か、もしくは先に工房へ忍び込んで隠れていた光琳氏のどちらかが、射出装置のスイッチを入れた。これはあくまでも想像ですが、日頃の鬱憤が溜まっていたであろう安東氏が実際にスイッチを押したのだと思います。当初の計画では、樽ごと遺体を燃やすなり、山の中に埋めるなりするつもりだったのでしょう。野木氏は敵も多く、突然行方不明になったところで、誰も心配などしないような人物だった。だから、ひとけのない山奥の工房でサクッと殺してしまうだけで、簡単に完全犯罪が成立してしまう――ハズでした」

来栖さんはゆっくりと麻鈴さんを見る。

「……本来、誰にも見られないはずだった事件を、私が目撃してしまった」

覚悟を決めたように、麻鈴さんは低い声で答えた。

「ですが、それならば私が見た師匠の生首はいったい……？　さすがに間近ならば、師匠と野木さんを見間違えるはずないのですが……」

そうですね、と来栖さん。

「実は、麻鈴さんが光琳氏の頭部を目の前で目撃した、というのは非常に重要な情報です。そもそも麻鈴さんは、いったいどこから事件の様子を見ていたのでしょうか？　煌さんの推理では、壇のすぐ側、樽の真正面ということでしたが、そこではどう頑張っても光琳氏の顔を見ることができません」

「しかし、現実問題あの場所以外では、〈グリモワール〉の記述に反してしまう」

煌さんは腕組みをして口を曲げていた。来栖さんは首を振る。

「いいえ。実はもう一ヵ所だけ、あったのです。そしてそこだけが、すべての条件を満たす場所――」一拍置いて、来栖さんは言った。「それは樽の中です」

「樽の……中？」僕は反復する。「樽の中には野木氏がいたはずだし、それだと樽を真正面から見ることができないけど……？」

「先輩、思い出してください。樽は二重底になっていたことを。そして、壇から見た正面の壁には、客席側からどう見えるのかを確認するための鏡が――」

「そうか！　二重底の下部から、鏡越しにすべてを見ていたんだ！」

そう考えれば辻褄は合う。しかし、そもそも何故そんな場所に……？

「麻鈴さんは、工房を訪れた際、風でドアが揺れる些細な音にも敏感に反応してしまうほどの不安を抱えていました。そこで彼女は、偶然見つけた暗くて狭い場所に入り込み、心を落ち着かせることにしたのです」

それは……確かに〈グリモワール〉にも記載されていた。いつしか狭い物置の中だけが、安心できる場所になっていた、と……！

つまり不安を解消するため、あえて暗くて狭い二重底に身体を押し込めていたのか……！

「でも、それなら師匠の首の件はどう説明するの？」と悠希さん。

来栖さんはその疑問を片手で制した。

「それでは、ここからはまた時系列に沿った話に戻しましょうか。――とにかく、計画どおり野木氏を殺害することに成功した光琳氏ですが、そのとき奇妙なことに気づきました。何故か樽の二重底のほうから人の気配がするのです。不審に思った光琳氏は、壇に登り、そして床に手を突いて二重底に設置した小窓の中を覗いてみたのです」

床に近い二重底の小窓を覗き込むためには、顔を横にしなければいけない……！

「そして、光琳氏は中に麻鈴さんが隠れていたことを知り、驚愕に顔を引きつらせました。信じられないものでも見たように、ね。麻鈴さんが生首だと思ったのは、このときの光琳氏の顔だったのです。樽から覗いていた頭部が見えなくなっていたのは、単に脱力して樽の内部へ落ち込んでしまっただけでしょう。身体は突き立てられた剣によって固定されているので、首だけが力なく項垂れていたような状態だったのだと思います。しかし、それを見た麻鈴さんは、頭部が切断されて目の前に落ちてきたのだと錯覚してしまい、意識を失いました。とにかく光琳氏は慌てて麻鈴さんを二重底から救出しました。そして、この犯行を目撃されてしまったことを知り、計画を大幅に変更する覚悟を決めたのです」

「しかし……はたして本当に計画を変更する必要があったのだろうか？」

煌さんは、ソファに腰を下ろしたまま長い足を組み替えた。

「野木氏が誰からも疎まれていたことは周知の事実であり、彼に消えてもらったほうが都合がいい人間は大勢いたのだ。ならば、当初の予定どおり下手な小細工など弄(ろう)さずに、その辺にでも埋めておくべきだったのではないか？　麻鈴さんが見てしまったものだって、悪い夢だったことにしてしまえば、彼女もそれ以上は気にしないだろうに」

「そうですね。光琳氏も最初はその考えが浮かんだことでしょう。しかし、野木氏の失踪(しっそう)が明るみに出ればさすがに警察は色々と調べを進めます。犯人とまでは考えていなくとも、聖川邸へ聞き込みに来るかもしれません。そしてそのとき麻鈴さんが、うっかり事件のことを口にしてしまったらどうなるでしょう？　光琳氏が実際に生きている以上、ただの子どもが見た悪夢だと判断してもらえればそれで構わないものの……万が一疑いの目を向けられてしまったら、麻鈴さんの心をまた傷つけることにも繋がりかねません。さらに最悪の可能性として、工房を徹底的に調べられた結果、血痕の一つでも見つかってしまったら光琳氏は捕まってしまいます。そうなったら……今度こそ『聖心園』は、おしまいでしょう。つまり最悪の結果になる確率は決して高くはないものの、麻鈴さんに目撃されてしまった以上は、確実に弟子たちや『聖心園』を守れる方向で計画を修正する必要があったのです」

そして来栖さんは静かにそれを告げた。

「その果てに辿り着いた結論が——野木氏に成り代わることだったのです」

室内が、一度しんと静まり返る。

状況的に考えて、その結論は誰もが予想したものだろうが……本当にそんなことが可能なのか。

「……やっぱり無理よ」アルトさんは、力なく首を振った。「いくら兄弟とはいえ……師匠と野木さんが入れ替わっていたら、さすがに私たちは気づくわ。だって、ずっと一緒に暮らしていたのだから」

同意を求めるように、妹たちを見回す。うらみさんも自信がありそうに頷く。ただ、悠里さんと悠希さんは、不安そうな面持ちだった。アルトさんは怪訝そうに眉を顰めた。

「どうしたの？　あなたたちは……入れ替わっていたかもしれないと思うの？」

「……アルト姉様」悠里さんは恐る恐る言った。「何の根拠もない思い付きだけど……ひょっとして……もしかしたら……師匠たちもそうだったんじゃないかな……？」

「そう？」

不思議そうに首を傾げるアルトさん。次いで悠里さんたちは、来栖さんを見やる。

来栖さんは、深々と頷いた。

「光琳氏と野木氏もまた、悠里さんたちと同様に——一卵性双生児だったのです」

5

　再び誰もが言葉を失う中、来栖さんだけは淡々と続ける。

「光琳氏はかつて瞬間移動のイリュージョンを得意とするマジシャンだったそうですね。瞬間移動を得意とするマジシャンの中には、双子の人もいると聞きます。光琳氏が双子だったとしてもそれほど不自然なことではないでしょう。もしかしたら、悠里さんたちのお母様は、光琳氏からこの双子の話を聞いていたので、悠里さんたちが生まれたとき、それを運命のように感じ、かつての光琳氏に並ぶマジシャンとして育てる覚悟を固めたのかもしれません」

　来栖さんの言っていることは、ほとんど空想に近い暴論だったが、不思議と胸に響き、上手い反論が思い浮かばなかった。このイカれた世界観の事件の中ならば……そんな非常識なことが起こっても不思議ではないと思ってしまったから。

「……だが、仮に一卵性双生児であることを周囲に隠していたとしても、警察はどうする？　戸籍を調べられたら一発でバレるだろう」

　煌さんは鋭く突っ込む。しかし、来栖さんは動じない。

「悠里さんたちが生まれたときと同じように、双子として出生届を出さなかったのでしょう。光琳氏らが生まれたのは戦前ですから、その頃はまだ多胎児は不吉だと考えられていた可能性は十二分にあります。周囲の目を誤魔化すために、年子として育てられていたとしてもそれほど不思議はありません。当時の戸籍なんて、杜撰なものですし」

現代ではとても考えられないけれども、確かにかつては多くの文明圏で双子が不吉であると考えられていたと大学の講義で習った。それは明治の文明開化の後ですら、長い間引き摺られていたとも……。

ならば、光琳氏と野木氏が意図的に隠された双子であったというのは、それほどデタラメな仮説とも言い切れないのかもしれない。

「双子である事実を、光琳氏らは徹底して隠してきました。光琳氏は、眉毛や髭で人相を隠し、対して野木氏は苗字も変え、頭を丸めてサングラスとしかめ面で周囲を欺いてきました。それほど印象が違えば、兄弟であるという事前情報も手伝って、周囲の評価は、多少顔が似ている、程度に落ち着いたはずです」

実際、情報屋の資料で僕は二人の顔を見ているはずなのに、双子である可能性は一度たりとも考慮しなかった。きっとすぐ近くにいた『聖心園』の職員や、アルトさんたちですら、気にも留めていなかったことだろう。

「光琳氏と野木氏が一卵性の双子だったとすると、成り代わりもそう難しいものではなくなります。白髪と白ひげをすべて剃り落とし、サングラスを掛けていつもしかめ面をしていれば、周囲を騙すことはそれほど難しくなかったでしょう。問題は、一緒に暮らしていた愛弟子たちです。彼女たちはいつも顔を突き合わせて暮らしていましたし、皆聡明ですから些細なきっかけから光琳氏と野木氏が入れ替わっていることに気づかれてしまう恐れがありました。だから事件後、『聖心園』ではなく、全員を遠くの全寮制学校へ入学させたのです。自分の元から、遠ざけるために」

何かを得るためには、何かを失わなければならない。

愛弟子たちを守るために行ったことで、結果的に愛弟子たちを遠ざけることになってしまった……。

酷い矛盾だ。でもそれが、彼の受け入れた罰だったのかもしれない。

「話を戻しましょう。光琳氏と安東氏は、元々野木氏が用意していたアリバイ工作を流用することに決めます。そこで、弟子たちの元へ睡眠薬入りのお菓子を持って行くことにしました。これは当初の予定にはないものでしたが、光琳氏は元医師ですし、同系の薬剤は何度か麻鈴さんに使用しているくらいですから、薬の在庫は問題なかったと思います。また素人には難しい薬の扱いも、元内科医であった光琳氏ならば慣れたものだったでしょう。お菓子はきっと本当にたまたま安東氏が皆さんのために持ってきたものだったのだと思います。そして皆さんを眠らせ、麻鈴さんもいったん家まで運んだあとで、二人は偽装工作に移ります」

いよいよ推理は佳境に突入する。

「何はともあれ、まず野木氏の頭部を切断しなければなりません。ところがいざ切断しようとしたところで問題が発生しました。麻鈴さんが見たとおり、脱力した頭部が樽の内部へ落ち込んでしまっていたのです。身体のほうは、外から突き刺された剣によって固定されていたので、このままでは頭部を切断できません。そこで一人が頭部を手で持ち、もう一人が鋭利な刃物で切断するという分担が行われたのだと予想しますが……どうにも危うかった。何故なら野木氏には、髪も髭もなかったため摑むところがなかったのです。カツラと付けひげを外すことで作業はしやすくなったでしょうが、刃物を使用しての作業なのでこのままでは危険が伴います。そこでやむなく、ロープを首に掛け、上から吊り上げる形で固定したのです。ロープの跡が残ってしまったのはそのためです」

推理を語り始めるまえに来栖さんは、煌さんの推理は九割方当たっているが本質を見誤ったために百八十度反転してしまっている、と言っていたがまさにそのとおりだ。

被害者は入れ替わり、ただの偽装工作に思われた痕跡は本当に必要な工作の痕跡だった。

ならば、この果てに麻鈴さんが救われる道もあるのだろうか——。

「苦労してどうにか頭部の切断に成功したあとは、樽と弟子たちを東京まで運びます。ちなみに二十三日の東京に雪は降っていなかったため、足跡の件は本質的に何も問題になりません。夜通し作業することも可能です。大量の荷物で埋め尽くされ、大人一人がようやく通れるほどの小路しかなかったという工房に、果たして剣が刺さった樽など運び入れられるのかという疑問も湧いてきますが、荷物の山を押し崩して無理矢理に通路を広げてしまえばいいだけですからこちらも問題にはなりません。どうせ最後はすべて燃やしてしまうのです。ここに丁寧な仕事など不要でしょう。樽を工房に設置し終えたあと、光琳氏は髪と髭を綺麗に剃り落とします。翌朝からは、野木氏として行動しなければならないのですから当然ですね。野木氏の仕事の状況は、安東氏がすべて把握していたでしょうから、彼からの情報だけで十分成り代わりは可能だったでしょう。光琳氏が愛知でアリバイ工作をしている間、安東氏は東京の聖川邸でクリスマスパーティの装飾などを行いました。このあと火を放ちすべて燃えてしまうのだとしても、万が一焼け残った場合に備えて弟子たちの証言との不一致に不審を抱かれないようにするためです。このあたりは、念には念を入れて、という感じなのでしょうが、弟子たちのためにその後の人生を擲つ覚悟を決めるほどの光琳氏ですので、偽装工作は徹底したはずです。そして、すべての工作を終了したのち、安東氏は家に火を放ち即座に通報しました。深夜帯にしたのは、確実に、そして速やかに火を消し止めてもらうためでしょう。車通りの多い時間帯だったら消防の到着が遅れる可能性がありますからね。ましてこの日はクリスマスイブ。普段以上に人や車は多かったはずです。それゆえに皆が寝静まった丑三つ時に火を放ったわけです」

不審に思われた様々な偽装工作は、すべて麻鈴さんたちを守るための措置だったわけか……。

「安東氏は、その後ほとぼりが冷めるまでどこかに身を潜め、その後は光琳氏の群馬の家で生活していたのだと思います。ある意味において安東氏は、光琳氏と野木氏の身内トラブルに巻き込まれた被害者とも言えるわけですから、たとえ安東氏が私怨から野木氏を殺害していたのだとしても、それなりの補償をしたはずです。今もそこに住んでいるのかまではわかりませんけれども……。さて、最後に諸々の細かい偽装工作のお話もしておきましょうか。まずは、遺体の指紋の件。おそらくですが、東京の光琳氏の自宅には元々野木氏が住んでいたのだと思います。共同経営者なのですから、彼が光琳氏の自宅を出入りしたところで誰も不審には思わなかったでしょう。だから、自宅には彼の指紋だけがたくさん残されていたし、自宅や倉庫の鍵も持っていた。何も不自然なところはありません。自宅のほうには、その後眠った弟子たちの指紋を適度に付けておけば警察に怪しまれることもないでしょう。DNA鑑定の結果も、二人が双子であったのなら何も問題がなくなります――以上により、『白ひげ殺人事件』の全貌は明らかとなりました。ご静聴、ありがとうございました」

来栖さんは昨日の煌さんを真似るように一度立ち上がり、恭しくお辞儀をした。

室内は、水を打ったように静まり返っている。皆、どういう反応を示せばよいのかわからなくなっているのだ。

かくいう僕も――感情がぐちゃぐちゃで頭が上手く回らない。

何というか……まるで魔法に掛けられたような気分だ。もしかしたら、突然舞踏会に参加することになったシンデレラもこんな気持ちだったのかもしれない。

おおよそ現実感のない話だったにもかかわらず、最終的に提示されたのは論理によって裏打ちされた、確かな現実と地続きの物語。

僕は改めて来栖志希という女の子の〈名探偵〉としての素質に圧倒される。

「さて――麻鈴さん」

来栖さんは渦中の魔法使いに声を掛けた。

「これが……あなたが追い求めてきた真相です。多少の救いはありますが、あなたにとっては後悔の残る結末かもしれません」

「……そう、ですね」囁くように、麻鈴さんは答えた。「私が……余計なことをしなければ、私たち家族がバラバラになることもなかった……。そう思うと、悔しいばかりです……。だって私たちは……大好きな師匠の死に目にも会えなかった……！」

麻鈴さんの双眸からぽろぽろと涙が零れた。

そう、野木氏に扮した光琳氏は、昨年亡くなっている。光琳氏は、人々から忌み嫌われた野木氏の人生を表したように、ひっそりと誰にも看取られることなく逝った。

もしも麻鈴さんがあの日、大人しく家で待っていたのであれば……こんな悲しい結末にはならなかっただろう。因果の巡り――バタフライ効果と言ってしまえばそれまでだけれども、その因果を作ってしまった張本人としては、後悔しないはずがない。

「私だけならまだしも、姉様たちも……師匠の最期を看取れなかった……。返しきれないくらいたくさんの恩があったのに……結局私は、何も師匠に返してあげられなかった……！」

「……麻鈴」

自らも涙ぐみながら、アルトさんはそっと妹の肩を抱いた。

「麻鈴のせいじゃないわ……これは、全部師匠が決めたことなんだから……一人で背負い込もうとしないで……私たちは、誰もあなたを恨んでいないから……」

「でも……姉様……！」

麻鈴さんは堪えきれずに嗚咽を漏らす。その悲痛な声は、本来部外者のはずの僕の胸さえ激しく締めつけた。

僕に何かできることはないだろうか——そう考えたとき、ふとまだ説明されていなかったある疑問が脳裏を過ぎった。

「——結局、〈魔法の極意〉って何だったんだろう……？」

思わず口から溢れてしまった。え、と麻鈴さんは小さく呟く。

不用意な発言からみんなの視線を集めてしまった手前、今さら引くこともできず仕方なく僕は思ったことを口にする。

「その……どうして光琳氏は、わざわざ〈魔法の極意〉なんて話をしたのかな。『星の王子さま』から引用までして……アルトさんたちに何を伝えたかったんだろう？」

しばし、再びの沈黙が満ちる。

最初にそれを破ったのは、来栖さんだった。

「……たぶんですけど、そのときすでに光琳氏はこの結末を予想していたのだと思います」

「え……？　当初の計画だと何事もない日常が戻ってくるはずだったんじゃ……？」

「理想はそうですね。でも、それと同時にすべてが都合よくいくはずないのだという、ある種の諦観のようなものもあったのだと思います。だから、もしもの場合に備えて、〈魔法の極意〉を皆さんに託したのでしょう」

「でも師匠は、それに至るのは自分自身だと……」

今にも消え入りそうな麻鈴さんの呟き。来栖さんは頷いた。

「ええ。皆さんに託されたのはあくまでも〈道〉です。しかし……今のあなたなら、それに至ることができるのではないですか？」

一瞬、きょとんとしてから、麻鈴さんは涙を拭った。来栖さんは優しく続ける。

「アルトさんたちは、東京の病院で目を覚まして事件について聞かされたとき、眠っている間に自分たちが群馬から東京まで移動していたことにすぐ気づいたはずです。彼女たちは魔法世界が群馬県であることを知っていたのですから当然ですね。でも、誰一人として警察にそのことを告げませんでした。さすがにいくら聡明な姉弟子の皆さんでもこの時点で、麻鈴さんが犯人である、という昨日煌さんが語った最悪の可能性には、至っていなかったはず。皆さんが事件の真相を察したのは、ずっと後のことでしょう。だから、警察の事情聴取で自分たちが群馬にいたことを話さなかったのは、もっと別の個人的な理由によるものであるはずなのですが……それは——何故でしょうか？」

麻鈴さんは、姉弟子たちに目を向ける。アルトさんたちは、一度顔を見合わせてから、意味深な笑みを浮かべるだけだった。

麻鈴さんは真剣な表情で考え込む。

「それは……きっと、私のためだったのだと思います。私はまだ小さくて、魔法世界のことを信じきっていたから……。本当のことを警察に話したら、きっとそれは私にも伝わってしまうと思って……黙っていたのだと、そう思います」

麻鈴さんの魔法世界設定を守るため、ということか。

来栖さんは穏やかな表情で小首を傾げた。

「――おそらく皆さん、最初は訳がわからなかったはずです。目が覚めたら知らない病院にいて、ほかの姉妹とは会話をすることも許されないうちに、大好きな師匠の死を聞かされて……慟哭するほどの絶望と悲しみに襲われていたことでしょう。それでも、皆さんは魔法世界の秘密を守ったのです。口裏を合わせたわけでもなく、全員が、自らの意思で、その件についてのみ口を噤みました。すべては――麻鈴さんの大切な思い出を守るために」

奇跡だ、と思った。

まだ子どもとも呼べる女の子たちが、誰に言われるわけでもなく、末っ子の妹のことだけを一身に考えていた。

以前、姉弟子たちが口裏を合わせていたという可能性について検討したとき、来栖さんは現実的ではない、と棄却した。

ところが現実は口裏すら合わせることなく、全員がたった一つの嘘を吐き通していた。

これを奇跡と呼ばずして何としようか。

麻鈴さんの瞳から、また涙が零れた。しかし、それは先ほどまでの後悔の涙ではなく、何かを悟ったような、熱い涙だった。

「〈魔法の極意〉とは、それすなわち――〈優しい嘘〉だったのです」

来栖さんの言葉に、僕は雷に打たれたような衝撃を受ける。

両親を失い、その後引き取られた家でもつらい思いをしてきた――生きる気力を失った小さな女の子。

そんな女の子に、世界はあなたが思っているほどつらいものばかりではないよ、と伝えるために、ほんの少しだけ世界の見方を変える演出を施した。

その結果、見事に女の子は生きる希望を取り戻した。

誰かを騙すためではなく、誰かのことを思って吐く優しい嘘。

それこそが――〈魔法の極意〉。

そして奇跡を再現する神秘の力を、〈聖川一門〉では〈魔法〉と呼ぶ。

姉弟子たちは、病院で師匠の死を知ったとき、見事にみんなが〈魔法の極意〉に至っていたのだ。

だから、口裏など合わせることなく、全員で同じ行動を取ることができた。

一番末っ子の可愛い妹を守るために、みんなが叶えた魔法――。

これは、紛れもなく一つの奇跡だ。

その尊い精神は、何よりも大切なもので、でも決して目には見えないもので。

「ね？　だから最初に言ったでしょう？　魔法はある、って」

来栖さんのその宣言により、今度こそ完全に事件は幕を閉じた。

魔法使いたちは、静かに肩を寄せ合っていつまでも涙を流していた。

エピローグ

1

耳を劈くセミたちの大音声を浴びながら、駅前広場に向かって走る。

熱の塊のようなねっとりとした空気が、身体に絡みついて行く手を阻もうとしてくるが、僕は必死でそれらを掻き分け突き進む。

全身からはすでに汗が噴き出している。出掛けるまえにシャワーを浴びて身を清めたのも、鏡の前で三十分格闘してバッチリ決めた髪型も、すべて無駄になってしまった。

というか、余計な準備に気を取られていたがために、肝心の約束に遅れそうになるなんて滑稽としか言いようがないが、今さらそんなことを言ったところで後の祭り。

とにかくこの炎天下の中、一秒たりとも待ち人を待たせてはならないという使命感だけを胸に、僕は懸命に足を動かす。

結局、約束の時間をきっかり五分オーバーしたところで、目的地に到着した。

駅前広場にそびえる、ロンドンのビッグ・ベンをスモールサイズに模した時計塔の下には、とびきりの美女が白い日傘片手に、所在なさげに立っていた。

「来栖さん、遅れてごめん！」僕は慌てて駆け寄った。

「あ、先輩」僕の姿を認めると来栖さんは表情を和らげた。「よかった、無事だったんですね。先輩、いつも時間には几帳面だから、何かあったんじゃないかって不安だったんですよ」

怒るでもなく、穏やかに言いながら、来栖さんはハンカチを差し出してくれる。おそらく僕が見るに堪えないほど汗だくだったためだろう。

ありがたく拝借して顔を拭く。ハンカチはまたやたらといい匂いがした。

「本当にごめん……！　その、恥ずかしながら準備に手間取っちゃって……」

「気にしてないですよ。かくいう私も、楽しみで昨日あまり眠れませんでしたし」

可愛らしくちろりと赤い舌を覗かせた。

「ねえ——先輩」

日傘を折りたたむと、来栖さんは後ろ手を組んで上目遣いを向けてくる。

「私の恰好、変じゃないですか？」

そこで僕はようやく来栖さんの全身に意識を向ける。

本日のお召しものは、襟の大きな空色の膝丈ワンピース。ウエストに巻かれた濃紺のリボンめいた布ベルトがいいアクセントになっている。足下は涼しげな白いミュール。ややヒールが高めなのは、僕と並んで歩くことを意識してなのか——などと余計なことまで考えそうになるので、ひとまず率直な感想を告げる。

「すごく似合ってるよ。控えめに言って天使」

「あはは、ありがとうございます。先輩も、素敵ですよ」

わずかに頰を染めて、嬉しそうにする来栖さん。

「それでは、早速参りましょうか」

来栖さんはゆるりと歩き始める。僕もその隣に並ぶ。

男女が待ち合わせて一緒に歩くなんてまるでデートのようだが……それもそのはず。

そう。本日は待ちに待った来栖さんとの初デートなのである——。


魔法使いたちのいざこざを見届けてから、一週間ほどが経過したある日のこと。

久しぶりに来栖さんと二人で夕食を食べていたとき、突然彼女が言った。

「あの、もしよかったら次のお休み、デートしません？」

あまりにも脈絡のない言葉だったので、僕は危うく啜っていたそうめんをすべて噴き出すところだった。

「え……デート……？　え……え……？」

思考が追いつかない。めんつゆの器を卓袱台に置いて、熱いお茶を啜っても、やはり状況が理解できなかった。来栖さんは困ったように苦笑する。

「そんなに動揺されると、私としても気が引けるのですが……。デートという表現が気になるのならば、お出掛け、と言い換えましょうか。ちょっと付き合っていただきたいところがあるので、お手すきのときにお時間いただけませんか？」

「いや、デートで問題ないよ！」

僕は慌てて否定する。まさか来栖さんとのデートを嫌がっていると思われるのは心外にも程がある。来栖さんと出会ってから数ヵ月、何度夢見たことか！

「是非行こう！　喜んでどこへなりとも付き合うよ！　いやあ、来栖さんとのデート嬉しいなあ！」

「あ、ありがとうございます……」

若干引いた様子で、来栖さんは乾いた笑みを浮かべた。動揺のあまり少し前のめりになりすぎたかもしれない、と反省する。わざとらしく咳払いを一つ。

「……で、どこへ行くつもり？」

「それは、当日のお楽しみということで」

イタズラっぽく、来栖さんは唇に人差し指を当ててウィンクした——。


熱波の中、並んで歩きながら、僕は初デートの緊張感を何とか払拭しようと、最近あったことを雑談として語る。

「……そういえば、昨日大学の図書館で麻鈴さんと会ったよ」

来栖さんは先を促すように、興味深そうな目で僕を見上げた。

「あれから姉弟子たち全員で、野木氏の……光琳氏のお墓参りに行ったんだって」

「それは……よかったです」来栖さんは表情を和らげた。「麻鈴さん、色々と吹っ切れたんですかね」

あの日、来栖さんがすべての真相を明らかにしたあと、麻鈴さんのことはアルトさんたちに任せてしまったので、その後彼女がどうなったのかを、僕らは何も知らなかった。

事件のことを彼女がただ悔やむのか、それとも何らかの新しい決断をして、前向きに生きていくことにしたのかは、部外者である僕らには関わりのないことなのだろうけれども……。それでも、できれば彼女にとってよりよい選択をしてもらえれば、とそう願うばかりだ。

昨日会った麻鈴さんは、最初に会った頃よりも少し明るく見えた。

何よりも——。

「彼女、前髪を切ってたよ」

「あら、それは素敵ですね」来栖さんは笑顔を見せる。「視界も広がって、幸先がよさそうです」

早くも大学図書館の受付のバイトにとんでもない眼鏡美女がいると話題になっている模様。伊勢崎などは早速鼻息を荒くしながら、「知的美女、いいよな」と嘯いていた。その子、おまえが捜し求めてた魔法使いだぞ、とは口が裂けても言えない。

とにかく、来栖さんのもたらした結末で、麻鈴さんが不幸にならなかったのであれば、僕はもうそれだけで十分だ。きっと来栖さんも同じ思いだろう。

そんなことを考えながら、足を進めること十分ほど。

僕らは、かつて魔法使いたちが深夜に対峙していた児童公園に着いた。

「もしかして……ここ？」

念のため確認をすると、小さな後輩は、はい、と頷いた。

来栖さんは、炎天下にもかかわらず子どもたちが楽しげに走り回って遊ぶ園内に足を踏み入れていく。僕一人で日中の児童公園になど足を踏み入れようものならば、不審者として通報されても文句は言えないが、圧倒的美少女である来栖さんと一緒ならばたぶんきっと許されるだろう、と勝手に自己完結してその背中を追う。

幸いなことに特に悪目立ちをすることもなく、僕らは日陰のベンチに腰を下ろした。

「んーっ、フィトンチッド感じますねぇ」

来栖さんは、気持ちよさそうに伸びをする。

「フィトンチッドは疑似科学だよ」

「大切なのは心持ちですよ。ほら、〈魔法の極意〉と同じです」

それを言われてしまったら僕もこれ以上は突っ込めない。にこやかな来栖さんを見て、僕は降参の意を込めて肩を竦めた。

それからしばし無言でまったりする。日陰とはいえ、たぶん外気温は三十度を超えているはずなのだけれども、緑の多い自然公園であるためか、比較的過ごしやすく心地好い。

こうしてのんびり公園デートというのも乙なものだけれども……まさか来栖さんが何の目的もなく僕と公園のベンチに座っているとも思えず、何とはなしに落ち着かない気持ちになる。

　そんなことを考えていたところで、不意に声を掛けられた。

「青春してるな、若人（わこうど）よ」

　僕は慌てて声のほうを見やる。そこには、長身の美女が立っていた。スタイルのよさを誇示するパンツルックと大胆な開襟シャツ。胸元には銀色のドッグタグが光っている。ホストめいたその人物が一瞬誰だかわからなかったが、その燃えるような紅蓮（ぐれん）の髪は、どうしようもなく見覚えがあった。

「こんにちは、火乃さん」

　来栖さんはまるで友だちと出会ったように親しげに声を掛けた。

　火乃さん——。そう、目の前に現れたのは、〈聖川一門〉の〈獄炎使い（フレイム・マスター）〉、聖川火乃さんだった。まさか、このデートは初めから火乃さんと会うことが目的だった……？

　僕の疑問を裏付けるように、火乃さんは何も持っていない両手を僕らの前に示してから、どこからともなく缶コーヒーを出現させて差し出してきた。

「暑い中待たせて申し訳なかったね。これはそのお詫びだ」

「わあ、ありがとうございます」

　まるで動じた様子もなく、来栖さんは缶コーヒーを受け取る。訳がわからなかったが、僕も同じように受け取る。缶コーヒーは実によく冷えていた。マジシャン、すごい。

　感心する僕をよそに、火乃さんは来栖さんの隣に腰を下ろした。

またどこからともなく自分用の缶コーヒーを取り出して、喉を潤してから火乃さんは言った。

「麻鈴を救ってくれて、ありがとう」

様々な感情が籠もった、心からの言葉。

来栖さんは、お気になさらず、と微笑む。

「別に私たちが麻鈴さんを救ったわけではありません。姉弟子の皆さんが、それぞれに麻鈴さんのことを想っていたからこそ、麻鈴さんが前を向いて歩けるようになったのです。言うなれば、愛の勝利です」

「愛、か……」火乃さんは苦笑した。「そういう、ものなのかもな」

しばらく沈黙が続く。せわしないセミの声をバックにした、楽しげな子どもたちの声がやたらと大きく聞こえる。それから火乃さんは、またぽつぽつと語り始めた。

「きみたちが麻鈴に語ってくれた真相は、アルト姉様から聞いたよ。実に見事なもので、正直感心した」

「ありがとうございます」来栖さんは控えめに言う。「でも正直、証拠なんてほとんどない妄想みたいなものですから」

「そうでもないさ。ほとんど——当たっていた。ある一点を除いては」

当たっていた？　何故、火乃さんがそんなことを言い切れるのだろう？

僕は眉を顰めるが、来栖さんはその言葉を予想していたように言った。

「もしかしてそれは……火乃さんが光琳氏の協力者だった、という秘密のお話でしょうか？」

2

――セミの声がやたらとうるさい。

僕は暑さに喘ぐように荒い呼吸を繰り返しながら、必死に来栖さんが言ったことを理解しようと努めた。

火乃さんが、光琳氏の協力者……？

それはいったいどういう意味なのだろうか。

必死に暑さで空転を繰り返す頭を回していると、来栖さんは僕を見た。

「この事件にはもう一人協力者がいたんですよ。それが、火乃さんだったんです」

「……火乃さんが？」

「たとえば、事件後の樽の移動について今一度考えてみましょうか。樽の重さが二十キロ、中の遺体が軽く見積もって五十キロ、さらに剣が八本も刺さっていたのでプラス十キロくらいですか。総重量は八十キロにもなります。そんな重たいものを、特に身体を鍛えていたわけでもない高齢男性と中年男性の二人だけで運び出すことなど本当に可能だと思いますか？　現実問題まず不可能でしょう。樽を問題なく運び出すためには、最低でもあと一人は協力者がいないと話にならないのです」

言われるまで、疑問にすら思わなかった。これまでも何度か樽の重さについては、議題になっていたのに……最後の最後ですっかり失念してしまっていた。

「また、最後の火災も同様です。いくら証拠隠滅のためとはいえ、大切な愛弟子たちが眠る家に火を放つなど、あまりにも危険すぎます。おそらくですが、まずは工房に火を放った時点で消防に通報し、その後消防車のサイレンの音が聞こえ始め、弟子たちが確実かつ安全に救助される見込みが出てから本宅にも火を放ったのでしょう。加えて、弟子たちを眠らせ続けるためには、中途覚醒の度に、適宜少量の睡眠薬を追加で与える必要がありまず。元内科医であった光琳氏の指示のとおりに行ったのだと思いますが……それでも彼女たちの状態を常に看ている者は必要です。つまり、弟子たちの身を守るためにも、内部の協力者の存在は必須なのです」

　来栖さんは、流麗な論理を紡いでいく。

「さらに言うなら、安東氏が持ってきたお菓子についても同様です。安東氏がお菓子を持ってきたのは、パーティが始まる直前のことです。これから美味しいご馳走が待っている、というのにわざわざ安東さんが持ってきたお菓子を食べるでしょうか？　つまり、みんなにお菓子を食べるよう勧める人がいたのだと考えるのが自然です。ようするに今回の事件は、初めから弟子たちの誰かの協力がなければ実行不可能だったのです」

「で、でも……どうしてそれが火乃さんだと断定できるの……？」

証拠なんか、何一つないはずなのに。

「断定はできません。でも、状況証拠から最も協力者の可能性が高いのが火乃さんなのです。まず、力仕事の協力者として、小中学生だったうらみさんや悠里さんは除外してしまって構わないでしょう。残るは、アルトさんと火乃さんになりますが、麻鈴さんは〈グリモワール〉の中で、火乃さんのことを『一番背が高くて力持ち』と書いていました。線の細い非力な印象のアルトさんと比べれば、火乃さんが協力者だったと考えるほうが自然です。何より、最初に麻鈴さんから〈グリモワール〉を奪おうとしたのは、火乃さんです。火乃さんはきっと、初めから事件の真相を知っていたため、麻鈴さんから過去の思い出とともに〈グリモワール〉を奪い去り、彼女を過去の呪縛から解き放とうとしたのだと思います。もっともその目論見（もくろみ）を壊してしまったのは、ほかでもない私たちなのですけれども……」

反応を窺うように、火乃さんを見やる。火乃さんは、観念したように頷いた。

「全部――名探偵さんの想像どおりだよ。偶然、ネット上で麻鈴が当時のことをしたためた手記を残していることを知ってしまった。麻鈴だけが、未だに過去を引き摺ってしまっていると思ったら不憫（ふびん）で……。私は、その責任を取らなきゃいけないと思ったんだ」

「責任？　どうして火乃さんが責任を感じるんですか？　あくまでもただの協力者でしょう？」

「そもそもこの事件の動機が……私にあるからだよ」

切なげに、火乃さんは目を細めた。

「事件が起こった二ヵ月くらいまえかな。私は……野木に襲われたんだ」

僕と来栖さんは同時に息を呑んだ。

襲われた。それが言葉どおりの意味ではないことくらいは、僕でもわかる。

「悔しくて、悲しくて……当てつけに死んでやろうとしていたところで、師匠に泣きながら止められたんだ。必ず仇を討つから、どうか生きてくださいって……」

火乃さんの目に涙が浮かんだ。

「……それから師匠と安東さんで、野木を殺す計画を立てたんだ。何もかも全部……私のために」

事件の発端が、火乃さんの仇討ちだったのなら……火乃さんが麻鈴さんの現状に責任を感じてしまっても仕方がない、か。

それでも僕には、気持ちはわかります、なんて軽い言葉、口が裂けても言えなかった。

火乃さんたちの生きている世界は、あまりにも複雑で難解すぎる。

火乃さんは、指先で無造作に涙を拭ってから、気を取り直したように缶コーヒーを啜った。

「……とにかく、麻鈴の状況を知ったらもう居ても立ってもいられなくなって……気づいたらあの子に連絡を取ってた。連絡先は簡単に調べられたよ。嫌な時代だね、まったく」

火乃さんは不快そうに顔をしかめた。確か彼女は便利屋のようなことをやっているのだったか。きっと独自ルートの非合法な手段を用いて連絡先を調べたのだろう。

「私はある意味事件の首謀者なんだから、麻鈴から嫌われてでも〈グリモワール〉を奪わなきゃいけないと思った。でも、麻鈴の思い出を壊さないように、無理矢理魔法を使ったトリックをでっち上げたら……ご覧の有り様だよ」

どこの馬の骨とも知れない僕らが介入してきて、火乃さんの目的を邪魔してしまった。

「まあ、私が失敗したのは私の責任だから受け入れるしかなかったんだけど……。ところが今度は、アルト姉様や悠里までが私と同じように、麻鈴から〈グリモワール〉を奪おうと動き出した。みんな……麻鈴を過去の呪縛から解き放ってやりたい一心で……!」

再び、火乃さんの目元に涙が浮かんだ。

ああ、これもまた——魔法だ。

血の繋がりもなく、寄り集まっただけの姉妹なのに……事前に通じ合うことなく、みんながみんな麻鈴さんの幸せを願い、動いていた——。

思わず目頭が熱くなる。

結局、今回の騒動は、最初から最後まで魔法の物語だったのだ。

互いを思い合った家族の、夢と魔法の優しい物語——。

3

火乃さんと別れてから、僕らはまた真夏の炎天下を歩いて行く。

お互い、何も言わない。

何か言わなければ、とは思うが、今喋ったら、絶対に涙声になるので、話すに話せない。

幸いにして、情け容赦のない直射日光は、涙を含めた僕の水分を躊躇なく吸い上げてくれたので、五分ほど経過した頃には、だいぶ落ち着きを取り戻していた。

「……あの先輩」

ようやく来栖さんは口を開いた。もしかしたら僕と一緒で、落ち着くのを待っていたのかもしれない。

「なに？」

「今回は……本当にありがとうございました」

日傘を手にしたまま、来栖さんはぺこりと頭を下げる。しかし僕のほうは、何かお礼を言われるようなことをしただろうかと身に覚えのなさに首を傾げてしまう。

姿勢を正した来栖さんは、穏やかに続ける。

「今回の件で……私はつくづく思い知らされました。平和な解決を導くことの困難さと、その信念を貫くことの険しさを。私は、煌さんの推理を聞いて……一度心が折れてしまいました。私が首を突っ込まなければ、そもそも麻鈴さんは煌さんの推理を聞くこともなかったのですから、結果として私の信念が麻鈴さんを不幸にしてしまったことになります。

――そんなとき、先輩の何気ない一言が切っ掛けになって、事件を解決できました」

「ただの……偶然だよ」

「前回もそうでした。煌さんの推理を聞いて心が折れてしまったとき……先輩の何気ない一言のおかげで、無事に平和的な解決をもたらすことができました」

「それも――偶然だよ」苦笑して肩を竦めた。「僕なんか何の取り柄もないただの凡人さ。褒めてくれるのは正直嬉しいけど、あまり買い被らないでもらいたいな」

「違いますよ」

来栖さんは、透きとおるような目で真っ直ぐに僕を見つめ返す。

「あなたには――特別な才能があります。それがいったい何に由来するものなのかは、正直私にはわかりません。しかし、複雑に絡み合った事件に、一筋の光明を照らすものであることは間違いありません。言うなれば――探偵助手の才能なのでしょうか」

「探偵、助手……」

意外な言葉に目を丸くする。

それは、出会った当初から煌さんが僕に言っていたことでもある。だから彼女は僕のことを『助手』と呼ぶ。

「今回の件で……実感しました。やっぱり私には、瀬々良木先輩が必要なんだって」

そう言うと、来栖さんは恥ずかしそうに目元を朱に染めながら、僕に向かって手を差し出す。

「ですから……改めてお願いします。私の――私だけの『助手』になってください」

「……っ」

予想もしていなかった言葉に、僕は息を呑む。

これまでのように、ただ何となく隣にいるだけじゃなく、正式に助手として来栖さんの隣に立つ。

少しまえまでの僕であれば、ただのお隣さんでしかなかった男が、『助手』という彼女の特別な存在になれるのだ、と歓喜していただろう。

でも――今は違う。

僕は来栖さんの本質的な歪みを知ってしまった。

きっと彼女は、これからも見ず知らずの他人の問題に首を突っ込み、その身を犠牲にしてでも平和的な解決を導こうとするだろう。

言うなればそれは――修羅の道だ。

自分の身を守るという、人が誰しも当たり前に持っているはずのブレーキが壊れた来栖さん。

その隣に立つということがどれほど危険な行為か……それくらい、僕にだってわかる。

まして何の取り柄もない一般人であればなおさらだ。

――でも。

わかっているはずなのに僕は……来栖さんを放っておけないと思ってしまう。

平和的な解決を導く、という絶対的な信念の裏側に、隠すことのできない彼女の弱さを見てしまったから。

まるで親とはぐれてしまった幼子のように——間違った道を進もうとしている来栖さんのことを、放っておけるわけがなかった。

もしかしたらそれは、ただ破滅へ向かうだけの愚かな選択なのかもしれないけれども。

……それでも。

「——僕でよければよろこんで。これからもよろしくね」

差し出された小さく震える手を、そっと握り返してしまう。

もう、後戻りはできない。

僕らは……修羅の道を共に歩き出す。

来栖さんは、これまでで一番嬉しそうな、真夏の太陽よりも眩しい笑顔で、「こちらこそよろしくお願いします！」と答えた。

そこで僕は、『神薙虚無』騒動の最後、元名探偵からある忠告を受けたことを思い出す。

「もし今後、来栖さんが苦しむような状況に遭遇しても、彼女が絶望しないように、現実に希望を持ち続けられるように——あのお嬢さんはあなたが守ってあげてください」

その言葉の真意を、今になってようやく理解できる。

きっとあの元名探偵は、こうなることを見越していたのだろう。

僕の覚悟を——試したのだ。

まったく……。つくづく僕は、〈名探偵〉にやられっぱなしだ。

思わず苦笑を零してしまう。

それから来栖さんは、居ても立ってもいられないというふうに、僕の手を握ったままずんずんと歩き出す。

「さあ、先輩！　早速〈名探偵倶楽部〉の部室へ行きますよ！」

「え……え……？　ど、どうして？」

「決まってます！　煌さんに宣言してやるのです！　先輩は今日から私の『助手』になったのですから、もう助手と呼ぶのはやめてください、って！」

「ちょ、ちょっと来栖さん……！」

そんなことをしても、あの露悪趣味の社会不適合者は喜ぶだけだと思うのだけど……。

でもまあ……来栖さんが楽しそうなのだから、好きにやらせてあげよう、と思う。

ふと空を見上げる。目が覚めるほどの群青色(ぐんじょういろ)の空には、真っ白な入道雲が浮かんでいた。

忙(せわ)しないセミの声、アスファルトの照り返し、湿気をはらんだ温い風、むせ返るような草の匂い。

それからふと疑問に思う。
結局僕は、この小さな名探偵のことをどう思っているのだろうか――。
考えたところで……答えは出ない。
だって、一番大切なものは、いつも目に見えないのだから。

本書は書き下ろしです。

〈著者紹介〉

紺野天龍（こんの・てんりゅう）
第23回電撃小説大賞に応募した「ウィアドの戦術師」を改題した『ゼロの戦術師』で2018年デビュー。他にも新機軸特殊設定ミステリとして話題となった『錬金術師の密室』『錬金術師の消失』、『シンデレラ城の殺人』のほか、「幽世の薬剤師」シリーズなど著作多数。

魔法使いが多すぎる
名探偵倶楽部の童心

2025年2月14日　第1刷発行　　　定価はカバーに表示してあります

著者……………………紺野天龍

発行者……………………篠木和久
発行所……………………株式会社 講談社
〒112-8001 東京都文京区音羽2-12-21
編集03-5395-3510
販売03-5395-5817
業務03-5395-3615

KODANSHA

本文データ制作……………講談社デジタル製作
印刷……………………株式会社ＫＰＳプロダクツ
製本……………………株式会社国宝社
カバー印刷……………株式会社新藤慶昌堂
装丁フォーマット………ムシカゴグラフィクス
本文フォーマット………next door design

ISBN978-4-06-538555-5　N.D.C.913　386p　15cm

阿津川辰海

紅蓮館の殺人

イラスト
緒賀岳志

山中に隠棲(いんせい)した文豪に会うため、高校の合宿をぬけ出した僕と友人の葛城(かつらぎ)は、落雷による山火事に遭遇。救助を待つうち、館に住むつばさと仲良くなる。だが翌朝、吊(つ)り天井で圧死した彼女が発見された。これは事故か、殺人か。葛城は真相を推理しようとするが、住人と他の避難者は脱出を優先するべきだと語り——。

タイムリミットは35時間。生存と真実、選ぶべきはどっちだ。

アンデッドガールシリーズ

青崎有吾

アンデッドガール・マーダーファルス　2

イラスト
大暮維人

1899年、ロンドンは大ニュースに沸いていた。怪盗アルセーヌ・ルパンが、フォッグ邸のダイヤを狙(ねら)うという予告状を出したのだ。

警備を依頼されたのは怪物専門の探偵〝鳥籠使い〟一行と、世界一の探偵シャーロック・ホームズ！　さらにはロイズ保険機構のエージェントに、鴉夜(あや)たちが追う〝教授〟一派も動きだし……？　探偵・怪盗・怪物だらけの宝石争奪戦を制し、最後に笑うのは⁉

アンデッドガールシリーズ

青崎有吾

アンデッドガール・マーダーファルス　3

イラスト
大暮維人

闇夜に少女が連れ去られ、次々と喰い殺された。ダイヤの導きに従いドイツへ向かった鴉夜たちが遭遇したのは、人には成しえぬ怪事件。その村の崖下には人狼の里が隠れているという伝説があった。〝夜宴〟と〝ロイズ〟も介入し混乱深まる中、捜査を進める探偵たち。やがて到達した人狼村で怪物たちがぶつかり合い、輪堂鴉夜の謎解きが始まる——謎と冒険が入り乱れる笑劇、第三弾！

アンデッドガールシリーズ

青崎有吾

アンデッドガール・マーダーファルス　4

イラスト
大暮維人

平安時代。とある陰陽師に拾われた鴉夜という平凡な少女は、いかにして不死となったのか。日本各地で怪物を狩る、真打津軽と同僚たち《鬼殺し》の活動記録。山奥の屋敷で主に仕える、馳井静句の秘めた想い。あの偉人から依頼された《鳥籠使い》最初の事件。北欧で起きた白熱の法廷劇「人魚裁判」――探偵たちの過去が明かされ、物語のピースが埋まる。全五編収録の短編集。

講談社
タイガ

城平京
虚構
推理

講談社
タイガ